U0032637

聯經經典

浮士德博士

The Tragical History of Doctor Faustus

馬　羅◎原著

張靜二◎譯注

國科會經典譯注計畫

譯序

　　英美戲劇的經典名著中譯者不多。目前較多的，英國（包括愛爾蘭）只有莎士比亞（William Shakespeare, 1564-1616）、王爾德（Oscar Wilde, 1854-1900）、蕭伯納（George Bernard Shaw, 1856-1950）、葉慈（William Butler Yeats, 1865-1939）、高爾斯華斯（John Galsworthy, 1867-1933）、歐立德（T. S. Eliot, 1888-1965）、貝克特（Samuel Beckett, 1906-1989）、奧斯本（John Osborne, 1929-1994）、品特（Harold Pinter, 1930-），而美國也只有奧尼爾（Eugene O'Neill, 1888-1953）、懷爾德（Thornton Wilder, 1897-1975）、郝爾曼（Lillian Hellman, 1906-1984）、威廉斯（Tennessee Williams, 1911-1983）、亞瑟・米勒（Arthur Miller, 1915-）、艾爾比（Edward Albee, 1928-）等寥寥數人而已。其中當然還是以莎劇中譯者最多，像安德森（Maxwell Anderson, 1888-1959）等家則爲少數。至於不曾中譯者更多。事實上，光就英國戲劇來說，值得譯介給國人者實難罄計。再以英國文藝復興時代爲例。英國文藝復興時代號稱西洋戲劇史上的第二個黃金時代。當時名家輩出，傑

作無數。但這段時期的中譯本坊間可見者除莎劇外，少有出自
其他作家手筆的作品。馬羅(Christopher Marlowe, 1564-1593)筆
下的這齣《浮士德博士》(*The Tragical History of Doctor Faustus*)
也一直未獲譯者的青睞。

　　本書屬「譯」「注」性質，「譯注」部分當然成為本書的
核心。由於《浮士德博士》一劇的戲文詩散兼雜，翻譯時採取
的策略亦自不同。「譯」的部分將詩與散文分別處理。散文仍
譯成口語，詩則儘量依序逐行迻譯。由於這些詩行都用無韻詩
(blank verse)寫成，譯文亦不押韻，而將重點擺在詩行的節奏
上。不管其為詩或為散文，譯文將兼顧精確與順暢二者，而這
也正是翻譯過程中的困難之處，特別是在碰到多於三個字以上
的人名與地名等專詞時，更為棘手。「註」的部分則逐項處理。
由於《浮士德博士》係四百多年前的作品，戲文涉及的典故、
雙關語以及史實背景者相當不少，不加註明，恐難甚解。為期
收到輔助閱讀之效，譯者儘量參酌相關資料，詳加註釋。同時，
為了便於參酌，註文採取腳註方式。

　　除了譯注外，本書還在全書開頭提供《導讀》。孟子說：
「頌其詩，讀其書，不知其人可乎？」本書因以馬羅其人其事
為《導讀》之首。而浮士德的故事從發生起就已雜揉史實與傳
說，其網絡錯綜複雜。至1587年間，終於以小說的形式出現，
不久即譯成多國文字流傳，馬羅則是依據這部小說寫成文學作
品的第一人。然而，由於種種緣故，馬羅筆下的《浮士德博士》，
其撰作時間與版本問題引發了諸多爭議，迄今猶未釐清。在此
同時，這齣戲的演出也因時代不同而際遇不同。如今，浮士德

傳說已成西洋文壇的重要資產，馬羅也因而在西洋文學史上佔有一席地位，值得注意。當然，在翻譯過程中，由於A、B兩本的糾葛，不免發生種種困擾，不能不在《導讀》中略加說明，以期指出其間的差異，便於釐清劇情。歸結來說，《導讀》部分總共分成(1)馬羅其人其事，(2)浮士德其人其事，(3)《浮士德傳》的成書，(4)浮士德故事的傳衍，(5)《浮士德博士》的撰作年代，(6)《浮士德博士》的版本問題，(7)《浮士德博士》的戲台演出，(8)《浮士德博士》的翻譯問題，(9)《浮士德博士》的劇情解說等九個部分。各個部分都在提供背景資料，以利閱讀文本之便。書末附有重要參考書目，可以作為進一步研究的參考。

　　為了這齣戲的翻譯工作，譯者曾於去(1999)年7月1日偕妻陳麗桂教授同赴英倫參訪。依照史籍的載述，馬羅生在坎城(Canterbury, 1564-1580)，受教於劍橋(Cambridge, 1580-1587)，活躍於倫敦(London, 1587-1593)，而死於德普特津(Deptford, 1593)。本次參訪的行程也依此次序進行。其中，除前往劍橋大學耶穌聖體學院(Corpus Christi College)與布爾太太(Dame Eleanor Bull)經營的酒館外，還參觀了法學協會(Inns of Court)以及倫敦當地劇場，一方面實地了解馬羅生前活動的種種，另一方面亦親自考察英倫劇場狀況與演出情形。當然，趁便選購相關書籍，也在活動範圍內。整個行程至7月15日告一段落，結束了一趟知性的參訪。這些活動對於導讀的內容與戲文的翻譯都大有助益。

　　翻譯本身是一種無可奈何的「必要之惡」。對譯者來說，

是一件吃力不討好的工作；對讀者來說，也可能是一種考驗。盡管如此，中外古今對譯品的需求從未因而稍減。譯者從事翻譯工作多年，一向只爲興趣，不多求報償。只要讀者在讀完譯文之後，有分享喜悅的感覺，便於願足矣。嚴復說：「我罪我知，是存明哲。」尚望有道之士，不吝賜正。目前這齣戲坊間並無譯本流傳。今獲行政院國家科學委員會補助，得以順利譯完，再經臺灣大學中文系李惠綿教授細心潤飾，由助理劉雅詩小姐打字整理，送交聯經出版有限公司印行，以饗讀者。

張靜二 謹識

2000年1月1日

於臺大外文系

目次

導讀

　　在英國戲劇史上，馬羅（Christopher Marlowe, 1564-1593）是莎士比亞（William Shakespeare, 1564-1616）以前最出色的劇作家。當時，英國在伊莉莎白女王（Queen Elizabeth I, 在位1558-1603）的統治下，國勢蒸蒸日上。特別是在擊潰西班牙無敵艦隊（the Invincible）後，儼然成爲海上強權。從亨利八世（Henry VIII, 在位1509-1547）起，英國就已擺脫了羅馬公教的束縛，政教得以定於一尊。伊莉莎白女王繼位後，更以穩健的手腕，勵精圖治。儘管當時的清教徒反對戲劇，但由於女王的喜愛與支持，戲劇的黃金時代終於來臨。在文藝復興的風潮下，戲劇活動漸趨頻繁，學校與法學協會（Inns of Court）等處所一時都成了戲劇發展的重鎮。馬羅的戲劇生涯便在這種大時代展開。他的創作生涯雖然不長，卻是英國文藝復興時代劇壇的中堅，也與其他作家同樣合力爲英國劇壇播下了黃金時代的種籽。他的劇作當中，《浮士德博士》（*The Tragical History of Doctor Faustus*）是相當特出的一齣，值得再三玩味。本書即針對這齣戲分成導讀與譯

註兩部分。譯註是本書的主體,導讀則分成下面幾項討論。

壹、馬羅其人其事

馬羅在思想上、行動上與人生的享受上,都可稱爲典型的「文藝復興人」(man of the Renaissance),是「繆司女神的寵兒」(the Muses' darling),是「大學才子」(University Wits)中最出色的一位,也是莎翁前最重要的劇作家,更是西洋劇場最浪漫的一位戲壇鉅子。

馬羅生在坎城(Canterbury),於1564年2月26日受洗,比莎士比亞早生了兩個月左右。在他生前,馬羅家族已從西元1414年起在坎城住了一百多年。父親約翰・馬羅(John Marlowe, c1535-1605)是當地的一名鞋匠,母親凱撒琳(Catherine Arthur, ?-1605)是一名教士之女。凱撒琳共生四女五男,其中三子夭折,馬羅爲長男。一家八口,家境不算寬裕。父親生性好動、好鬥、又好訴訟,兩個姊妹在左鄰右舍則以善詐潑辣出名,家中的氣氛並不融洽①。當時的英國已進入了文藝復興時代,人文研究(*studia humanitatis*)日益獲得重視,世俗的氣氛漸濃。而重商主義抬頭,全國上下競相追求卓越。在馬羅童年時期,宗教改革之風已隨著亨利八世的政策吹進了坎城。當時在歐陸遭受迫害的胡巨拿教徒(Huguenots)來此(特別是在1572年以後)從事紡織業,帶動了當地的繁榮。不過,中世紀的宗教氣氛依舊相當濃厚,教會的影響

---

① 有關馬羅的家庭生活狀況,可參見 William Urry, "Marlowe and Canterbury," *Times Literary Supplement* 13 February 1964, p 136.

依舊不可小覷。馬羅何時進入坎城國王學校(King's School)就讀,無稽可考。我們只知道他在15歲(1579年)那年的1月14日獲得每年4英鎊獎學金。這所會學校每班50人,在校生由9歲至15歲不等。在校生活全以修道院的規矩嚴格管教,課程包括拉丁文、希臘文、希伯來文、演說術、邏輯學、數學、哲學、神學與辯證法等科目。馬羅在獲得獎學金後一年畢業,時年十六。

同年冬天,馬羅進入劍橋大學基督聖體學院(Corpus Christi College)就讀。當時大學入學年齡通常為十四歲;因此,當時的馬羅算是「高齡」學生。1581年5月間,他獲得坎城大主教帕克(Archbishop Matthew Parker, 1504-1575)獎學金(Matthew Parker Scholarship)。基督聖體學院是當時教會儲備神職人才的養成所,而帕克獎學金則是為準備擔任神職的學生而設的。經過四年的「訓練」,終於在二十歲(1584)那年取得學士學位。三年(1587)後,又完成了碩士學位。馬羅在六年半的大學生涯期間,認識了國務大臣華興漢(Sir Francis Walsingham, 1530?-1590)的姪兒湯姆士(Thomas Walsingham, 1568-1630)。華興漢替伊莉莎白女王主持密探工作,經常透過湯姆士招募密探。馬羅或許就是在這種情況下參與了當局的間諜活動,時間長達兩年(1584-1586)。由於曠課過多,與學校當局關係惡劣。幸經樞密院(Privy Council)出面,表示馬羅「效忠女王」去從事「有利國家」的工作,不該遭受無知之徒「污衊」②,學校當局才勉強頒授學位

---

② *Ms. Acts of the Privy Council Register*, vol. VI, June 29, 1587; 見John Bakeless, *The Tragical History of Christopher Marlowe*(Cambridge, MA: Harvard UP, 1942), I, p 77.

③。馬羅到底擔任何種任務,不得而知。不過,樞密院既然願意
出具信函袒護,想來必定相當重要。

馬羅在取得碩士學位的同年,移居倫敦(1587-1593)。他到
倫敦後兩年,住處不詳。至第三年(1589)9月間才與詩人華特遜
(Thomas Watson, 1557?-1592)同住。他在劍橋期間的表現不惡,
但在倫敦則否。他在倫敦七年光憑寫劇本並不足以維持生活。
但到底靠甚麼別的收入糊口,無從得知。只曉得當時除華特遜
外,還結識了習德尼爵士(Sir Philip Sidney, 1554-1586)、拉萊爵
士(Sir Walter Raleigh, 1552-1618)、數學家兼天文學家哈利亞特
(Sir Thomas Harriott, 1560-1621);另外還與劇作家葛林(Robert
Greene, 1560?-1592)、散文家拿虛(Thomas Nashe, 1567-1601)、
喜劇作家皮爾(George Peele, 1558?-1597?)、散文家羅吉(Thomas
Lodge, 1558?-1625)、詩人羅伊敦(Matthew Royden, fl. 1580-
1622)、詩人德瑞頓(Michael Drayton, 1563-1631)、詩人兼劇作
家丹尼爾(Samuel Daniel, 1562?-1619)、詩人華諾(William Warner,
1558-1609)、悲劇作家齊德(Thomas Kyd, 1557?-1594)、翻譯家喬
普曼(George Chapman, 1559?-1634)與名演員亞連(Edward
Alleyn, 1566-1622)等人,其中葛林與齊德都是劍橋校友。然而,
馬羅為人傲慢、叛逆、暴躁、易怒、好鬥、心地殘忍、生活放蕩,
口碑不好。儘管他受過10年的教會「訓練」,卻抱持著無神論

---

③　說見 A. D. Wraight, *In Search of Christopher Marlowe: A Pictorial
Biography*(Chichester, Sussex: Adam Hart〔Publishers〕, Ltd., 1965), pp.
87-88.

(atheism)觀點，也因而遭人指為危險人物[4]。

廿五歲(1589)那年的9月18日，馬羅因街頭打鬥涉案被捕，關進紐門監獄(Newgate Gaol)，初嚐鐵窗風味。同年10月1日，以四十英鎊交保，至12月3日才以無罪開釋。三年後(1592)的5月9日，馬羅被控行為不檢(disorderly conduct)。隔年(1593)春天，馬羅搬進華興漢在鄉間的宅邸。這年5月12日，齊德被捕，有人說他涉嫌誹謗法蘭德斯新教徒(Flemish protestants)難民，有的則說是因他在教堂庭院牆上張貼「淫亂叛逆」的海報。而樞密院派員搜查齊德的住處時，找到了一份「異端文件」(heretical tract)。但齊德辯稱文件為馬羅所有，供稱馬羅遊說上階層人士前往依附蘇格蘭王，並且說馬羅的言行異端瀆神。樞密院因於5月18日發出拘票，又於5月20日通知馬羅在鄰近地區待命。不料，5月30日當晚，馬羅就在倫敦附近泰晤士河彼岸德普特津河濱馬路(Deptford Strand)上一家由寡婦布爾太太(Dame Eleanor Bull)經營的酒館喪命。

馬羅遇害的經過記載在驗屍報告書[5]上。依據驗屍報告的說法，事發當天早上十點左右，馬羅應符利澤(Ingram Frizer)之邀，到酒館赴宴。隨後，波利(Robert Poley)與史克利斯(Nicholas Skeres)兩人也到。四人午餐後，就在酒館的花園中散步。至六點，又回館內一面共進晚餐，一面密商有關間諜活動的情事。

---

[4] 說見Roma Gill, ed., *The Plays of Christopher Marlowe*(Oxford: Oxford UP, 1971), p. xx; 又參見 Wraight, p. 295.

[5] 這份由驗屍官丹比(William Danby)寫好的報告書埋沒了332年之久，至1925年間才由哈特森(J. Leslie Hotson)在不列顛公共紀錄局(British Public Record Office)的卷帙中找出；見 Wraight, pp. 292-293.

飯後，爲了帳單(*le recknynge*)，馬羅與符利澤發生爭吵。當時，馬羅躺在床上，符利澤背對著馬羅躺著的床，正與史克利斯與波利兩人同坐桌邊。馬羅因被符利澤的話激怒而抽出符利澤腰間匕首刺去，傷及符利澤的頭部兩處。符利澤閃過馬羅的突襲後，先是躲到史克利斯與波利兩人中間，隨即奪回匕首，反手刺中馬羅的右眼，傷口深兩吋，寬一吋。馬羅中劍後，當場斃命[6]，時年廿九。據推測，這椿兇殺案實爲有意安排的「政治謀殺」[7]，爲的是避免馬羅被捕後對拉萊爵士不利。馬羅到倫敦僅七年，才在劇壇上初露鋒芒，就如巨星般殞落，似乎一如《浮士德博士》一劇收場白上所說的：

> 原可筆直長成的樹枝被砍折，
>
> 阿波羅的月桂樹枝枒遭焚燬⋯⋯

　　由於當時爲防瘟疫流行，屍體通常匆匆埋葬。馬羅的屍體也在這種情況下，死後兩天(即6月1日)就匆匆葬於德普特津聖·尼古拉斯(St. Nicholas)教堂墓園。符利澤則因堅稱當時全然出於自衛，於6月28日在十六人組成的陪審團公決下，獲判無罪。據悉，三人都是狡詰之徒。其中，波利與史克利斯都是女

---

[6]　*Chancery Miscellanea*, Bundle 64, File 8, No. 2416; 又見 Bakeless, I, p. 156.

[7]　Wraight, p. 296; 又，S. A. Tannenbaum, *The Assassination of Christopher Marlowe*(Connecticut: Shoe String P. , 1962)一書即以此為前提，探討馬羅之死。

王的密探⑧。無論如何，馬羅的死，樞密院表示欣慰，有些衛道
之士甚至認爲這是天意懲罰瀆神放蕩的一例⑨。

　　儘管如此，馬羅死因的謎團未釋。馬羅因何與這些行爲不
端、顯然都有「案底」的人來往？他們聚會到底所爲何事？爲
何兇殺發生才1個月，兇手就無罪開釋？種種揣測甚囂塵上。符
利澤的說詞經過哈特森(J. Leslie Hotson)找出驗屍報告書比對
後，已經不攻自破⑩。主張陰謀論的認爲這場政治謀殺係由湯姆
士在幕後主導一切。但不相信馬羅已死的也大有人在。這些人
認爲，馬羅沒有真的被殺，而是被人偷偷運走。早在1898年間
即有柴格勒(W. G. Zeigler)發表〈確爲馬羅〉("It Was Marlowe")
一文啓疑，再經史拉特(Gilbert Slater)進一步質疑，終於成爲美
國文學考證家霍夫曼(Calvin Hoffman)廿三年來一直堅持的主
張。霍夫曼本人專攻伊莉莎白時代戲劇；爲了證明自己的主張，
他曾遠赴丹麥、英倫各地搜尋證據，然後在《被謀殺的莎士比
亞其人》(*The Murder of the Man Who Was Shakespeare*, 1955)⑪
一書上指出：1593年「被殺」的馬羅是個「替死鬼」(substitute)，
真正的馬羅在1598年間仍舊「健在」，馬羅之死純屬「捏造的
騙局」；雖然因異端被迫隱居，實則署名「莎士比亞」繼續寫

---

⑧　見Wraight, p. 96.
⑨　説見Thomas Beard, *Theatre of God's Judgements*(London, 1597), Chap. xxv.
⑩　見J. Leslie Hotson, *The Death of Christopher Marlowe*(London: The Nonsuch P, 1925), p. 40.
⑪　見Calvin Hoffman, *The Murder of the Man Who Was Shakespeare*(New York: Grosset & Dunlap, 1955), pp. 76-98.

作⑫。其他像史密斯(William Henry Smith)、羅倫斯(Sir Edwin
Durning Lawrence)、波特(Henry Pott)、狄奧巴德(B. G. Theobald)
等人,也都有同樣的看法。他們認為,當年的馬羅為了逃避迫
害而經法蘭西與義大利,遠赴西班牙;等事件漸趨平息,才返
回英倫,繼續寫戲。他們又說,在1623年初版的《莎士比亞全
集》上,莎士比亞的肖像頗似馬羅。為此,梁實秋據霍夫曼的
研究指出:《十四行詩集》內充滿罪惡、欺騙、流亡與絕望,
正是馬羅「詐死之後的內心生活的寫照」⑬。不過,由於資料不
足,加上莎士比亞的手稿在1613年間環球劇院(the Globe)大火時
燒去,論者雖然言之鑿鑿,卻苦於文獻不足而無法證實。馬羅
的死,迄今依舊聚訟紛紜,莫衷一是。

　　馬羅有相當深厚的古典文學素養。除了亞里斯多德(Aristotle,
384-322 B.C.)、維吉爾(Vergil, 70-19 B.C.)、奧維德(Ovid, 43
B.C.-?A.D. 17)與拉姆斯(Pietrus Ramus, 1515-1572)外,馬羅對古
典戲劇早有耳濡目染。他在國王學校期間就唸過了德倫斯
(Terence, 185?-159 B.C.)的喜劇。當時,劇場頗為活躍。大學內
重視羅馬戲劇、仿作的古典戲劇,也常有劇團搬演。在他大一期
間,劍橋就演過雷吉(Thomas Legge, 1535-1607)的《李察德斯‧
特爾提爾斯》(*Richardus Tertius*)以及許多學校劇(school plays),

---

⑫　說見〈文壇消息〉,《文壇》,第6卷第5期(1959年9月),頁28;又
　　見馬森,〈真假莎士比亞〉,《聯合文學》,第1卷第8期(1985年6月),
　　頁140-143;任慶華,〈莎士比亞侵犯著作權!?〉,《中國時報》,1994
　　年6月14日第35版(寰宇)。

⑬　梁實秋,《梁實秋論文學‧莎翁之謎》(臺北市:時報文化事業公司,
　　1978年),頁591。

耶誕期間當然也演了不少喜劇與插間劇。由此可知，馬羅的確有不少劇場經驗。他的戲劇創作生涯在離開劍橋前就已開始，在倫敦的六年間更積極投入，成就令人激賞。期間曾爲公共劇場寫過《帖木兒》(*Tamburlaine the Great*, Parts I & II, 1587-1588)、《浮士德博士》、《愛德華二世》(*Edward II*, 1594)以及《馬爾他的猶太人》(*The Jew of Malta*, c1592)等四齣無韻詩劇。他在劇壇上的地位在推出《帖木兒》一劇後奠定。其中，除《愛德華二世》由彭布羅克劇團(Pembroke's Men)演出外，其餘各劇都由海軍大臣劇團(Lord Admiral's Men)搬上戲臺，由亞連領銜主演。

馬羅筆下的人物，個性突出、活力充沛，十足展現文藝復興時代的精神。他的戲以主角爲中心，由此展開情節，顯現人物的複雜動機。《帖木兒》描述一名牧羊人以無比的征服慾來滿足無涯的權力慾與榮耀心，展示所謂的「雄渾詩行」(the mighty line)[14]，爲流行於18世紀的英雄劇(heroic plays)開啓了先河。《浮士德博士》以追求知識爲主題(詳見下文)，以文藝復興時代的精神重新詮釋了流傳於中世紀歐洲的浮士德傳說，爲一齣典型的悲劇；《愛德華二世》擷取英國史上的一段史實來建構前後一貫的故事，對歷史劇(chronicle plays)的發展特別重要。《馬爾他的猶太人》以復仇爲原動力，用野心與慾望編織劇情，爲繼齊德《西班牙悲劇》(*The Spanish Tragedy*, c1584)後一齣典型

---

[14] Ben Jonson, "To the Memory of My Beloved, the Author Mr. William Shakespeare: And What He Hath Left Us," *The Complete Poems of Ben Jonson*, ed. George Parfitt(New Haven: Yale UP. , 1975), pp. 263-264. 按：所謂「雄渾詩行」係指節奏鏗鏘而韻律和諧的詩行，特別見於《帖木兒》一劇。

的復仇劇。《愛德華二世》中的摩提莫（Mortimer）與《馬爾他的
猶太人》中的巴拉巴斯（Barabas）都展現了所謂的「權謀詐術」
（Machiavellism）。當時的英詩尚未成熟，馬羅則在運用無韻詩
（blank verse）塑造特出人物的同時，使之向前邁進了一大步。馬
羅在這些戲中展現無比的詩才、眼界與感性，將無韻詩操作至
出神入化的地步，為莎翁樹立了楷模。

　　馬羅的作品並不只此。他還寫過《希羅與李延達》（*Hero and
Leander*, 1593?）等抒情詩、《迦太基女王戴朵》（*Dido, Queen of
Carthage*, 1594）與《巴黎大屠殺》（*The Massacre at Paris*, 1593）
等兩齣戲。《希羅與李延達》馬羅生前不曾寫完，死後由喬普
曼續成，由馬羅在倫敦的友人古董蒐藏家布朗特（Edward Blount,
1565?-1632?）印行，全詩採用十音節雙行體敘事詩行，顯示馬羅
無可倫比的詩才，可說是伊莉莎白時代最典雅的非戲劇長詩。
《迦太基女王戴朵》係將維吉爾史詩《伊尼亞德》（The *Aeneid*）
第六篇編譯成戲劇形式。《巴黎大屠殺》約寫在《馬爾他的猶
太人》的同時，題材具政治性與話題性，故事本身或許是馬羅
在童年時代從胡巨拿聽來的，惟因傳下的本子受損，無法窺見
全豹。這兩齣戲都與拿虛合寫，也都未完成。另外就是馬羅在
劍橋期間分別從羅馬詩人奧維德《情詩》（*Amores*）與魯坎（Lucan,
A.D. 39-65）《法爾莎莉雅》（*Pharsalia*）迻譯的作品。儘管他筆
下的七齣戲都無法十分確知其寫作時間，但他的成就在戲劇文
類。而他雖然不必是「英國悲劇之父」[15]，七齣戲當中，光是《帖

---

[15]　Swinburne語，但 T. S. Eliot 不以為然，見所著 *Elizabethan Dramatists*
　　（London: Faber & Faber, Ltd., 1962），p. 58.

木兒》等四齣，就已足以使他成爲莎翁前最偉大的劇作家了。

貳、浮士德其人其事

在歐洲，巫術（witchcraft）的傳聞早已有之。荷馬（Homer）
《奧德賽》（The *Odyssey*）中的塞鶯（Circe）就是一名女巫，希臘
神話中的米迪雅（Medea）更是聞名遐邇。賀瑞斯（Horace, 65-8
B.C.）曾在其《諷刺詩》（*Satire*）中描述女巫施展妖術的過程。舊
約撒母耳記上曾載述掃羅（Saul）到隱多珥（Endore）求問一名女
巫的事（第28章第8節-第25節）的事[⑯]；新約使徒行傳也載述許多
人「平素行邪術」（第19章第19節），而西門（Simon Magnus）則
是當時有名的巫師。儘管教會反對巫術，但民間信奉巫術的心
卻普遍而堅強。試想，撒旦居然能與全知全能的上帝抗衡，民
眾焉能不趨之若鶩？舊約出埃及記上說：「行邪術的女人，不
可容他存活」（第22章第18節）。中世紀的教會便據此設立宗教
裁判所（Inquisition）進行審判與處決，因而犧牲者數以百萬計。
聖女貞德（Joan d'Arc, 1412-1431）便是以女巫之名遭英軍活活燒
死；《浮士德博士》一劇中也提到學魔法將遭問吊之刑（第1幕
第2景）。許多人物，像是墨林（Merlin）、塞普林（Cyprian
d'Antioche, 200-258）、希歐菲勒斯（Théophilus, 11th century）、米
利達里爾斯（Militarius）、西撒爾（Césaire de Heisterbach, 330-
369）、羅伯特（Robert Le Diable）、譚豪塞（Tannhäuser, ?-1268）、

---

⑯　本書所據的中譯本聖經爲中華聖經會譯，《新舊約全書》（香港：中
　　華聖經會，1951年）；除非必要，否則不另註明。

馬葛諾斯（Albertus Magnus, 1103-1180）、培根（Roger Bacon, 1214-1294）、阿爾班諾斯（Albanus, 或即 Pietro d'Abano, 1250?-1316?）、亞伯特（Albert Le Grand, 1236- 1279）、拉提斯幫（Ratisbonne）主教以及希爾維斯特爾二世（Sylvester II, 在位950-1003）、葛雷格爾八世（Gregoire VIII, 在位1073-1085）、保羅二世（Paul II, 在位1462-1471）與亞歷山大三世（Alexandre III, 在位1159-1181）等教皇，在時人的眼中，都是魔法師。即連羅馬詩人維吉爾，中世紀也將他視爲魔法師。這些人與事似乎多少影響了浮士德傳說。

史籍對於浮士德的載述相當有限。就目前的資料來看，浮士德其人似有3個[17]。第一個浮士德名叫喬治・浮士德（Georg Faustus, 1480?-1538），據傳生於宇登堡（Württemberg）尼特林根（Knittlingen），卒於司脫芬（Staufen-en-Brisgau）。喬治在世期間約與宗教改革領袖路德（Martin Luther, 1483-1546）、荷蘭人文學者伊拉斯莫斯（Desiderius Erasmus, 1466?-1536）、波蘭天文學家哥白尼（Nicholas Copernicus, 1473-1543）、瑞士物理學家培拉瑟爾塞斯（Philipus Aureolus Paracelsus, 1493?-1541）等人同時。許多文件中都曾提到哲學家浮士德。1507年8月3日，烏茲堡（Würzburg）方丈特里西（Tritheme）在給海德堡大學（Heidelberg University）天文學家維爾敦（John Virdung, ?-1550）教授的信中提到一名善長妖術的小浮士德（Faustus Junior）。高砂鎮盧夫斯

---

[17] 本節所據的資料主要是 H. G. Haile, *The History of Doctor Johann Faustus*(Illinois: Board of Trustees of the U of Illinois, 1965)一書（pp. 1-16）；除非必要，否則不另註明。

(Mutianus Rufus)曾於1513年10月間提出警告說：「預言家」、「吹牛大王」浮士德即將行經該地[18]。1520年2月初，日耳曼[19]中部古城大教堂主教秘書密勒（Hans Müller）曾在總帳雜項（*Miscellaneous*）上載述，他曾依主教囑咐，親手交付「浮士德博士占星費十個金幣」。宮內大臣西金庚（Franz von Sickingen, 1481-1523）曾友浮士德博士。探險家哈頓（Philip von Hutten, 1511-1547）曾從委內若拉（Venezola）寄回的信中提到哲學家浮士德。西金庚與哈頓兩人都曾在文件中提到占星家浮士德於1520年至1540年間出現在日耳曼。路德等當代名人的私函與日記中也都曾提及浮士德。由兩份鎮議會的文件中可知：當局曾在1528年6月間將浮士德從茵革斯達德特（Ingostadt）驅離，1532年5月間還不准他進入紐倫堡（Nuremberg）。他的足跡除海德堡、茵思布魯克與紐倫堡外，還遍及葛倫豪森（Gelnhausen）、克魯茲納虛（Kreuznach）、爾符特（Erfurt）、班堡（Bamberg）、烏茲堡、威登堡（Wittemberg）、法蘭克尼亞（Franconia）以及符雷堡地區（the Freiburg area）。種種跡象顯示：浮士德雖然自稱「博士」，實則只是一名通曉醫術、催眠術、占星術（horoscopes）、鍊金術以及關亡術（nemoncracy）的江湖術士。教士與貴族雖然公開抨擊他，私底下卻對他咸表敬重。不過，喬治似嗜吃喝嫖樂，據傳在1540年間遭魔鬼捉走，慘遭橫死。時人對於此事深信不疑。

[18] 見P. M. Palmer and R. P. More, *The Sources of the Faust Tradition* (Oxford: Oxford UP, 1936), p. 87.
[19] 有關German與Germany譯成「日耳曼」的問題，詳見〈導讀〉第捌節的說明。

第二個浮士德名叫約翰‧浮士德(Johann Faustus)。宗教改革家梅蘭松(Philip Melanchthon, 1497-1560)於1509年間入海德堡大學就讀時,一個名叫約翰‧浮士德的青年正好以第一名畢業,取得神學博士學位。後來,梅蘭松在課堂上提到這位成為占星家的約翰‧浮士德。學生將筆記整理後出版,這事就此傳揚出去,為眾所周知。喬治‧浮士德在1540年前後死後,相關的傳說逐漸增多。1548年間,一名瑞士教士就說,寺僧因拒絕交出地窖中的美酒而遭浮士德派遣魔鬼騷擾寺院。這名教士說,魔鬼變狗變馬,隨在浮士德身側,會在浮士德的餐桌上擺著奇禽異鳥。傳說中的浮士德曾騎著木桶逃走,在班堡給紅衣主教卜過卦,當過法蘭西國王佛朗斯瓦一世(François I, 在位1515-1547)的侍臣,曾以飛天術救出囚在馬德里的法蘭西太子。在威登堡逗留期間,交結路德、梅蘭松、人文學者威爾(Jean Weier)、瑞士神學家嘉斯特(Jean Gast, ?-1553)、醫師貝嘉迪(Begardi)與蘇利世(Zurich)、史學家葛斯諾(Conrad Gessner)。最後在1539年間,浮士德於司脫芬遭撒旦勒斃,靈魂被帶入地獄。事實上,浮士德傳說似以汪巴希(Wolf Wambach)在爾符特大學城所蒐集的最稱完善。汪巴希筆下的浮士德是個異端分子,曾在校園演講荷馬時,召來特洛伊戰爭(the Trojan War)中的英雄以及《奧德賽》中吃希臘人的獨眼巨怪(Cyclops)。另外還將普羅托士(Plautus, 254?-184 B.C.)與德倫斯兩位古羅馬喜劇作家的作品全部復原。汪巴希書中的最後一則故事描述一名聖方濟教士(Franciscan friar)替浮士德祈禱,要他改邪歸正。但浮士德以與魔鬼有約為由,傲然不肯回頭。汪巴希所整理的

浮士德傳說已佚，目前可見者係紐倫堡人羅秀特（Christopher Rosshirt）在1570年代集成的四則故事。故事中的浮士德在驅魔去盜取英格蘭國王為舞會準備的美酒佳餚來晏饗賓客後，又將賓客送到英格蘭王宮。其他像猶太人拉斷浮士德的腳、浮士德用妖術將稻草變豬賤售、浮士德用妖術使農夫不能張口等，都已有可見。諸如此類的傳說在1560年間必定已在日耳曼南部與中部流行。踵事增華；許多稀奇古怪的事都已附託其人身上。至1587年，史實與傳說已然糾葛不清。浮士德儼然成為小說人物。

參、《浮士德傳》的成書

浮士德傳說在德國民間以多種形式流傳，要在載述浮士德的生平事蹟。1580年前後有人寫了一本名叫《浮士德傳》（*Historia von D. Iohann Fausten*）的德文小說，因而出現了第三位浮士德。這本小說雖然聲稱「純屬實錄」，實則幾全虛構[20]。書中整合了六十多年來的浮士德故事，集攏了許多離奇怪異之事，混淆史實與傳說。目前這部《浮士德傳》原本已佚，16世紀後半葉流傳於日耳曼的鈔本也已失傳，所幸1580年代中期另有鈔本傳世。這份鈔本多有增衍，目前保存在布朗士威克（Brunswick）南方不遠沃爾芬畢托（Wolfenbüttel）的奧古斯特公爵圖書館（Duke-August Library）裡面。1587年間，法蘭克福出版商史皮斯（Johann

---

[20] 見 J. W. Smeed, *Faust in Literature* (Oxford: Oxford UP, 1975), p. 2.

Spies)取得沃爾芬畢托手稿本(Wolfenbüttel Manuscript)，經過一番整理，新增八則故事，將全書分成三部分63章，先在1587年秋印行，同年年底又印行了兩版。至1600年前後，《浮士德傳》這部德文本小說已譯成英、丹、荷、法等多國文字，成爲當時首部跨國的暢銷書。其中，荷蘭首在1600年出現木刻本。而最早的英譯本已佚，不知何時問世。目前最完整的是1592年版。下面仍依相關文獻來綜述第三位浮士德的一生[21]。

　　這部小說分成四篇，每篇11章，總計共44章。首篇(第1章-第11章)先寫浮士德的出身、童年及其所接受的教育，接著就描述浮士德因在追求知識的過程中不知滿足而改學魔法、召來魔鬼以及與魔鬼訂約的經過，對於地獄的描述特別令人毛骨悚然。第2篇(第12章-第22章)先寫浮士德精研曆法、天文學與占星術；接著寫他在遊地獄、觀天象與上雲霄後，赴羅馬與君士坦丁堡兩地戲弄教皇與蘇丹；旋即返回日耳曼，與學者談天論地。第3篇(第23章-第33章)的載述較爲龐雜。其中包括浮士德協助三名學生赴慕尼黑參觀婚禮、向一名猶太人借錢不還、在隆冬時節取來新鮮葡萄等非當季水果給伯爵夫人、教訓不肯讓他搭車的鄉愚、懲罰四名作法砍頭的妖士、聽從老人勸善悔過以及二度訂約等。此外，還載述浮士德讓一名騎士頭上長角、召來亞歷山大及其妻給查理五世觀看等情事；後來，這名騎士在樹林中發動伏擊，反遭鬼卒活捉。書中另記浮士德用稻草變成馬、豬與羊賤售。末篇(第34章-第44章)寫浮士德協助有情人終成眷

---

[21]　本節所據的資料主要仍是Haile的 *The History of Doctor Johann Faustus* 一書(pp. 21-133)；除非必要，否則不另註明。

屬、以魔法使耶誕節期間的花園變成夏日景象、幫助好友夫妻
破鏡重圓等。最後,在廿四年將屆時,浮士德慘然交待後事、
與親友珍重告別,當夜身首異處,靈魂終遭魔鬼捉下地獄。全
書處處藉著浮士德故事警世勸善,籲請讀者切勿遠神近魔,以
期獲得至福,避免自遭天譴。

肆、浮士德故事的傳衍

《浮士德傳》向來被公認爲一部重要的德文小說。馬羅所
見的則是一本翻譯不甚嚴謹且經過改編的英文本,書名《浮士
德傳》(*The Historie of the damnable life, and deserved death of
Doctor John Faustus, Newly imprinted, and in convenient places
imperfect matter amended: according to the true Copie printed at
Frankfurt, and translated into English by P. F. Gent*, 1592)[22],通稱
爲英譯本《浮士德書》(*The English Faustus Book*)。馬羅是否熟
稔德文,不得而知。不過,依據評論家的考察,他筆下的《浮
士德博士》並非依據德文本,而是英譯本[23]。可惜的是,最早的
英譯本已佚。依據倫敦版權登記所(Court Book of the Stationers'
Company)的紀錄可知:目前可見的英譯本是傑符斯(Abel
Jeffes)於1592年12月18日註冊在案的本子。按照當時的慣例,刊

---

[22]　British Museum, c. 27, b. 43.

[23]　說見David Ormerod & Christopher Wortham, eds., *Christopher Marlowe:
Dr. Faustus: The A-Text*(Nedlands, W.A.: U of Western Australia P.,
1985), p. xiv.

本問世前，手稿多半已先在同好間傳閱[24]。同時，由於英譯本的
描述「可怖、褻神，足以危及讀者的靈魂」[25]，以是譯畢後並未
立即刊行。一旦刊行，果然立即引發讀者的高度注意。讀者在
感受震憾的同時，對於浮士德遊歷所見的羅馬、教皇寢宮、土
耳其後宮等大感興趣；對於浮士德施展的截肢、關亡術等魔法，
亦大表歡迎。不過，全書的重點似在浮士德下遊地獄、上遨星
海。而在地獄哭號痛苦的場面中，不乏王公貴冑。這些再再顯
示浮士德叛離上帝去沉溺於肉慾的行徑，足為觀者戒，以期寓
教於樂。儘管譯本的文字不夠嚴謹，卻激發了馬羅的靈感，以
散文與無韻詩寫成了《浮士德博士悲劇性的一生》(*The Tragical
History and Life of Dr. Faustus*)，本書簡稱為《浮士德博士》。
馬羅成為將浮士德傳說寫成戲劇文類的第一人，而《浮士德博
士》則是首齣依據浮士德傳說寫成的劇作。馬羅的戲大體上同
於英譯本《浮士德傳》；但浮士德經他處理後，卻由一名魔法
師與曆算家，搖身一變而成一名追求知識的學問家。

　　浮士德在德國的際遇並不相同。從戲單等相關資料可知，
馬羅的戲在17世紀期間傳回德奧兩國後，隨即成為戲台上的戲
碼，劇情講求聳人聽聞與滑稽突梯。18世紀期間，更成為傀儡
戲的主角，劇情點出追求的鵠的不在知識而在名利後，接著搬
演的是訂契約、學魔法、懺悔與慘死；喜劇部分先由浮士德的
僕人搞笑，最後則由一名守夜人製造。雷辛(Gotkhold Efraim

---

[24] 說見Paul H. Kocher, "*The English Faustus Book* and the Date of Marlowe's
Faustus," *Modern Language Notes* 55(1940): 95-101.

[25] Haile, p. 16.

Lessing, 1729-1781)首先以嚴肅的態度在其《浮士德》(*Faust*, 1759)中恢復了浮士德的本貌。雷辛的道德劇雖然僅存殘篇,但在他的處理下,浮士德首度由愛真理、愛知識而終獲救贖。在雷辛之前,奧籍劇作家魏德曼(Paul Weidmann, 1746-1810)將其《浮士德》(*Johann Faust*, 1775)寫成一齣寓意劇來搬演善惡爭奪靈魂的經過,只是劇情呆板。歌德(Johann Wolfgang von Goethe, 1749-1832)則據雷辛的道德劇與年輕時代所見的傀儡戲寫成了上下兩部《浮士德》(*Faust I*, 1808; *Faust II*, 1832)。這齣有德國「俗家聖經」(secular Bible)㉖之稱的戲,終於成為西洋文壇上的經典之作。歌德將他筆下的浮士德寫成一名傑出的學者,其所以學習魔法是為了深究正統知識無法企及的大自然奧秘。劇中的浮士德由於能走出小我去成就大我,最後終獲救贖。狂飆時期(*Sturm und Drang*)的小說家柯林傑(F. M. Klinger, 1752-1831)在其《浮士德傳》(*Fausts Leben, Taten und Hollenfahrt*, 1791)中,將浮士德寫成一名道德理想主義者。他以人性善惡為題與魔鬼雷維亞伸(Leviathan)打賭,結果因發現人性貪婪邪惡的一面,輸去了賭注。浪漫時期產生了不少以浮士德為題材的詩、彷作,但故事中的主角太過自我中心,泰半只反映撰者的個性。

從18世紀末起,浮士德傳統更成為全歐的公共財。以此傳說為題材的諷刺詩文、圖片、繪畫、音樂、啞劇(pantomime)以及明信片等,多有可見。16世紀小說《浮士德傳》中與馬羅筆

㉖　見H. Heine, *Romantische Schule*(Paris and Leipzig, 1833), p. 126.

下的浮士德永墜地獄，歌德心目中的浮士德則在奮鬥中終獲救
贖。自從歌德以後，浮士德才成為西方世界家喻戶曉的人物。
歐洲各國的文藝界從漢克(Hanke)《浮士德》(*La ceinture du
Docteur Faust*, 1796)起至曼佐尼(Manzoni)《浮士德博士》
(*Doktor Faustus*, 1988)約莫兩百年所產生的近四十齣歌劇，泰半
從歌德的《浮士德》汲取靈感[27]。其中，像華格納(Richard Wagner,
1813-1883)《浮士德序曲》(*Faust Overture*, 1839-1840)、舒曼
(Richard Schumann, 1810-1856)《歌德浮士德場景》(*Scenes from
Goethe's Faust*, 1844-1853)、李斯特(Franz Liszt, 1811-1886)《浮
士德交響曲》(*Eine Faust Symphonie*, 1854)、古諾(Charles
Gounod, 1818-1893)《浮士德》(*Faust*, 1859)、勃伊託(Arrigo
Boïto, 1842-1918)的歌劇《魔菲思拖弗利斯》(*Mefistofele*, 1868)、
白遼士(Hector Berlioz, 1803-1869)《浮士德下地獄》(*La
Demnation de Faust*, 1893)以及卜松尼(Ferruccio Busoni, 1866-
1924)《浮士德博士》(*Doktor Faust*, 1925)等，尤在樂壇上盛名
不墜。

　　文壇的表現也毫不遜色。在浪漫主義詩人拜崙(Lord George
Gordon Noel Byron, 1788-1842)設計下的浮士德變成一名自覺罪
孽深重而遊走天涯的魔法師曼符瑞德(Manfred)；只是曼符瑞德
不曾與魔鬼訂約，當然藐視魔鬼的威嚇，也不受地獄的詛咒[28]。
葉慈(W. B. Yeats, 1865-1939)的詩劇《嘉思琳伯爵夫人》(*The*

---

[27]　Parker, p. 157.

[28]　Byron, "Manfred," ed. *Byron*. Jerome J. McGann(Oxford: Oxford UP,
　　　1986), pp. 275-314.

Countess Cathleen, 1891）搬演嘉思琳伯爵夫人不惜犧牲自己的靈魂，以挽救愛爾蘭農夫的靈魂[29]，令人感佩。柏內特（Stephen V. Benét, 1898-1943）在一篇名爲〈魔鬼與但尼爾・韋伯斯特〉（The Devil and Daniel Webster）的短篇故事中，將浮士德的面貌換成一個爲了改運而不惜與魔鬼簽下七年之約的洋基農夫石東（Jabeg Stone）[30]。德國小說家曼恩（Thomas Mann, 1875-1955）在二戰期間以小說形式寫下《浮士德博士》（*Doktor Faustus*, 1947）一書，描述作曲家列符鈞（Adrian Leverkühn）拿靈魂換取廿四年的創作才華，終於成爲一名「悲慘而絕望的人」（a god-forsaken and despaired man），從而象徵納粹德國終遭敗亡的命運[31]，似乎又倒回到16世紀的傳統。喀蘭（Hart Crane, 1899-1932）在〈浮士德與海倫的婚姻〉（"For the Marriage of Faustus and Helen"）一詩中，歌頌浮士德與海倫的結合[32]。而馬羅本人倒成了梅樂斯（Mellers）《馬羅悲劇史》（*The Tragical History of Christopher Marlowe*, 1950-1952）的主角。儘管浮士德的面貌多變，讀者仍不難從這類作品中辨識其基本架構。

---

[29] Thomas Mann, *Doctor Faustus: The Life of the German Composer Andrian Leverkühn as Told by a Friend*（New York: Penguin Books, 1949）, p. 478.

[30] William B. Yeats, *The Countess Cathleen*, in *Variorum Edition of the Plays of W. B. Yeats*, ed. Russell K. Alspach（London: Macmillan, 1966）, pp. 6-168.

[31] Stephen Vincent Benét, "The Devil and Daniel Webster," in *Selected Works of Stephen Vincent Benét*（New York: Rinehart & Company, Inc., 1942）, II, 32-46.

[32] Hart Crane, "For the Marriage of Faustus and Helen," *The Poems of Hart Crane*, ed. Marc Simon（New York: Liveright, 1986）, pp. 26-32.

　　據統計，從馬羅《浮士德博士》問世起約莫四百年間（1592?-1966），以浮士德爲題材的喜劇、歌劇、鬧劇（farces）、傳奇小說（chapbooks）、芭蕾舞、諷刺詩文（burlesques）、傀儡戲（puppet shows）、民謠（ballads）、假面戲（masques）、交響樂、錄音帶、影片、繪畫、音樂、啞劇，總計212種^㉝。其中，德國就佔去了166種（78%）。若單以166種的文學形式言，則德國佔去132種（79.5%），比例更高^㉞，顯見浮士德淪落英倫只算短暫現象。回歸德國後，這個原屬日耳曼「土產」的傳統就此落葉歸根，成爲德國文學的資產。從18世紀末至19世紀初，浮士德傳說先與印刷者華士德（Johann Fust, ?-1466?）混淆，隨後又與唐璜（Don Juan）合流，逐使這個發生在15世紀的傳說愈形複雜而豐富。在這即將進入21世紀的今天，浮士德傳說早已透過翻譯及其他管道傳遍世界各地，成爲地球村共有的文藝資源^㉟。而馬羅《浮士

㉝　改寫者如:Jack Kerouac, *Doctor Sax: Faust*, Part Three(New York: Grove P, 1987)；假面劇如：Robert Edward Duncan, *Faust Foutu: A Comic Masque*(Barrytown, NY: Station Hill P, 1985)；交響樂如：Franz Liszt, *A Faust Symphony*(Hayes, England: EMI; Angel, 1987)；歌劇如：Jose Carreras, *French Opera Arias*(*Faust*)(Tokyo: Toshiba/EMI, 1984); Bayard Taylor, trans., *Marlowe's Doctor Faustus and Goethe's Faust*(Part I)(Tokyo: Kenkyusha, 1953); Arrigo Boïto and Ferruccio Busoni, *Doktor Faust*(Hamburg, Germany: Polydor International, 1978 (3 sound discs))；潑萊斯登(H. Preston)、薩凡奇(H. Savage)同撰，潘純蘭譯，《浮士德故事》(上海市：上海商務印書館，1948年)。

㉞　Smeed, pp. 262-271.

㉟　就臺灣來說，至少就有三種非學術性資料以「浮士德」爲名::(1)胡秋原，《在唐三藏與浮士德之間及其他》(臺北市：自印本，1962年)；(2)莊裕安，《一隻叫浮士德的魚》(臺北市：大呂，1991年)；(3)金恒煒，《趙高與浮士德：臺灣政治探針》(臺北市：桂冠圖書公司，

德博士》坊間雖然未見中譯[36]，但目前至少還可看到歌德《浮士德》的譯本[37]。

1992年）。至於學術性論著則有：（1）文訥，"A Man Called Faust,"《輔仁學誌》，第5期（1972年），頁81-89；（2）胡聰賢，"A Study of Christopher Marlowe's *Doctor Faustus*"（中國文化學院西洋文學研究所碩士論文，1975年）；（3）趙志美，"Machiavellianism in Four Plays of Christopher Marlowe"（〈馬羅四劇中的馬基維利主義〉；輔仁大學英文研究所碩士論文，1984年）；（4）李爽學，"Fate and Fortune in the Plays of Christopher Marlowe"（〈馬婁劇中的命與運〉；輔仁大學英文研究所碩士論文，1985年）；（5）林知立，"An Interpretation with Pertinent Freudian Observation: The Two Fausts"（中國文化大學西洋文學研究所英文組碩士論文，1985年）；（6）劉綏珍，〈馬羅《帖布列大帝》、《馬爾他的猶太人》、《浮士德》三劇中的人性觀〉（臺灣大學外國語文研究所碩士論文，1987年）；（7）王春元，"Irony in *Doctor Faustus*"〈《浮士德》一劇中的反諷〉；臺灣大學外國語文研究所碩士論文，1990年）；（8）陳淑惠，"The Comic Scenes in Marlowe's *Doctor Faustus*"（〈馬羅《浮士德博士》劇中嬉鬧場面之分析〉；中山大學外國語文學研究所碩士論文，1993年）；（9）陳奕芳，"A Complete Study of the Structure of Faust and The Changing Light of Saudover"（〈《浮士德》與《聖德華的流光》結構比較研究〉；臺灣師範大學英語研究所，1994年）；（10）蘇蕭化，〈馬羅塑造浮士德一角時使用的反諷〉，《台南師院學報》，第28期（1995年6月），頁245-269等等。由這些資料可知，浮士德對臺灣民眾來說，即使不必家諭戶曉，卻也並不陌生。

[36] 據筆者所知，馬羅《浮士德博士》的中譯本僅見於郭錦秀，《馬婁〈浮士德博士悲劇史〉之翻譯及其內文暨當代重要演出研究》（臺灣大學藝術研究所碩士論文，1997年），頁66-141，已於2000年由臺北市桂冠圖書公司出版。

[37] 據筆者所知，歌德《浮士德》的中譯本至少有下列數種，分別為：（1）周學普，《浮士德》（上海市：上海商務印書館，1947年；臺北市：志文出版社，1978年）；（2）郭沫若，《浮士德》（上海市：群益書局，1947年；台北縣：仰哲，1987年）；（3）李石曾，《浮士德》（臺北市：啓明書局，1961年）；（4）莫甦，《浮士德》（香港：啓明書局，1962年；臺北縣：永和書局，1963年）；（5）呂津惠，《浮士德與魔鬼》（臺

伍、《浮士德博士》的撰作年代

　　馬羅筆下的七齣戲都無法確知其寫作的時間。大抵說來，《迦太基女王戴朵》與《帖木兒》較早，《馬爾他的猶太人》與《愛德華二世》稍晚。《浮士德博士》的爭議最大。有些評家認為這齣戲寫在《帖木兒》後，有些則認為是馬羅的最後一齣。不過，他們多同意《浮士德博士》的撰作年代與英譯本《浮士德傳》有關。爭議主要可分成1592年前（1587年-1588年）後（1592年-1593年）兩個陣營。上文提過，伊莉莎白時代的劇作通常在出版前就已先在同道間傳閱，然後才因需求殷切而印製成冊。主張寫在1592年以前的陣營因而據此推測說：英譯本恐怕就在這種情況下，早在1592年以前就已存在[38]。上文也還提過，《浮士德博士》的劇情大抵依據英譯本寫成，劇中恐怖而褻神的部分可能會與英譯本同樣對讀者造成難以預測的傷害。主張《浮士德博士》一劇寫在1592年以前的陣營因而除了依據戲文的風格與技巧外，還認為：馬羅寫完這齣戲後，就為此而未立即公演。基於

北市：五洲出版社，1965年）；(6)艾人，《浮士德》（臺北市：敦煌書局，1967年）；(7)淦克超，《浮士德》（臺北市：水牛出版社，1968年）；(8)曹開元，《浮士德》（臺北市：五洲出版社，1969年）；(9)海明，《浮士德》（臺北市：遠景出版公司，1992年）；(10)樊修章，《浮士德》（南京市：譯林出版社，1993年）；(11)綠原，《浮士德》（臺北市：光復書局，1998年）。其中，莫甦與呂津惠譯本為英漢對照本，淦克超只譯《浮士德》第一部。
[38] 說見Kocher, 100.

這些理由，他們將馬羅寫作的先後定爲：《帖木兒》、《浮士德博士》、《馬爾他的猶太人》與《愛德華二世》，其人文主義的信念依序遞減，技巧則依序趨於成熟[39]。同時，他們又發現：像《洞悉惡棍的妙訣》(*A Knack to Know a Knave*)[40]、《英倫之鏡》(*A Looking-Glass for London and England*)[41]與《馴悍記》(*The Taming of a Shrew*)[42]等三齣寫在1590年(或1591年)的作品，不是模仿《浮士德博士》的風格，就是借用或剽竊其中的戲文。

　　從1930年代以來，學者多半主張《浮士德博士》一劇寫在1592年以後。他們認爲：馬羅所據的《浮士德傳》於1587年間在法蘭克福(Frankfurt-am-Main)出版，而 P. F. 的英譯本也遲至1592年才問世。目前可見的英譯本也只是第二版。除非《浮士德傳》確有更早的英譯本，否則《浮士德博士》應該是馬羅遇害前一年間寫成的戲。這些學者顯然認定馬羅不是沒有閱讀德文本的能力，就是根本不曾見過德文本。對這個陣營來說，正式出版前先傳閱的說法並不可靠。果真如此，則英譯本既然屬於改寫本，而《浮士德博士》中的一些情節又明顯取自這個本子，則寫在1592年以後的可能性大爲提高。基於這些理由，他們主張將馬羅寫的戲排成《帖木兒》、《馬爾他的猶太人》、

---

[39] 見John D. Jump, *Doctor Faustus*(London: Routledge, 1965), p. 37.

[40] 參見Curt A. Zimansky, "Marlowe's *Faustus*: The Date Again," *Philological Quarterly* 41(1962): 181-187.

[41] 參見Constance B. Kuriyama, "Dr. Greg and *Doctor Faustus*: The Supposed Originality of the 1616 Text," *English Literary Renaissance* 5(1975): 171-197.

[42] 參見Robert A. H. Smith, "A Note on *Doctor Faustus* and *The Taming of a Shrew*," *PMLA* 62(1947): 116; 又參見Kuriyama, pp. 181-185.

《愛德華二世》與《浮士德博士》。從這種排列中可見個人主
義的強度依序遞增，最後才發現節制的必要；至於《愛德華二
世》的結構與其它各劇大不相同，乃因這齣戲純為亞連而寫[43]。
他們持相反的立場指出：馬羅除了從英譯本《浮士德》中取材外，
也受了《洞悉惡棍的妙訣》等三劇的影響[44]。

　　儘管最近的行情又有趨向1592年以前之說的態勢，但雙方
還是各執一辭，迄今並無定論，只能任由兩說並存。

陸、《浮士德博士》的版本問題

　　版本問題也引發了不少困擾。《浮士德博士》手稿未曾留下，
也未曾在馬羅有生之年出版。著作權法（copyright）要到西元1710
年英國議會通過《安妮法令》（*Statute of Anne*）後，才開始實施。
文藝復興時代既然沒有尊重智慧財產權的觀念，則作品一旦交給
劇團，撰者手中既無複本，手稿要如何篡改增刪，都不必經過撰
者同意[45]。因此，一齣戲到底倖存多少原貌，幾難確定。

　　馬羅《浮士德博士》的版本有A本與B本之分，或許就是這
種情況造成的。A、B兩本都是四折本（quarto）。A本在馬羅死後
十一年（1604年）出版，B本則還要再等十二年（1616年）才問世。
1601年1月7日，出版商布希爾（Thomas Bushell, 1594-1674）在倫

---

[43]　Jump, p. 37.

[44]　參見 Walter W. Greg, ed., *Marlowe's 'Doctor Faustus' 1604-1616: Parallel Text* (Oxford: Oxford UP, 1950), pp. 63-97.

[45]　William Tydeman, *Doctor Faustus: Text and Performance* (Hampshire: Macmillan, 1984), p. 15.

敦書籍出版業公會辦事處（Stationers' Hall）登記了「一本叫做《浮士德》的劇本」（a book called the plaie of *Doctor Faustus*）後，交給西姆斯（Valentine Simmes）於1604年出版，是即所謂的A本。初版依據的「壞稿」（foul paper）闕漏與訛誤甚多。經過一些編輯上的改變後，又由萊特（John Wright, 1625-1700）交給厄爾德（George Eld），分別在1609年與1611年重印。評論家認為，這本叫做《浮士德博士》的劇本，當時登記的或許不是付梓日期，而可能只是登記版權，或即所謂的「印版登錄」（blocking entry）。是否刊行，殊難確定。若確曾刊行，則1604年本只算再刷。由於目前並無1601年刊本可見，無法證實。1616年間，萊特刊行另一種新版的四折本，是為B本。據玫瑰劇院（Rose Theatre）的老闆韓斯羅（Philip Henslowe, ?-1616）在其《日記》（*Henslowe's Diary*）上的載述，他曾在1602年11月22日以四英鎊的代價，委請波爾德（William Birde, 1546-1623）與羅利（Samuel Rowley, ?-1633）兩人修改[46]。這個本子輾轉落在萊特手中，終於在增衍後的第14年（1616年）刊行，其中顯然加上了不少增修註釋。儘管B本解決了一些A本的問題，卻也同時增加了不少糾葛：給A、B兩本衍生了數以千計的差異，也因而在主題上造成了相當不同的意義。其後，B本又陸續印了6版（1619, 1620, 1624, 1628, 1631, 1663），卻只有第二版（1619年）的標題頁上標明該本有所「增添」（*adicyones*）。

　　學者對於A、B兩本的看法相當分歧。大抵說來，19世紀初年的編者多採B本，從19世紀末迄20世紀初則兩本並行。採用A本的

---

[46]　Philip Henslowe, *Henslowe's Diary*, eds. R. A. Foakes and R. T. Rickert(Cambridge: Cambridge UP, 1961), p. 206.

學者認爲：B本既然較晚刊行，顯然就是A本的修改本與擴充本。然而，1932年間，鮑阿斯(F. S. Baos)確定A本是「壞本」(bad quarto)；B本雖然遲了十二年才刊行，但在A本問世時就已存在，事實上也才是接近原稿的「善本」(good quarto)。這種看法獲得20世紀中葉版本學泰斗葛瑞格(Walter W. Greg)的採信。葛瑞格在經過一番考證後認爲：A本是演員憑記憶寫下的「壞本」或提詞本(prompt-book)，也是當時巡迴演出期間用的本子。A本遺漏的部分正是演員遺忘的，因此B本才是原本[47]。此後，像蔣普(John Jump, 1962)、柯思幫(Kirschbaum 1946, 1962)、季爾(Roma Gill, 1965)、史廷(J. B. Steane, 1969)、鮑爾思(Fredson Bowers, 1952, 1973, 1975)等1960、1970年代的編者紛紛信從，B本一時成爲真本。

然而，1970年代以後，有些學者又有改變初衷的跡象。鮑爾思原本在1964年間贊同葛瑞格的看法，卻在1973年間率先批駁B本[48]。據指出，1606年《誹謗法》(*Act of Abuses*)頒佈，明訂演員不准公然褻瀆神明；而韓斯羅的女婿亞連也剛好在這段期間離開海軍大臣劇團。B本爲了符合法規[49]與主角離團[50]，只好進行修改。爲此，許多重量級的學者又主張A本才是原本。當代

[47] 說見 Walter W. Greg, ed., *Marlowe's 'Doctor Faustus' 1604-1616: Parallel Text*(Oxford: Oxford UP, 1950), pp. 63-97.

[48] Fredson Bowers, "Marlowe's *Dr. Faustus*: The 1602 Additions," *Studies in Bibliography* 26(1973): 1-18.

[49] 說見 William Empson, *Faustus and the Censor: The English Faust-book and Marlowe's Doctor Faustus*(New York: Basil Blackwell Inc., 1987), pp. 51-54.

[50] 說見 Roma Gill, ed., *Doctor Faustus*, 2nd ed.(London: A & C Black, 1989), pp. xiii-xiv.

編者，像巴柏(C. L. Barber, 1964)、柯利亞瑪(Constance Brown
Kuriyama, 1975)、葛林布拉脫(Stephen Greenblatt, 1980)、華侖
(Michael J. Warren, 1981)、齊福(Michael H. Keefer, 1981)、翟斯
(Roma Gice, 1989, 1990, 1995)等，為求其所編出的本子接近原
本，因多以A本為準。只在A本顯然有誤時，才參酌B本訂正。
有趣的是，儘管鮑爾思首先發難，他所編的《馬羅作品全集》
(*The Complete Works of Christopher Marlowe*)[51]仍採B本；理由
是：A本雖然較近原本，卻屬「壞本」，不如唸B本來得完整。
無論如何，版本的問題迄今懸而未決。而儘管我們可以確定A本
與B本多半是馬羅的手筆，但相異的部分則難以確定。如今，《浮
士德博士》的原貌已難再見。為免日後再有變動，本書因將A、
B兩本同時譯出，以期一勞永逸，讀者亦可自行比較兩本差異。
值得注意的是，文藝復興時代的本子概不分幕。從18世紀新古
典主義時代起，才有了5幕結構的觀念。至19世紀，《浮士德博
士》的編者紛紛依新古典主義的理念，進行分幕。為閱讀方便
起見，本譯文亦將戲文分成5幕。戲台說明方面，未加括號者為
原本所有，加上中括號者為編者所添。

　　儘管如此，版本問題仍可勾勒出一個梗概。馬羅的手稿或許
先由彭布羅克劇團改成提詞本，於1592年至1593年間推出。明年
(1593年)，倫敦瘟疫流行，市郊禁演，劇團被迫到外地巡迴演出。
戲中所需的道具或因搬運不便而予簡化。同年年底，彭布羅克劇
團將提詞本讓售給韓斯羅主掌的海軍大臣劇團。因此，才會在

---

[51]　Fredson Bowers, *The Complete Works of Christopher Marlowe*
(Cambridge: Cambridge UP, 1973).

1594年9月30日由團員亞連領銜主演。而這也是《浮士德博士》有
稽可查的首次演出。1597年秋,海軍大臣劇團改成諾汀漢伯爵劇
團,1604年四折本的書名頁(title page)才會題曰:「由於曾由諾
汀漢伯爵閣下劇團團員演出」(As it hath bene Acted by the Right
Honorable the Earle of Nottingham his servants)。只是諾汀漢在1603
年就已換過老闆,則書名頁的改變似嫌太早。1602年間,韓斯羅
付給波爾德與羅利四鎊,做為修改增刪的報酬。B本在1616年出
現前就已添加了許多,有些部分還經修改,就是這個緣故。

柒、《浮士德博士》的戲台演出

　　《浮士德博士》一劇在馬羅有生之年不曾演出。有些評論
家認為,《浮士德博士》在馬羅創作生涯的早期就曾搬演,有
些則認為是在《帖木兒》之後。不過,目前確知的首演記錄登
錄在韓斯羅《日記》上,時間為1594年9月30日[52],地點在玫瑰
劇院(The Rose Theatre),離馬羅的死十六個月。值得注意的是,
記錄上並未標明這是一齣新戲。演出首晚收入三磅多,比同年
演出的戲還好。依據韓斯羅《日記》上的紀錄,這齣戲在1594
年至1595年間,連同首演日總共演出二十個天次[53]。票房不惡,

---

[52]　Henslowe, p. 24.

[53]　這20天次分別為:1594年6次(10月9日、10月21日、11月20日、12月
20日、12月27日)、1595年6次(1月9日、1月24日、2月8日、6月5日、
9月11日、9月26日)、1596年6次(4月18日、5月5日、6月12日、10月8
日、11月4日、12月17日)以及1597年2次(1月5日、10月11日),見
Henslowe, pp. 24-27, 30-31, 36, 47, 54-55, 60;又參見Cole, p. 36.

顯見這齣戲在當時頗受歡迎。然而,從1597年起,票房轉差,演出的次數減少,演出的間距也拉長。1620年間還聽說在倫敦高汀巷(Golding Lane)幸福劇院演出[54],此後便從戲碼中消失。考其原因,可能是由於故事本身已然家喻戶曉,不再引發興趣。觀眾的口味轉而要求聳人聽聞的情節。而莎劇抬頭也使這齣戲沒落。韓斯羅找波爾德與羅利修改,除了為顧及《誹謗法》等因素外,主要就是出於票房的考量。加增魔法的份量與笑鬧場面,為的就是要迎合販夫走卒的胃口。至於增加反天主教的戲量,則是為了符應當時的氣氛。如此一來,當然多少傷害原作的精神。

清教徒統治期間(the Puritan Interregnum, 1642-1660)仍時有演出的傳聞。但這齣戲在隨後的復辟時代(the Restoration, 1600-1683)卻淪為一齣多用戲台機械、少動腦筋的鬧劇,浮士德也變成了傀儡戲的主角[55]。在莎劇的陰影下,浮士德一角雖曾由莎劇的主力演員培特頓(Thomas Betterton, 1635?-1710)演過,但這齣戲似乎給人「糊塗」而「惡心」[56]的感覺。自從1675年9月28日當天在御前演出後,接著的兩百二十年間就沒有再看到演出的紀錄。儘管如此,浮士德本身並未消失,而在18世紀結束前出現於鬧劇、啞劇與傀儡戲中。為此知識分子不再以嚴肅的態度看待。18世紀啓蒙時期(the Enlightenment)期間,

---

54　John Melton 的說法,引見 John Jump, ed., *Marlowe: Doctor Faustus* (London: Macmillan P, Ltd., 1969), p. 12.

55　Christopher Butler, *Number Symbolism* (London: Routledge & Kegan Paul, 1970), pp. 52-68.

56　Samuel Pepys語,引見 Jump, p. 12.

反迷信之風起，《浮士德博士》又變成迷信時代的餘孽，「野蠻」而「荒唐」[57]。至19世紀初浪漫主義時期，《浮士德博士》被視爲反抗眾神的普羅米修士（Prometheus），才得以重見天日。戲院儘量接近原作演出，一時成爲莎劇以外最常搬上戲臺的戲碼。

從1885年起，《浮士德博士》一劇經常在英倫與歐美各地演出。演出次數要以倫敦（1885, 1896, 1904, 1925, 1940, 1948, 1961, 1970, 1974）一地最多，他如坎城（Canterbury, 1929）、利物浦（1944）、詩錘津（Stratford-on-Avon, 1946, 1947, 1968, 1989）、牛津（1957, 1966）、愛丁堡（Edinburgh, 1961, 1974）、格拉斯哥（Glasgow, 1960年代末）、諾汀漢（Nottingham, 1974）、漢莫史密斯（Hammersmith, 1980）、以及曼徹斯特（Manchester, 1981）等都會也不少。早在1608年間，就有劇團遠赴奧地利巡迴演出。20世紀以來，也在紐約（1937）、波蘭歐坡爾（Opole, 1963）等地有過公演的紀錄。演出期間分別由波伊爾（William Poël）、威德（Allan Wade）、曼克（Nugent Monck）、威爾斯（Orson Welles）、郝士門（John Houseman）、卜瑞爾（John Burrell）、班撒爾（Michael Benthall）、威廉斯（Clifford Williams）、巴爾頓（John Barton）、摩根（Gareth Morgan）、菲特斯（Christopher Fetters）、諾柏爾（Adrian Noble）、葛羅托斯基（Jerzy Grotowsky）與馬洛威茲（Charles Marowitz）等人導演，由老維克（The Old Vic Theatre Company）、皇家莎翁（Royal Shakespeare Company）、中市場（Middlemarket

---

[57] 說見Jump, p. 13.

Player's)、鳳凰社(Phoenix Society)以及牛津大學(Oxford University Dramatic Society)等劇團或戲劇社演出。演過浮士德一角的包括爾玟(Sir Henry Irving)、丹曼(Paul Daneman)、波特(Eric Porter)、麥克蘭(Ian McKellen)、華勒(David Waller)、鄂柏瑞(James Aubrey)、馬吉(Patrick Magee)與金士雷(Ben Kingsley)等名角。演過魔菲思拖弗利斯(Mephistopheles)的則有古德利夫(Michael Goodliffe)、哈迪曼(Terrence Hardiman)、鍾斯(Emrys Jons)、霍華德(Allan Howard)以及馬克斯維爾(James Maxwell)等人[58]，也都是一時之選。

捌、《浮士德博士》的翻譯問題

在討論戲文的翻譯前，譯者擬先在此略述本劇專詞中譯的一些問題。一般說來，由「羅德」(Rhode)、「蓋倫」(Galen)、巴馬(Parma)、「恩登」(Emden)、「荷馬」(Homer)、「馬若」(Maro)與「海倫」(Helen)等兩個漢字組成的專詞不會給詩行的節奏帶來困擾。由「浮士德」(Faustus)、「威登堡」(Wittenberg)、「傑羅米」(Jerome)、「拉普蘭」(Lapland)、「露西弗」(Lucifer)、「特里爾」(Trier)、「帕都阿」(Padua)、「巴里斯」(Paris)、「特洛伊」(Troy)、「朱庇特」(Jupiter)與「西蜜莉」(Semele)等三個漢字組成的詞組還好。由「華爾迪斯」(Valdes)等四個漢字，甚至「特拉西米尼」(Trasimene)等五個漢字、「朱利阿斯・

---

[58] Tydeman, pp. 46-51.

凱撒」(Julius Caesar)等六個漢字以及「魔菲思拖弗利斯」
(Mephistopheles)等七個漢字組成的,則影響節奏甚鉅。另外,
有些像Faustus(浮士德)之類的譯名已然約定俗成者從其俗約,
其餘的則以音譯為原則。至於Germany一詞則由於歷史因素,不
能不慎重處理。該詞可譯成「日耳曼」或「德意志」。「日耳
曼」一詞為民族名(Germans),屬印歐族,其中最重要的是西哥
德人(West Goths)、東哥德人(East Goths)與汪達爾人(Wandals)
等三支,今法、西、英、德與北歐諸國皆其後裔。「德意志」
為國名(德文作Deutsland),係至19世紀末才建立的中歐國家。
在此之前,遠在8世紀期間,其地被查理曼大帝(Charlegme the
Great, 768-814)征服。查理曼死後,帝國一分為三,形成了中、
東、西三個法蘭克王國。其中的東法蘭克就是後來的德意志。
10世紀期間,東法蘭克國王鄂圖大帝(Otto the Great, 在位962-
973)由教宗若望十二世(Pope John XII, 在位938-964)加冕為羅
馬皇帝,建立神聖羅馬帝國(Holy Roman Empire, 962-1806)。18
世紀期間,普魯士(Prussia)興起,先後擊敗丹麥、奧地利與法國,
而在1871年統一全境,建立了德意志帝國。由於「德意志」遲
至19世紀末才正式建立,譯本因將Germany一詞譯成「日耳曼」。

翻譯《浮士德博士》戲文是本書的核心工作。迻譯的過程
中,在兼顧原作意思與中文語法習慣的原則下,力求忠實、通
順而達意,期能不以辭害義,也不以義害辭。而由於戲文韻散
兼具,翻譯時採取的策略亦自不同。不管其為詩或散文,譯文
都儘量兼顧精確與曉暢。散文部分多見諸笑鬧場面(comic
scenes)。為求符合丑角身分,台詞因力求口語。同時,由於這

些場面構成全劇的副情節(subplot)來映襯主情節,因此不能不顧及其與主情節的關係。特別是這些笑鬧場面往往多用雙關語(puns)來打諢插科,翻譯時十分棘手。比如,A、B兩本(第1幕第2景)的原文the place of execution兼指飯廳與刑場。當時,浮士德正在與兩名魔法師進餐,理當譯成「飯廳」。而學習魔法的下場是吊死,因此為呼應下文提到的to see you both hanged(看你們兩人遭到問吊),則原文又該譯成「刑場」。為了照顧上下文,只好譯成「動手的地方」。B本(第1幕第4景)beaten silk中的beaten原指「鑲金」,但華格納轉用以指「鞭打」(thrash)。A、B兩本(第1幕第4景)stavesacre(飛燕草粉),羅賓轉成knave's acre(惡棍的土地);為求音諧義近起見,因特譯成「匪魔巢」。Belial原係聖經中的惡魔,本義為「缺德的」(wickedness),因譯為「缺德鬼」;而Belcher指「愛發牢騷者」,因譯為「牢騷鬼」。不過,在B本(第1幕第4景)中,羅賓刻意將華格納說的guilders(法國克朗)轉成gridirons(烤架、刑具),因諧音而產生諧趣,但翻譯起來就顯得上下文義不對。另外,有些場面從前後的字詞合起來看,多含淫穢或性暗示,也衍生了不少困擾。A、B兩本第2幕第2景分別從「圈圈」(circles)與「溜馬」(walk the horses)起,便是如此(詳見下文)。A、B兩本上的淫蕩(Lechery)說:「我喜歡一吋長的生羊肉甚於四十吋長的鱈魚乾」(第2幕第3景);B本公爵要手下「把一干亂民通通打入大牢」(第4幕第5景),但狄克卻將「通通」(commit)二字轉成「通姦」(commit adultery)。這類實例甚多,不勝枚舉。由於國情不同,光靠譯文恐有不足,故都加上註釋說明。

全劇的詩行多用無韻詩寫成，譯文也不押韻。不過，遇到
為了特殊目的而押韻的詩行，譯文只好跟著押韻。這些情況在B
本較多。下面這段咒語就是一例。茲將原詩行與中譯文臚列於
下，以利對照：

First wear this girdle, then *appear*

Invisible to all are *here*.

The planets seven, the gloomy *air*,

Hell, and the Furies' forkèd *hair*,

Pluto's blue fire, and Hecate's *tree*

With magic spells so compass *thee*

That no eye may thy body *see*.(III.ii.17-23)

先將這條腰帶繫腰間，

在場眾人無一能看見。

七大行星穹蒼全鬱暗，

陰森地獄蛇髮復仇神。

一魔三名陰府硫磺燄，

魔咒圍繞周身上下邊，

眾目睽睽汝軀無人見。（第3幕第2景，第17行～第23行）

有些詩行為了加強語氣而採用對句(couplets)，譯文當然還
是不得不遷就原文押韻。所幸這類實例都出現在B本第5幕第2
景，頻率還不算多。茲將對句的部分全數以英中對照的方式臚
列於下：

（1）Therefore despair. Think only upon *hell*

For that must be thy mansion, there to *dwell*.

所以就絕望吧。一心想地獄，

只因地獄才是你住處，要去住那裡。（第82行～第83行）

（2）What, weep'st thou? 'Tis too late. Despair, *farewell*

Fools that will laugh on earth must weep in *hell*.

哼，你哭？太遲了。再會吧，絕望！

在世間嬉笑的傻瓜，必定要在地獄哭喪。（第91行～第92行）

（3）Nothing but vex thee *more*,

To want in hell, that had on earth such *store*.

只會讓你困擾更增加，

在人間富裕的，在地獄匱乏。（第99行～第100行）

（4）And now, poor soul, must they good angel leave *thee*.

The jaws of hell are open to receive *thee*.

如今，可悲的靈魂，善天使只好拋棄你。

地獄正在敞開大口迎接你。（第109行～第110行）

（5）But yet all these are nothing. Thou shalt *see*

Then thousand tortures that more horrid *be*.

但這些都還沒甚麼。你將目睹

萬種酷刑更可怖。（第121行～第122行）

大體說來，譯文多在顧及中文語法結構的情況下講求節

奏，務期在精確中力求明白曉暢，以顯現原作的精神。

玖、《浮士德博士》的劇情解說

　　儘管《浮士德博士》一劇是英國戲劇史上的一齣傑作，但問題叢叢也是個不爭的事實。撰作時間引發爭論，首次搬演的時間也難以確定，而最令評論家聚訟紛紜的還是版本問題。由於A、B兩本的爭議，歷來評論家的討論只能按照自己的判斷進行。有些評論針對A本而發，有些將焦點對準B本，更有些則兩本同時觸及。本文的討論當然無法迴避這種困擾。本書既然A、B兩本並陳，也就不能單論任何一本。為此，下文將分成三部分進行討論：第一部分將剖析A本的劇情，第二部分擬比較兩本的異同優劣，第三部分則將專論兩本的喜劇場景。其目的乃在透過這部分的討論以顯示譯者在重視A本的同時，也不忽略B本。

一、A本：以知識的詛咒為主軸

　　《浮士德博士》一劇的劇情以「知識即力量」(Knowledge is power)[59]為中心展開。舞歌員(the Chorus)[60]在全劇的開場白上指

---

[59]　Francis Bacon, *Meditationes Sacræ, De Hæresibus*；參見所著*Essays, Advancement of Learning, New Atlantis and Other Pieces*, ed. Richard Foster Jones(New York: The Odyssey P, Inc., 1937), pp. 436-439.又，參見E. R. Curtius, "The Book as Symbol," in *European Literature and the Latin Middle Ages*, trans. Willard R. Trask(New York: Bollingen Foundation, 1953), pp. 302-347; Harry Levin, *The Overreacher: A Study of Christopher Marlowe*(Gloucester, MA: Peter Smith, 1974), pp. 108-135.

出，浮士德雖然出身寒微之家，卻能依恃親族的提攜，在短時內由鑽研神學取得博士學位。如今，求學既已告一段落，他開始檢討追求知識的意義。從他在書房裡獨自沉思中可知，他相當熟稔當時的4門目標學科（objective disciplines）。問題是，這些「知識」有沒有給他帶來預期的「力量」呢？令他失望的是：邏輯只為「善辯」，醫學唯求「身體健康」，法學要在處理遺產與繼承權的「小案件」，神學則在昭告世人：「罪的代價乃是死」。他曾以精簡的邏輯論證難倒了日耳曼教會牧師，顯示他的確辯才無礙，對神學的造詣也十分高深。而從他的處方曾被拱為紀念碑一事來看，也可想見他必定藉著精湛的醫術，活人無算。儘管如此，他畢竟還是原先的「浮士德」，終究也只是個普通「人」。他不甘心，因為他覺得自己的才智理當「從事更深奧的課題」。對他來說，當醫生不特要堆金積玉、留芳百世，更要能夠使人「永生不死」或「起死回生」，這樣「才值得敬重」。職是之故，這些「知識」所能產生的「力量」顯然不合他的預期，難怪他對兩名日耳曼魔法師說：哲學「可憎而晦澀」，法學與醫學「只合無聊之輩學」，神學「最低鄙」（第1幕第1景）。

相形之下，魔法所能產生的「力量」神妙無匹，可以給他諸多「利益與喜悅」、「權力、榮耀和無涯的力量」，魔法師更儼然成為「大神」。既然如此，他遂決心學習魔法，以期透過魔法的「力量」去差遣鬼靈取來所喜、解除心中疑惑、執行

⑥　有關舞歌員的問題，詳見本書頁4，註①。

艱險的任務、到印度取黃金、到大洋找明珠、到各地尋覓美果珍饈。同時，他還將透過魔法的「力量」去命鬼靈講述哲理、透露異邦君王的秘密、築起銅牆來保衛日耳曼、讓大學生鮮衣美服，並且取回錢幣招募軍隊來驅逐外侮、發明武器、保家衛國。若能進而聯合兩名魔法師組成邪惡的三位一體，更可降服萬邦、主宰諸元素，並下令鬼靈從美洲運回「金羊毛」，乾涸海水去取得外國沉船的珍寶以及藏在地底的無邊財富（第1幕第1景）。後來，浮士德對魔菲思拖弗利斯表示；他願意奉卑爾茲巴柏為「主」，全心效忠。因為對他來說，卑爾茲巴柏才是「知識」之源，其可藉以產生的「力量」，足以讓他「享盡淫逸奢靡」，當起「世間大皇帝」、造橋渡海、統治歐非、操控君侯的生殺大權。總之，能讓他支配「靜止兩極間移動的一切」，法力無遠弗屆（第1幕第3景）。對浮士德來說，能夠產生這種「力量」的「知識」才值得奉獻心力。至此，他的野心昭然若揭，而這也顯然褻瀆神明。

魔法並不艱深。學習魔法與其他行業同樣需要經過學徒的階段，才能專精。浮士德博學多識，不僅知曉光學、天文學、占星術、古代史、航海術，還精通多種古典語言、熟稔各種礦物，原本就已具備了學習魔法的要件。因此，兩名魔法師勸他只要「下定決心」去用心鑽研，則成就指日可待，也必能青出於藍。他請兩名魔法師晚餐後，隨即奠定學習魔法的基礎（第1幕第1景）。當晚立刻到一處僻靜的小樹叢學以致用。他先祝禱祭獻、拆扯拼湊耶和華與聖徒之名，接著唸咒誓絕三位一體，祈求卑爾茲巴柏、閻羅君與地獄谷，然後進行灑聖水、畫十字

等儀式[61]。果然,「知識即力量」!只見魔菲思拖弗利斯現形。
但浮士德嫌他形相「醜惡」,要他變成一名方濟老僧再來。浮
士德見魔法奏效,以為自己法力無邊,不但能招來魔鬼,更能
讓魔鬼言聽語從,「全然恭順和謙卑」(第1幕第3景)。從學徒
到「桂冠魔法師」,不到一個晚上的工夫。

　　為了達成目的,浮士德在追求知識的過程中,可謂不顧一
切。他在學得魔法的訣竅後,決心一試,「即使送命也要招鬼
靈」(第1幕第1景)。他敢於在招魔儀式上褻神瀆聖,顯見他的
確已懷著破釜沉舟的決心去學習魔法。在這種情況下,靈魂顯
得無聊,地獄樂土沒有差別,瀕臨永劫不復的險地也無可畏懼。
他在立約前對魔菲思拖弗利斯說,他不怕「詛咒」。而魔菲思
拖弗利斯則對他說:露西弗乃因「狂妄霸橫傲氣盛」才永墜地
獄,其它群靈則因協同露西弗背叛上帝而遭永詛。他勸浮士德
說:他曾親睹上帝的天顏,也嚐過天國的永喜;如今至福被奪,
還得忍受萬層地獄的煎熬,浮士德一提起地獄就叫他「暈眩的
靈魂」驚恐莫名。偏偏浮士德不但不為所動,還怪魔菲思拖弗
利斯只因失去永喜就「生懊惱」,應該「學學浮士德剛毅的氣
慨」去藐視天國的至福。同時,他相信:只要魔菲思拖弗利斯
聽他差遣,他就情願在廿四年屆滿之時交出靈魂,即使因而招
致永死,都在所不惜。因此,靈魂再多,也願意悉數交出。為
此,儘管交出靈魂必須具體寫成贈與書(deed of gift)當「保證」

---

[61]　有關浮士德以儀式褻瀆神明的討論,可參見Gerald H. Cox, "Marlowe's
　　　Doctor Faustus and 'Sin Against the Holy Ghost'," *Huntington Library
　　　Quarterly* 36(1973): 119-137.

才行，但浮士德毫不猶豫，立刻割破手臂，用鮮血立下贈與書。

追求知識的過程中最關鍵的就是浮士德交給魔菲思拖弗利斯的這份贈與書。浮士德寫下贈與書，要求魔菲思拖弗利斯必須「依約履行」，魔菲思拖弗利斯則指著地獄與露西弗發誓，一定信守承諾。這份贈與書總共六條，要在釐清雙方的權利義務關係。由於其內容與劇情的發展息息相關，故先抄錄於下，以利逐條討論：

> 第一、浮士德的形質都可變成鬼靈。
> 第二、魔菲思拖弗利斯當他僕從、聽他差遣。
> 第三、魔菲思拖弗利斯幫他為所欲為、給他滿足一切。
> 第四、魔菲思拖弗利斯隱形在房裡或屋內。
> 最後，魔菲思拖弗利斯隨時以該約翰·浮士德喜歡的形狀或模樣現身。
> 本人，威登堡約翰·浮士德，博士，願依本契約將靈肉兩者贈與東方之君露西弗和他的使者魔菲思拖弗利斯；本人並同意廿四年屆滿，上開條款未遭違逆，彼等即可全權取走該約翰·浮士德的身體、靈魂、血肉或財物至其居所。（第2幕第1景）

第一條雖然以浮士德為主詞，實則與後面四條同樣都在規範魔菲思拖弗利斯。應注意是，最末一條在約束浮士德的同時，還言明必須在「上開條款未遭違逆」（the articles above written inviolate）的情況下，才能取走浮士德的一切。

　　對於這份贈與書，我們首先要問的基本問題是：靈魂是私有的嗎？依照新約路加福音的說法，靈魂歸上帝所有（第12章第19節-第20節）。中世紀教會也曾透過道德劇《每人》（*Everyman*）傳達生命只是暫借、靈魂非個人私有的訊息（第164行-第167行）[62]。依此說來，浮士德根本無權擅自處分其生命與靈魂，否則就是冒犯上帝。其次，浮士德理當知道魔鬼是上帝的死對頭。一旦跟魔鬼簽約，無疑就表示自我逐出教會（excommunication），叛離上帝[63]。而將形質變成惡靈（evil spirit），對伊莉莎白時代的人來說，就是變成魔鬼。一旦變成了魔鬼，當然就要立即承受永死的詛咒。就通俗神學言，人魔之間的差別在於魔鬼的墮落無可反轉；他們不能懺悔，當然也不獲寬恕；即使上帝想要寬恕，但魔鬼無法懺悔、也無法接受寬恕[64]。難怪惡天使告訴浮士德說，既然是惡靈，神就無法同情（第2幕第3景）。而浮士德也知道自己已成惡靈，基督不能救他（第5幕第2景）。由此可見，浮士德既然學習魔法，無形中就意在挑釁上帝，成為上帝的仇敵。善惡只在一念之間，浮士德在意志完全自由的情況下簽約，表示他有意選擇惡。諷刺的是，他本想成神，如今卻刻意成魔。無論如何，永死的詛咒已從簽約完成的瞬間開始。

　　浮士德在寫下贈與書以後，果然透過「知識」的「力量」

---

[62] A. C. Cawley, ed., *Everyman* (Manchester: Manchester UP, 1961), pp. 5-6.

[63] 說見 Harry Levin, "The Design of *Doctor Faustus*," in *Twentieth Century Interpretations of Doctor Faustus: A Collection of Critical Essays*, ed. Willard Farnham (Englewood, Cliffs, N. J.: Pretice-Hall, Inc., 1969), p. 50.

[64] 說見 Helen Gardner, "The Damnation of Faustus," Farnham, p. 36.

滿足了不少渴望。他曾叫荷馬吟唱「亞歷山大的愛和伊諾妮的死」,也聽過安菲庸與魔菲思拖弗利斯合奏「令人銷魂的樂聲」(第2幕第3景)。他不但跟魔菲思拖弗利斯談論天文,還爲求解開宇宙的「奧秘」而搭乘龍車飛天下地、尋幽探密,然後經特里爾、巴黎、拿不勒斯、威尼斯、帕都阿等地抵達羅馬城,將這座古城的勝景一覽無遺。同時,他也有不少「甜美的歡樂」。比如,他在「神聖的彼得大慶宴」上以隱形去抓走肉、美味、酒杯、摑耳光與投花炮等方式大鬧教廷(第3幕第1景)。要知道,教皇國是上帝設在人間的天國,教皇則是上帝在人間的代理人;潛入教皇國一如潛入天國,戲弄教皇也等於羞辱上帝[65]。之後,浮士德觀賞「異物奇珍」、皇帝金鑾殿;返回鄉里談論遨遊天地的種種,見聞「淵博」而「精湛」,受人敬羨、名揚

---

[65]　亨利八世(Henry VIII, 在位1509-1547)為離婚而在1532年與羅馬教廷斷絕關係,並從1534年起兼領英格蘭教會的最高首長。其後愛德華六世(Edward VI, 在位1547-1553)與瑪麗女王(Mary Tudor,在位1553-1558)統治期間,英格蘭與教廷的關係時斷時續。1570年五月,教皇庇護五世(Pius V, 在位1556-1558)終將伊莉莎白女王(Elizabeth I, 在位1558-1603)逐出教會(excommunicated)。這對當時的英國來說,是宣戰,也是侵略。此後,雙方勢同水火,舊教與新教之間的對立與仇恨也因而愈形激化。浮士德戲耍教皇可說是讓英國人一吐怨氣。說見D. M. Palliser, *The Age of Elizabeth: England under the Later Tudors, 1547-1663* (London: Longman, 1983), p. 20. 不過,戲耍教皇一節並非馬羅的發明。事實上,《浮士德傳》第十八章就曾載述浮士德隱身潛入羅馬教廷三天三夜。其間,他除了大吃大喝外,還摑了教皇耳光。為此,教皇下令徹夜搖鈴,給亡魂舉行彌撒,並以鐘書燭詛咒(Haile, 68-69)。浮士德傳說畢竟不是英國土產,而是中世紀日耳曼家喻戶曉的「傳說」。浮士德戲耍教皇的場面一則滿足了英國人反舊教的情緒,二則也不悖離傳說本身,可謂兩全其美。而就劇情本身論,浮士德潛入教皇國大鬧的確加重了罪孽。

四海。在卡羅勒斯五世金鑾殿上與群臣共歡宴；期間招來亞歷
山大及其情婦的鬼魂。由於一名騎士無端招惹，而以頭上長角
加以羞辱（第4幕第1景）。他以一束乾草變馬賣給馬商四十塊
錢，又以假腿讓馬商扯斷。在萬霍德公爵王宮中，叫魔菲思拖
弗利斯從對面半球取來一盤熟透的葡萄（第4幕第2景）。到最後
時刻來臨前不久，在碩士生的請求下，招來海倫與巴里斯。之
後，為了滿足一己的情慾，還請魔鬼找來海倫享受「甜蜜」的
擁吻。果然，海倫一出現，就叫他神魂顛倒。

　　依贈與書第二條的約定，魔菲思拖弗利斯必須當僕從，聽
候差遣。魔菲思拖弗利斯早在首次出現時就已像僕役般「言聽
語從」，其後也多能遵照浮士德的「吩咐」辦事。他帶浮士德
到羅馬城內，施法讓他隱藏身形去戲弄教皇，並且以僕從的口
氣提醒浮士德說：眾修士「會以鐘書燭詛咒你」（第3幕第1景）；
在卡羅勒斯五世的宮內依浮士德的「吩咐」，招來亞歷山大及
其情婦的陰魂（第4幕第1景），在菲特烈皇帝的宮內讓騎士頭上
長角（第4幕第1景），在睡覺時一如僕從般看顧（第4幕第1景），
在萬霍德公爵處應浮士德的「吩咐」，給公爵夫人找來熟透的
葡萄（第4幕第2景）；在浮士德大限將至前，替他準備菜餚請
客，最後還依浮士德的「吩咐」找來海倫。（第5幕第1景）

　　然而，魔鬼是否一如第三條的約定，幫浮士德「為所欲為」，
讓他「滿足一切」呢？浮士德要下地獄的事，劇中沒有安排，
但露西弗的確答應在「午夜時分」接他去（第2幕第3景），想來
應該不成問題。問題是，魔鬼能助他上天堂、讓他趁心如意嗎？
答案顯然是否定的。事實上，我們發現，雙方簽約後，魔鬼履

約的能力馬上發生問題。浮士德表示自己「淫蕩好色」，想要
找「日耳曼最美的閨女」當妻子。但魔菲思拖弗利斯卻以「婚
禮是個無聊的儀式」爲由，一口拒絕。經過一番堅持，魔菲思
拖弗利斯勉強替他找來一名「婊子」。由事後他回應魔菲思拖
弗利斯的話「該死的淫娼婦！」（第2幕第1景），可知他對這種
安排並不滿意。事實上，我們不止一次發現，浮士德一方面透
過魔法滿足求知的慾望，另一方面卻又想天堂的種種。他曾多
次跟魔鬼討論天體的問題，結果發現魔菲思拖弗利斯所知並不
比華格納高明。同時，魔鬼十分謹守分際，對於「誰創造天地」
之類的問題，輒以「傷害了地獄王國」爲由，不但忿然拒絕回
答，還立刻找來地獄三魔怒喝脅迫，叫他屈服（第2幕第3景）。
這算是讓他「爲所欲爲」，「給他滿足一切」，「給你的遠遠
超過你所期」，就可跟露西弗同樣「偉大」，就可隨時招來鬼
靈使喚（第2幕第1景）嗎？後來，浮士德想聽從老人好言相勸，
魔菲思拖弗利斯先是給他一把匕首，要他自戕；接著就以他違
抗露西弗爲由，要逮捕他的靈魂：若不立即背叛上帝，就要將
他碎屍萬斷（第5幕第1景）。魔鬼原本就專以騙人爲業，何況贈
與書多少是浮士德一方片面的承諾。上文提過，贈與書當中講
明魔菲思拖弗利斯必須在「上開條款未遭違逆」的情況下，浮
士德才要在廿四年屆滿時交出一切。但魔鬼雖然無法依約行
事，浮士德卻懾於淫威，不敢抗辯。何況，贈與書必須以不違
反公序良俗爲前提。像這種贈與書依法焉能有效[66]？然而，這位

---

[66] 契約中的buy, bequeath, security等法律術語用法有誤，也違背道德；
說見Ormerod and Wortham, eds., p. 46.

盡心盡力的「忠僕」卻在浮士德寫完贈與書時，暗自說道：「他
的靈魂我還會不用盡手段去取得？」（第2幕第1景）。贈與書第
四條中明訂魔菲思拖弗利斯必須「隱形在房裡或屋內」，隨傳
隨到。對於這樣一位「忠僕」，浮士德在離開人間的瞬間，仍
然不忘哀叫「魔菲思拖弗利斯！」（第5幕第2景），這聲悽厲的
哀叫聲也成了全劇最大的諷刺。二者孰主孰僕，成了評論家爭
議的焦點[67]。

　　對浮士德來說，每多一次肉慾的饗宴，就加重一次永死的
詛咒。魔菲思拖弗利斯在浮士德交出贈與書後，為了緩和浮士
德的情緒，送來錢幣與華服，並叫眾魔舞蹈來取悅。魔菲思拖
弗利斯則說：這次的表演一則在討浮士德喜歡，二則也在慶賀
事情辦妥。浮士德在欣賞七死罪當「消遣」後，竟然說：「這
可滋養了我的靈魂」（第2幕第3景）。他先後兩次看過海倫。初
次見過後（第5幕第1景），對她念念不忘。二度看見時，面對這
位風華絕代的古典美女，不禁由衷讚嘆道：

> 就是這張臉龐啟動了千艘船艦
> 去焚燬高聳入雲的特洛伊城樓？
> 甜美的海倫，給我一吻成永恆。
> 她的香唇勾走了我的靈魂。瞧！靈魂出竅就在那！
> 來！海倫！來！再將靈魂還給我。

[67] 參見Douglas Cole, *Christopher Marlowe and the Renaissance of Tragedy* (Westpoint, CT: Greenwood P, 1995), p. 131; Helen Gardner, "The Damnation of Faustus," Farnham, pp. 40-42.

我要常駐在此地,只因天堂就在兩片香唇間,
凡不屬於海倫的,皆是渣滓。
我願充當巴里斯,為了愛你
橫遭擄掠的寧可不是特洛伊,而是威登堡,
我要和懦弱的曼尼拉斯殊死戰
戴著你的旗幟在我的羽盔上。
欸!我將挫傷亞奇里士的腳後跟
然後回到海倫的身邊博得一香吻。
啊!你的豔麗超越夜空,
點綴著千顆繁星美無涯!
你的光輝凌駕熊熊烈燄中的朱庇特,
當他現身面對不幸的西蜜莉;
你的可愛勝過照耀穹蒼的天帝公,
投身在熱情女神阿瑞蘇莎湛藍的臂彎裡;
可當我情婦的只有你!(第5幕第1景)

　　然而,他在廿四年中追求的一切註定是短暫而虛妄的。早
先他曾對神聖羅馬帝國皇帝菲特烈說:亞歷山大及其情婦的陰
魂沒有「真正的實體」(第4幕第1景),如今卻想親吻同樣沒有
實體的海倫成永恆,其中暗藏的戲劇性反諷(dramatic irony)顯
然非他所能理解。要知道,海倫的美是致命的美;這張導致特
洛伊城夷為平地的臉龐,具有絕對的毀滅性。而海倫的唇既可
「勾走了」他的靈魂,則此一吻只會給他帶來「永恆」的死,
而非「永恆」的生。平心而論,他在廿四年的歲月中,一味埋

沒良心、扼殺靈魂，將時間盡情「花在玩樂與嬉戲上」來滿足一己的逸樂與貪婪，從來不曾為他人設想。換句話說，他從來不曾走出小我去為大我奉獻心力[68]。隨時都在天堂與地獄二者之間掙扎的結果，心血隨著悲傷而乾涸，心神泛生整堆荒誕的念頭，終於排除神恩與救贖，罪無可逭，付出慘痛的代價，給靈魂帶來永死的詛咒。沉淪若此，難怪連在旁觀看的老人都覺得他「可悲」而「該咒」，悵然離去。

　　當初訂約在午夜，廿四年後的今天也要在午夜履約。這時的浮士德眼看時刻將至，噬臍莫及。早先他在簽約後，曾對魔菲思拖弗利斯說：地獄是「鬼扯談」，來生沒有痛苦，地獄與來生都是「無聊事」、「婆婆經」。如今，經驗的累積終於使他不得不承認地獄的存在是個無可置疑的真實。當初，魔菲思拖弗利斯說：他自己就是個「實例」，可當「反證」；又說：如今就在地獄。浮士德身在地獄猶不知，還嘲笑魔菲思拖弗利斯，認為：若已在地獄，則能夠如此散步與辯論，他情願萬劫不復（第2幕第1景）。經過廿四年的體驗，他終於改變了看法。他在追求知識的過程中，辯才難倒了日耳曼牧師，卻不曾難倒過魔菲思拖弗利斯。他以為法律沒用，殊料一紙贈與書竟然使他永劫不復。醫術固然未能使他超越死亡，但魔法也沒有讓他達到「起死回生」或「永生不死」的夢想。最令他難堪的是：他終於明瞭「罪的代價乃是死」的真諦。他對碩士生說，他靠著魔法展現「奇跡異行」，如今卻因而行將「失去了日耳曼、

68　見Cole, p. 140.

失去了全世界」,更將「失去了天國本身」,永墜地獄受煎熬。
他曾褻瀆神明、阻斷神恩,以致內外皆受魔鬼包圍,無法再祈
求上帝寬恕。他想哭,但魔鬼吸乾了他的淚水;他想開口,但
舌頭被箝住;他想祈禱,但雙手給抓著。只要提到上帝之名,
魔鬼就以碎屍萬斷要脅;只要聆聽神音,魔鬼就要抓走他的靈
肉。想起當初為了廿四年的歡樂,不惜用鮮血寫下一紙贈與書。
如今雖想懺悔以求永喜與至福,但為時已晚。(第5幕第2景)

　　在生命的最後一個小時,浮士德知道自己罪孽深重。「知
識」的「力量」顯然不足以助他逃於天地之間。時鐘敲了十一
下。他要星體停止移動,好使午夜永不臨。他要延長這一小時
來懺悔。但他同時也知道:星辰運轉不息,光陰不會因他的祈
求而停止。他想躍向上帝,卻橫遭拉下。他看見基督的血在天
際流動,只要半滴就可滌除他的罪孽。但只要他呼喊基督之名,
心就有被撕裂的感覺。他呼求基督,請露西弗饒命,卻只見上
帝怒目相視,只好轉而冀求在高山矮丘下躲離上帝的怒氣。他
想栽進地底去藏身,但大地不願收容。他想化成迷朦的霧氣,
吸進雲層中直昇天國,但群星不肯讓他如願。至此,浮士德終
於在無計可施的情況下,傲氣全失,不特不再有當「大神」的
念頭,即連「剛毅的氣慨」也蕩然無存。半小時過後,時鐘二
度響起。浮士德知道時光即將流逝。他希望上帝既然不給救贖,
就讓他沉淪一千年、一萬年都可,就是不要讓他永墜地獄。他
寧可轉世投生當畜牲,好讓死後「靈魂霎時熔解元素中」。早
先他怪罪過魔菲思拖弗利斯剝奪他上天國的機會,如今又想歸
咎生身父母、詛咒露西弗。但他同時也知道:一切都是自作自

受，焉能諉過卸責？時鐘終於敲了十二響。這時的他，只希望
靈魂化成小水滴，「落入大洋消失無蹤跡」。等到眾魔前來抓
他下地獄，他又表示情願「燒燬」給他「力量」的「書本」。
然而，他由魔法書獲得的「知識」，沒有「力量」助他逃過劫
難。畢生追求的「知識」至此終於成了這名野心家（overreacher）
的詛咒，一切的哀求也終於全屬徒然。

　　其實，浮士德對於四門目標學科並不十分理解。哲學的本
義爲「愛智」，是建立知識總體秩序的一門學問，其形式在思
辨與認識，其對象是普遍的、全體的；邏輯即理則學，是辨析
事理法則的一門學問；醫學在研究治病療疾之方；法學在研究
社會現象中法的現象與原理；而神學則在研究神的本質、存在
及義理。浮士德對這些學科的認識似乎並非如此。他顯然並不
認爲「愛智」本身就可帶來理智上的喜悅。而既然精通法學，
就該知道贈與書的效力，豈可將靈魂的事如此草率處理？又豈
可將贈與書寫一次（第2幕第1景），又寫一次（第5幕第1景）來確
定詛咒，將靈魂的永死視同兒戲？浮士德或許以爲一紙贈與書
可以視同具文，殊料就是這區區一紙贈與書，鑄成了萬劫不復
的結局。身爲神學博士，理當知道：只有耶穌才能「起死回生」
或「永生不死」，一介凡夫豈可越分奢求這種神力？他用三段
論法（syllogism）論「罪」與「死」。大前提是：「罪的代價乃是
死」；小前提是：人「多半有罪」；則導致的結論是：人「難
逃一死」、「必遭永詛」。他以爲前提爲真，結論即可爲真。
殊料上帝的考慮並不僅此。新約羅馬書在「罪的代價乃是死」（第
6章第23節）的後面接著寫道：「惟有上帝的恩賜，在我們的主

基督裡，乃是永生」；新約約翰一書中，「我們若說自己無罪，便是自欺，真理就不在我們心裡」（第1章第8節）的下文是：「我們若認自己的罪，上帝是信實的、公義的，必要赦免我們的罪，洗淨我們一切的不義」（第1章第9節），偏偏浮士德都沒有唸到。可見他的三段論法只瞻前不顧後，其演繹過程粗糙，自不待言[69]。身為神學博士，豈可在論證的過程中，見罪見死，獨不見神恩救贖[70]？如此斷章取義，寧非蓄意陷上帝於不義？這種想以推理背叛上帝的做法，顯然濫用理智，給自己帶來毀滅。身為神學博士，豈可懷疑地獄存在的事實？婚配禮（Holy Matrimony）是基督教七聖事（sacraments）之一，只有上帝才能當見證。身為神學博士，豈能連這點常識都沒有？形質既然都已變成魔鬼，又豈能奢求婚配？種種跡象顯示，浮士德看似博學，實則知識基礎並不穩固。

再說，浮士德並非一無重獲救贖的機會。浮士德每逢生命的關鍵時刻，內心都有一番天人交戰（*psychomachia*）[71]。善惡天使正是這種心境的體現。當初他要學魔法前，善惡天使都曾浮現。善天使勸他拋開魔法，免得迷惑靈魂，「堆積上帝的盛怒在頭上」。而惡天使則鼓勵他，指出魔法中存在著天地的瑰寶；

---

[69] 說見Judith Well, *Christopher Marlowe: Merlin's Prophet*(Cambridge: Cambridge UP, 1977), p. 56.

[70] 見J. C. Maxwell, "Notes on the Sin of Faustus," *Notes and Queries*NS 11(1964): 262.

[71] 說見Harry Levin, "The Design of *Doctor Faustus*," Farnham, p. 52: Paul H. Kocher, *Christopher Marlowe: A Study of His Thought, Leanings, and Character*(Chapel Hill: U of North Carolina P, 1946), p. 104.

只要精通，就可一如上帝般「主宰諸元素」（第1幕第1景）。他在等待魔菲思拖弗利斯回話的當間，心中不覺泛起一陣猶豫：想重回上帝的懷抱，卻擔心上帝不愛他，則眷戀天國於事無補。既然如此，他只好不顧一切，堅定他對卑爾茲巴柏的信念。對於善天使的勸說，反而答稱：悔罪禱告都是「妄想」。天國的種種不再有何意義，倒是惡天使說的「榮耀和財富」才合他的「胃口」（第2幕第1景）。自從浮士德寫下贈與書以後，心情惴惴不安，隨時都在遷善與趨惡之間搖擺。而善惡天使再次出現。善天使勸他現在就懺悔；浮士德起先也覺得只要懺悔，上帝就會給予憐憫。但惡天使說他是鬼靈，絕不懺悔。他也發現自己果如惡天使所說的，「心腸堅硬，無法懺悔」（第2幕第3景）。浮士德與魔菲思拖弗利斯談論天體後，正自猶豫懺悔是否太遲，惡天使立即附和。儘管善天使勸他懺悔「永遠不嫌遲」，也絕不會受傷害，但一經眾魔要脅，立場立刻軟化。

　　除了天使外，還有其他的關心、警兆與針砭之言。浮士德固然受了兩名魔法師的蠱惑才自尋苦惱（第1幕第1景），但他周遭的人也絕非對他毫不關心。事實上，早先就有兩名碩士生在獲悉浮士德迷戀魔法後，明知難以叫他迷途知返，仍去找校長盡力給予嚴詞勸說（第1幕第2景）。這樁事後來沒有下文，想來若非校長不理，就是勸阻無效。不管何者，浮士德畢竟還是冒進不懈。上文提過，魔菲思拖弗利斯在浮士德立約前，曾以地獄的煎熬為誡相勸，但忠言逆耳。在立約的過程中，出現過幾次不祥的兆象。浮士德正寫著的時候，鮮血突然凝結。要知道，鮮血代表生命。從醫學上言，鮮血凝結，是身體自我保護的一

種機制；從神學上說，則表示生命深處在抗拒邪惡的當間，因
驚懼而僵凍[72]。等到魔菲思拖弗利斯取來炭盆熔開凝血，浮士德
不顧一切繼續寫完贈與書；此際，手臂上又出現了「人哪，逃
吧！」的字樣，但他「就是不逃」（第2幕第1景）。而其實，既
已贈與，就無從逃於天地之間；因此，浮士德逃與不逃，都無
干礙。最後，大限將至前，一名老人勸他以懺悔求請救世主用
血洗除他的罪過，好讓他步上「生命之道」。旁觀者清；浮士
德在老人的好言相勸下，也曾萌生悔意。儘管如此，他知道時
刻一到，就註定要絕望去永死。老人勸他「停下絕望的腳步」，
因為天使在他頭上盤旋，正待將一瓶神恩倒進他的靈魂。只要
他祈求憐憫，就可避免絕望。經過老人一番勸說[73]，浮士德但覺
靈魂受到撫慰。他由衷懺悔，也真心絕望，永恆的詛咒與至福
相持不下。就在他打算避開「死亡的陷阱」時，魔菲思拖弗利
斯適時給予嚴厲的警告與威脅，致使他遷善之念全消，趨惡之
心再生。除了懇請魔菲思拖弗利斯饒恕外，還割臂重寫贈與書
來堅定「先前對露西弗發過的誓言」。在這種情況下，好言規
勸的老人立即由「親愛的朋友」變成「卑鄙的老頭子」，也立
即反遭威嚇與折磨。浮士德終將天恩逐出自己的靈魂，「可悲」
而「該咒」（第5幕第1景）。他在廿四年之間，誤把地獄當天堂，
錯將魔書當聖經，活得邪惡，也死得絕望。這齣戲所顯示的悲

---

[72] 說見 Edward A. Snow, "'Doctor Faustus' and the Ends of Desire," ed. Harold Bloom *Christopher Marlowe*(New York: Chelsea House Publishers, 1986), p.180.

[73] 見 J. H. Sims, *Dramatic Uses of Biblical Allusion in Marlowe and Shakespeare*(New York: Gainesville, 1966), p. 4.

劇性或許就在於此[74]。

二、B本：以道具製造戲劇效果

　　A、B兩本的差異甚大。由於兩本的差異相當複雜，下面僅能指出一些基本而粗淺的不同。首先，在劇中人物方面，A本的鄉巴佬雷福（Rafe），B本作狄克（Dick）；A本的教皇，B本作教皇阿德里安（Pope Adrian）；A本的洛蘭紅衣主教（Cardinal of Lorraine），B本作洛蘭主教（Bishop of Lorraine）；A本的一名騎士，B本除騎士馬提諾（Martino）外，還多出菲特烈（Frederick）、班華留（Benvolio）、眾官員與眾紳士。另外，B本雖然少了A本的眾侍從，卻多出一名女魔、匈牙利國王雷蒙德（Raymond）、法蘭西紅衣主教（Cardinal of France）、帕都阿紅衣主教（Cardinal of Padua）、雷姆斯大主教（Archbishop of Rheims）、莎克森尼公爵（Duke of Saxony）、大流士（Darius）陰魂、貝里毛斯（Belimoth）、阿吉隆（Argiron）與阿西塔羅斯（Ashtaroth）等三名魔鬼、眾士兵、一名馬車伕、一名僕人與2名美少年。其次，在場景數與行數方面，A本共14景1,485行（分成5幕13景），其中有36行未見於B本；B本共20景1,838行（分成5幕19景），未見於A本者卻有676行（約佔全劇的3分之1）。其中，除前兩幕的景數相同外，第3、第5兩幕A本比B本各少1景，第4幕少4景。兩本行數相差最多的是第3、第4兩幕：第3幕，A本152行，B本232行；第4幕，A本

---

[74]　評論家通常以浮士德敢於挑釁權威、背叛傳統及勇於獨自面對死亡等理由來認定他為悲劇人物；例見Richard Beson Sewall, *The Vision of Tragedy* (New Haven: Yale UP, 1959), pp. 57-67.

383行，B本515行。再次，舞歌員的安排亦有不同。舞歌員方面，A本出現在開場白、第3、第4兩幕及收場白，B本只少了第3幕。第四，兩本的善惡天使同樣出現4次，不同的是：A本在第2幕第3景出現2次，B本則第2幕第3景與第5幕第2景各出現1次。第五，碩士生在A本出現3次，分別在第1幕第2景、第5幕第1景與第2景；在B本則除了A本的3景外，還多出了第5幕第3景的1次。喜劇場面B本多出1景：A本出現在第1幕第2景與第4景、第2幕第2景與第3幕第2景；B本則出現在第1幕第3景、第2幕第2景、第3幕第3景、第4幕第5景以及第6景。從這些顯著的差異，可見A、B兩本在劇情的發展上多有不同，同時B本的劇情也顯然較爲豐富而複雜。

A本與B本之間的差異不止在長度。事實上，兩本各擅勝場。上文提過，A、B兩本的前兩幕景數相同，情節也大體相近；其餘三幕，A本6景，B本12景，兩者的差額多達一半，劇情也多有出入。由於單詞方面的歧異難以縷舉，此處因僅以全劇的開場白爲例說明。詩行方面的歧異只舉前2幕爲例討論，而劇情上的同異則主要以後三幕爲對象。先說單詞。在開場白處，A本gentlemen（第7行），B本作gentles（第7行）；A本his parents（第13行），B本作of parents（第11行）；A本Of riper years（第13行），B本作At riper years（第13行）；A本Excelling all whose sweet delight disputes（辯才無礙立論無匹敵，第18行），B本作Excelling all, and sweetly can dispute（第17行）；A本heavenly matters（第19行），B本作th'heavenly matters（第18行）；A本glutted more（第24行），B本作glutted now（第23行）。這些文字上的歧異，大抵只是文法問

題，意義上並沒有造成太大的改變。不過，有些歧異則非如此。比如，A本daunt（掌握，第6行），B本作vaunt（誇示，第6行）；從上下文義看，B本意似較勝。A本To patient judgements we appeal our plaud（懇請諸君耐心裁決賜掌聲，第9行），B本作And now to patient judgements we appeal（懇請諸君耐心評賞下裁決，第9行）；從搬演的立場看，A本似有強求觀眾以掌聲鼓勵之嫌。A本在So soon he profits in divinity（旋即鑽研神學獲利益，第15行）後的The fruitful plot of scholarism grac'd（碩果綴飾學園地，第16行），B本略去；如此一來，馬羅刻意連結下行That shortly he was grac'd with doctor's name，用兩個grac'd製造同音反覆（polyptoton），以諧音獲取快感的用心，全遭排除。光從這些實例就可知道，有的改變只屬技術性質，有的則會造成實質上的差異。

我們再就A、B兩本前兩幕的詩行來看其間的異同。第1幕，A本共392行，B本共356行。撇開第2景與第4景的喜劇場景不計。第1景，A本共177行，B本共162行；第3景，A本共167行，B本共164行。兩景詩行的差額在第1幕總計6處11行，說話者都是浮士德。我們且先將只見於A本的詩行抄錄於下，然後就上下文義與全劇劇情略加討論：

　　(1)既然「哲學家的結尾就是醫學家的開頭」（第1景第
　　　　13行）
　　(2)平日一言一語不都被奉為圭臬嗎？（第1景第19行）
　　(3)卻無法興風裂雲。（第1景第61行）

(4)但這不僅是你們的高見，也是我自己的憧憬

使我腦中不容其他事，

只顧咀嚼魔法術。（第1景第106行～第108行）

(5)三者之中又以神學最低鄙：

乏味、苦澀、無聊，不值一文錢。（第1景第111行

～第112行）

(6)浮士德，如今你已成為桂冠魔法師，

能夠命令偉大的魔菲思拖弗利斯：

「魔菲思拖弗利斯，變成老僧再回來！」（第3景第

32行～第34行）

(1)接在浮士德揮別哲學後、檢討醫學前的當間；(2)為浮士德自詡他在醫學上的成就；(3)浮士德指出帝王無法實現的本事；(4)指出浮士德學習魔法係出於自願，加重了「自作孽」的份量；(5)前兩行總結浮士德對哲學、法學與醫學的看法，這兩行則總結他對神學的鄙視；(6)浮士德在命魔菲思拖弗利斯去變成老僧再回來後，志得意滿的心情。從上下文義看，(1)～(3)等三處戲文的有無對全劇劇情而言，並不造成重大的衝激；但(4)～(6)則或多或少影響劇情的完整與結局，刪去當然造成傷害。

第2幕，A本共377行，B本共358行。其中，A、B兩本的第2景皆為喜劇場景不計。第1景，A本共177行，B本共162行；第3景，A本共167行，B本共164行。有些戲文在A本為散文（如第1景第133行～第136行），在B本則改成詩行（如第1景第138行～第141行）。為此，第2幕雖然共有6處18行相異，下面僅列出6處9

行,說話者除(2)與(3)爲魔菲思拖弗利斯外,其餘都是浮士德。
茲仍依先前的做法,先抄錄相關詩行,再略加討論:

(1)欸,浮士德願意回歸上帝去。(第1景第9行)

(2)給你的遠遠超過你所期。(第1景第47行)

(3)哦,妻子?拜託!浮士德,別談妻子的事。(第1景
　　第138行)

(4)不行,好魔菲思拖弗利斯,找一個給我,我就是要。
　　(第1景第139行)

(5)怕人的回音就在耳邊怒喝:
　　「浮士德,你已永劫不復!」……(第3景第20行〜
　　第21行)

(6)不再提上帝,不再求上帝。
　　我要焚聖書、殺牧師、
　　下令鬼靈毀教堂。(第3景第93行〜第95行)

(1)浮士德肯定自己改邪歸正的意願(儘管隨後即動搖);(2)魔
菲思拖弗利斯以此不實的承諾來誘惑浮士德,浮士德卻信以爲
真;(3)魔菲思拖弗利斯剛剛才在贈與書中答應浮士德滿足一切
所欲,卻拒絕所求,顯見其言行前後不一;(4)浮士德堅持所請,
魔菲斯拖弗利思只好答應;(5)顯示浮士德所受到的威嚇;(6)
浮士德見露西弗出現,惟恐橫遭粉身碎骨,只好懾於淫威,迷
途不返。以上六處或多或少在劇中扮演關鍵性角色,刪去恐將
傷害劇情的發展。

其實，A、B兩本的劇情發展還可以道具來說明。A本少用道具，或許比較便於巡迴演出；B本多用道具，更能凸顯戲劇效果。撇開佈景（書房、宴會廳、金鑾殿等）不說，道具似乎成了A、B兩本劇情多寡的關鍵。A本用到的道具包括：書、酒、聖水、錢幣、華服、煙火、匕首、炭盆（火爐）、衣袍、肉、美味、酒杯、鐘、燭、花炮、銀盃、猿形、狗形、鹿角、假腿、葡萄與時鐘。B本除以上這些而外，還增加了妖龍、火球、火人、牧杖、標柱、鐐銬、腳凳、皇冠、寶座、座位、魔法杖、魔法帶、假頭、鼓、旗、兵器、假腿、地獄口與肢體等。這些加增的道具果然給B本增加了不少戲劇性的場面。大抵說來，也正是A、B兩本劇情相異之處。下文就依據這些加添的道具來看兩本的劇情不同之處，特別是B本加添的部分。

A本在魔菲思拖弗利斯首度出現時（第1幕第3景），觀眾只聽見浮士德命他回去變成一名聖方濟老僧再來。B本則先在戲台上出現一團火球（fiery globe），隨即變成一個火人（fiery man），經過繞圈跑動後，又變成一條火龍（fiery dragon），最後終於如浮士德的要求，以一名灰髮僧出現（第1幕第3景）。這番過程有如變把戲，對觀眾來說，想必精彩、刺激而震憾。在舉行聖・彼得宴之前，A本上的魔菲思拖弗利斯只是施法讓浮士德隱藏身形，使他得以為所欲為（第3幕第1景）；B本上的魔菲思拖弗利斯則給浮士德具體可見的「魔法杖」與「魔法帶」，使他隱形去戲弄教皇（第3幕第2景），其間的過程顯然較為生動。在日耳曼皇帝菲特烈皇宮內的長「角」事件中，A本（第4幕第1景）的騎士沒有後續動作，B本的班華留則糾集菲特烈、馬提諾與士兵分頭埋

伏。儘管他們得以一擊得逞，孰料砍下的只是「假頭」。浮士德隨即站起身軀，令班華留等人大驚失色（第4幕第2景）。觀眾在這種場面再次看到浮士德的魔法，也因而增添了戲劇效果。隨後，伏兵遭擊「鼓」、撐「旗」、執「兵器」的眾魔擊退。班華留等三人則不但身受懲處，還因頭上長「角」惟恐傳為笑柄，只好躲到一處城堡去隱姓遺世、忍辱偷生（第4幕第3景）。在賣馬事件裡，馬商因買得的馬變成一束乾草而拉斷「假腿」（第4幕第4景），又讓浮士德多了一次展現魔法的機會。至於碩士生發現浮士德「肢體」遭到支解的場面（第5幕第3景），營造了令人震怖的氣氛，從而引發觀眾的同情與恐懼，也給永誼一事增加了可信度。

　　相同的道具在不同場景重覆出現的不在少數。這種情形除上文剛剛提過的「角」外，還有匕首、花炮、錢幣與酒杯。匕首在A、B兩本首度出現時，只用來割臂取血（第2幕第1景）；二度出現時，原本要給浮士德自戕，後來才同樣用來割臂取血（第5幕第1景），其目的在重新確認贈與書的效力。花炮在A本只由浮士德與魔菲思拖弗利斯投向眾僧侶當中，以製造混亂場面（第2幕第2景）；B本則除了這個場面外，還由魔菲思拖弗利斯在群魔合擊士兵的當間擲出（第4幕第2景）。A、B兩本中的錢幣各出現三次。第一次是華格納拿錢叫羅賓當他徒弟（第1幕第4景）；第二次是魔菲思拖弗利斯在浮士德簽下贈與書後拿錢幣以示安撫（第2幕第1景）；第三次是馬商拿四十塊錢向浮士德買馬（第4幕第1景）。這三次錢幣都用來當賄賂或交易的憑藉，沒有特別的新意。酒杯在A本出現二次，在B本則出現了四次，分別發生

在華格納「端酒」給浮士德與兩名魔法師(A、B兩本第1幕第2景)、羅賓與狄克丟酒杯作弄客棧老闆(B本第2幕第3景)、浮士德抓走教皇的酒杯(A本第3幕第1景;B本第3幕第2景)以及老闆娘「端酒」給羅賓等人(B本第4幕第6景)。酒杯原本用來交際應酬,可惜在上面這些場合全遭扭曲。不過,羅賓與狄克丟酒杯事件倒是呼應了主情節。這點將留待下文說明。

事實上,在B本多出的道具中,出現兩次以上(包括兩次)的要以「鐐銬」、「寶座」與「皇冠」等三種最為凸出。A本在教廷的場面,戲台說明是:「奏花腔,教皇與洛蘭紅衣主教同赴宴會,眾僧侶侍候在旁」(第3幕第1景)。B本則在教皇出現前,戲台說明上寫著:(法蘭西與帕都阿)紅衣主教與(洛蘭與萊茵)主教同上,「或攜牧杖,或舉標柱」,卜蘭諾則腳「鐐」手「銬」被押上,教皇的「寶座」與卜蘭諾的「皇冠」隨即送入。教皇在銀帶上繫著蓋有七個戳印的七把金鑰匙,以勝利者的姿態踏著卜蘭諾的背登上「寶座」。再加上匈牙利國王雷蒙以及僧侶在行進間的詠唱,凱旋歸國的場面可謂盛大(第3幕第1景)。A本對於卜蘭諾的處置至此結束,B本則接著搬演浮士德與魔菲思拖弗利斯尾隨兩名紅衣主教到審議廳,並趁著他們在翻閱法典的當間,讓他們突覺頭昏而沉睡不醒。浮士德與魔菲思拖弗利斯則雙雙變成紅衣主教回報教皇,謊稱卜蘭諾與日耳曼皇帝同屬異端,當在柴火堆上燒死。教皇不知其中有詐,下令將卜蘭諾及其「皇冠」交給浮士德。兩名紅衣主教蘇醒後,回來向教皇報告,反遭腳「鐐」手「銬」,押赴監牢,橫遭無妄之災(第3幕第2景)。「皇冠」在A本沒有再次提及;在B本則除了剛才的

場面外,還用在日耳曼皇帝菲特烈的宮廷裡。浮士德應菲特烈之請,以關亡術召來亞歷山大及其情婦的陰魂。針對這個場面,A本只說由魔菲思拖弗利斯引上(第4幕第1景),B本則搬演了一場默劇(dumb show)。劇中,亞歷山大遇見大流士,將他摔倒殺死,奪走「皇冠」,隨即將這頂「皇冠」戴在情婦頭上(第4幕第1景)。就劇場效果來說,以默劇搬演當然遠比默然進場、默然退場精彩。A本上的浮士德向眾碩士生道別後不久,就獨坐書房,等候大限來臨(第5幕第2景)。B本在道別的場面後面出現善惡天使。善天使認為浮士德無藥可救的前後,只見「寶座」先降後升,「地獄口」隨即露出。中世紀宗教劇中的地獄口形如獸口,發出的邪惡之聲如獅吼。此處的「地獄口」則除發出邪惡之聲外,還作出行將吞噬浮士德之狀,再經惡天使的詛咒(第5幕第5景),浮士德永劫不復的下場至此確定。

　　不過,《浮士德博士》一劇既然以「知識即力量」為核心,則代表「知識」的「書」才是全劇的關鍵意象。而「書房」在A本13景中佔5景,在B本19景中佔6景;分別各佔3分之1左右。書房是藏書、放書與讀書的地方,也是「知識」的寶庫。劇本一開始,我們就看見浮士德獨自坐在「書房」裡沉思;劇本結束時,浮士德又獨自在「書房」裡慘遭不測。「書房」在本劇的重要性由此可知。而本劇既然以追求知識為主題,則「書」以不同形式(包括哲學書、法典、醫書、聖經、魔法書、贈與書等等)出現的頻率最多,自然不在話下。從戲文中可知,浮士德既然精通當時的四門目標學科,書房藏有分析學、醫書、法典與聖經,並不意外。經過兩名魔法師的引介,他的「書房」多出

了培根（Roger Bacon）、馬葛諾斯（Albertus Magnus）與其他魔法書（或稱「妖書」）。對浮士德來說，正統學科提供的「知識」有限。為此，他毅然放棄。後來，在露西弗、卑爾茲巴柏與魔菲思拖弗利斯等三魔的威逼下，誓言「焚聖書」（第2幕第3景）。他在騷擾教皇後，招來鐘「書」燭的詛咒（第3幕第1景），與教會的關係也從此一刀兩斷。另一方面，對他來說，魔法書內的「線條、圓圈、字母與咒語」，可藉以施法招魔，帶來權威、財富與性慾的滿足，其「力量」無與倫比。魔菲思拖弗利斯給他一本「書」，說：只要覆誦幾行，就可帶來黃金；只要依照「書」中所示畫圈在地，就會「雷電交加風雨暴」；只要誠心對著自己唸三遍，金甲武士就會出現在眼前，準備銜命執行任務。同時，這本「書」可藉以招靈，也可藉以掌握天體的運行與方位以及地球上各種植物等方面的知識（第2幕第1景）。後來，露西弗也給他一本「書」，可以讓他「隨意變化形體」（第2幕第3景）。諷刺的是，這些魔法「書」不但沒有如他預期發揮「力量」，讓他擁有起死回生或永生不死的本事，反而給他帶來詛咒。所以他對碩士生說，但願自己「不曾唸過書」；最後，眾魔來捉他下地獄時，他甚至表示願意以燒燬「書本」（第5幕第2景）來免除詛咒，可惜為時已晚。

三、兩本：以喜劇場面呼應主情節

本劇以浮士德追求知識為主情節，而以插在其間的喜劇場景為副情節。長久以來，這些以笑鬧詼諧為主軸的副情節是否為馬羅的手筆，一直成為評論家聚訟紛紜的焦點。有的評論家

從《馬爾他的猶太人》與《巴黎大屠殺》兩劇中發現，馬羅的
幽默「冷峻、機巧而殘酷」[75]，因而認為馬羅似屬悲劇長才，也
因而主張《浮士德博士》一劇可能並非馬羅一人的手筆，而可
能是馬羅與演員互動的產物，也可能是觀眾反應的紀錄。不過，
另外有些評論家相當肯定馬羅，並實際設法證明馬羅確有結合
莊諧場面為一劇的能力，畢竟莊諧並見才能符合文藝復興時代
觀眾的口味[76]；對他們來說，反對者只是徒然拾取新古典主義者
的餘唾而已。翻開英國戲劇史，我們不難發現，文藝復興時代
的劇作多屬共同創作的成果。從英國本土悲劇《葛柏達克》
(Gorboduc, 1561)開始，這種現象就已屢見不鮮。果真如此，則
《浮士德博士》一劇主情節莊、副情節諧的現象可能就是共同
創作的結果。據推測，共同創作者應該是羅利，也可能還包括
拿虛與波特(Henry Porter)等人[77]。但到底是因馬羅生前未曾完
稿，還是另有他故，反正疑團迄今未釋。有的評論家認為這種
主副情節交揉的現象是馬羅「至高無尚的成就」[78]；有的則抨擊
這些突梯滑稽的場景，粗俗而低賤，既未直接關乎劇情，也破

---

[75] Gill, p. xiv.

[76] 說見Robert Ornstein, "The Comic Synthesis in *Doctor Faustus*," *ELH: A Journal of English Literary History* 22(1955): 165; 又見A. Bartlett Giamatti, "The Art of Illusion," in Bloom, pp. 117-118.

[77] 說見P. H. Kocher, "Nashe's Authorship of the Prose Scenes in *Faustus*," *Modern Language Quarterly* 3(1942): 17-44; 又參見J. B. Steane, *Marlowe: A Cri tical Study* (Cambridge: Cambridge UP, 1965), pp. 120-126; Empson, p. 54.

[78] D. J. Palmer, "Magic and Poetry in *Doctor Faustus*," *Critical Quarterly* 6(1964): 56.

壞了悲劇氣氛[79]。不過，我們只要略加注意，就不難發現：A、B兩本的喜劇場景為劇情不可分割的部分，可在嚴肅的氣氛中，給觀眾一點舒緩(comic relief)的空間[80]。

這些副情節的份量不多。A本只有4景，B本也不過6景。A本出現在第1幕第2景與第4景、第2幕第2景與第3幕第2景；B本則除前3景相同外，還安排在第3幕第3景、第4幕第5景與第6景。景數不同，內容只有兩本的第1幕第2景相近，其餘各景則不無出入。下文就以主情節為背景來與這些副情節的各景對照，期能找出其間的關係。先說第1幕第2景。該景一開頭，只見兩名碩士生一方面對浮士德的作為表示關心，另一方面則以浮士德常使「我如是證明」一語響徹校園來證明其哲學上的造詣。同時，華格納在浮士德的薰陶下，也開始以「講道理」、找「證人」來炫耀學問。他應用浮士德的三段論法，說：自然物體都能自然移動(大前提)；浮士德是個「自然物體」(小前提)；所以浮世德能「自然移動」(結論)。這無形中指出：浮士德有其自由意志，可自由行動。換句話說，浮士德學習魔法全然出於自由意志與自由行動，後果理當自行負責。華格納又說：他「天性遲鈍、緩於生氣、喜歡淫蕩」；也就是說，其體液(humours)屬粘液質(phlegmatic)與憂鬱質(melancholic)。而這也正是浮士

---

[79] 這類說法從18世紀起就已有之；參見Francis Jeffrey, William Hazlitt, Henry Hallam, George Henry Lewes等評論家的意見，在Jump, pp. 26, 28, 30-31.當代評論家抱持這種看法者，可參見Harry Levin, *The Overreacher,* p. 122.

[80] 說見Sims Shepherd, *Marlowe and the Politics of Elizabethan Theater* (New York: Martin, 1986), p. 54.

德的脾性（disposition）。華格納同時指出，魔法師的下場就是「問吊」。於是，兩名碩士生擔心浮士德接近魔法師，迷上了「妖術」，恐將永劫不復。由此可見，浮士德的處境與下場早在這景就已預下了伏筆。

　　A、B兩本第1幕第4景的內容也大體雷同。該景接在浮士德正等待魔菲思拖弗利斯回話（第1幕第3景）的當間，劇情相去不遠。浮士德為了學習魔法，竟然不顧一切，拿靈魂去換取口腹之慾，連原則都可放棄，簡直就是饑不擇食。副情節中的華格納發現羅賓窮得衣衫不整，又沒職業，才會「餓得情願拿靈魂跟魔鬼交換一份連肩帶腿的羊肉，雖然羊肉還沾血帶腥」。儘管如此，羅賓至少還堅持：付出如許的代價，「這塊肉就得烤熟、淋上好的醬汁才行。」華格納當了浮士德的「徒弟」，也想找羅賓當「徒弟」。浮士德會招魔，華格納也從浮士德的書中學到了招魔術。他警告羅賓不當「徒弟」，就要將他「身上的虱子變成小妖小魔」。羅賓不肯，華格納就招來缺德鬼與牢騷鬼，令羅賓驚慌失措，只好同意。而羅賓就轉而叫華格納教他招魔變化的本事，要變成狗、貓、老鼠或跳蚤，跳去「給漂亮的姑娘搔裙口」。

　　兩本第2幕第2景的情況同樣大體近似。兩本的第3個喜劇場面都緊接在浮士德與魔菲思拖弗利斯簽約之後。先說A本第2幕第2景。全景呼應了浮士德「淫蕩好色」一語，從「圈圈」起，字裡行間涉及的猥詞褻語，俯拾皆是：像「爽一爽」（at my pleasure）、「脫光光」（stark naked）、「騎馬」（horse）、「把他的東西擦乾淨」（would have his things rubbed and made clean）、「發飆」（chafing）、「搞得渾身稀爛」（you are blown up, you are dismembered)、「前額上」(for his forehead)、「搞私處」(for her private study)、「生來就是要承受我的」(born to bear with me)、「法術」(art，亦指性交術)、「最叫人抓狂」(most intolerable)、「翻倒她、糾纏她，隨時享用，在午夜」(turn her and wind her to thy own use as often as thou wilt, and at midnight)、「擦乾淨」(make clean)以及「在手上搞髒」(lie foul upon our hands)等等都是，不同的只是副情節在口氣上較粗俗、較放縱，卻也不曾具體去做「淫蕩好色」的情事。B本第2幕第2景雖然不如A本猥褻，卻也相去不遠。全景從「溜馬」起，像「唸咒」(conjure)「畫圈」、(circle)、「施法」(conjure)、「頭上按上一對漂亮的角」(clap as fair a pair of horns on's head)、「長角」(hath done it=hath clapped a pair of horns on's head)、「把角『插入』多『深』」(waded as deep into matters)、「偷情」(sneak up and down)、「裸舞」(dance naked)、「剝光衣服」(put off thy clothes)等等，都同樣或明或隱給觀眾性暗示。

其餘各景劇情則大不相同。A本第3幕第2景發生在浮士德隱形耍弄教皇之後。浮士德在聖・彼得宴上耍弄教皇；羅賓則在客棧耍弄老闆。浮士德隱形抓走肉、美味與酒杯；羅賓與雷福兩人則為了耍賴酒盃錢而將酒盃藏起。浮士德靠著魔法變化。羅賓與雷福兩人則在老闆搜身時，將酒盃丟來丟去；這雖非變化身形，卻也「變」換了酒盃的位置。最後，羅賓還唸咒將遠在君士坦丁堡的魔菲思拖弗利斯招來尋開心，可見招魔不如想像中困難，也無需像浮士德那樣大費周章。結果，羅賓被變成猿，而雷福被變成狗。同樣的場面B本安排在第3幕第3景。客棧

老闆搜身搜杯的情節雖同，但這種事在A本是因羅賓酒錢未付而起，在B本則是因羅賓偷了酒杯之故。後者的情節似較合理。而魔菲思拖弗利斯的出現，A本只因羅賓唸咒；B本的羅賓則除唸咒外，還叫狄克畫圈，只是圈圈並未適時發揮保護的功能。

A本的喜劇場景至此結束，B本則在「長角」事件（第4幕第3景）後另有兩景。不過，這兩景的情節要從賣馬事件說起才行。馬商經過一番討價還價，以40塊錢向浮士德買下一匹馬。浮士德再三交代「別騎馬下水」。偏偏馬商以為「馬兒身上藏著不為人知的秘密」而騎入水中，不料卻因變成一束「稻草」而幾遭「溺斃」。為此，他回來向浮士德要錢。這時的浮士德正在睡覺，任憑他叫嚷，就是不醒。於是，他將熟睡中的浮士德扯斷了腿（第4幕第4景）。之後，羅賓、狄克、馬商與馬車伕4人在酒店講起浮士德的魔法。馬車伕說：浮士德花了3個銅板吃光一車乾草；馬商覆述馬兒變成乾草的經過；而狄克則重提魔菲思拖弗利斯將他變成「猿臉」的事。4人打算喝完酒後，找浮士德算帳（第4幕第5景）。而浮士德則在取來熟葡萄給萬霍德公爵夫人後，暗中將4人移到公爵王宮門外。4人渾然不知，以為仍在客棧另一處房門外，因重重敲門、高聲喧嘩，要找浮士德說話。經浮士德徵得公爵恩准，予以接見。談話間，馬商、馬車伕、雷福與老闆娘先後提起「木腿」、「乾草」、「狗臉」與「酒錢」的事，而浮士德則一一令他們「不能言語」（第4幕第6景）。此3幕前後相連，不特連結了前面狄克變「狗臉」（第3幕第3景）一事，更使副情節至此結合了主情節。由此亦可見，B本的副情節一方面呼應主情節，另一方面則本身前後遙相銜接。就這點

來說，較諸A本出色而精彩。

變形與招魔二者相關，也都是本劇主副情節的重點。A、B兩本中的魔菲斯托弗利斯應浮士德的召喚，先是由原來的形象變成一名聖方濟老僧（第1幕第3景），後再依贈與書上的約定變成浮士德「喜歡的形狀或模樣」（第2幕第1景）。A本中的浮士德只給菲特烈1人長角（第4幕第1景），B本則還給菲特烈、班華留與馬提諾3人變成頭上生角的怪物（第4幕第3景）。兩本中的浮士德都用一束乾草變馬賣錢（第4幕第1景）。A、B兩本中的浮士德本人在贈與書上要求自己的形質都變成鬼靈（第2幕第1景）。A本中的浮士德在教廷隱形作弄教皇（第3幕第1景），B本中的浮士德則又進而與魔菲思拖弗利斯變成兩名紅衣主教帶走卜蘭諾及其皇冠（第3幕第1景）。最後，在履約的午夜到來前，A本的浮士德想要變成迷霧、畜牲、小水滴（第5幕第2景），B本上的浮士德則還想變成空氣（第5幕第2景），以免靈魂永墜地獄。招魔方面，A本中的羅賓偷了浮士德一本「最叫人抓狂」的「招魔書」，想藉著這本魔鬼發明的書畫圈招魔。他對雷福說，他正在「進行一椿賺大錢的工作」。雷福認為他唸不來；但羅賓堅持老闆娘會發現他唸得來。何況招魔不難，他不但可以唸咒「在歐洲任何一家酒館免費灌飽葡萄酒」，更可藉以享用廚房女傭（第2幕第2景）。B本中的羅賓則不但偷了一本魔法書，還唸唸有詞，想要招魔（第2幕第2景）。後來，A（第3幕第2景）B（第3幕第3景）兩本中的羅賓又想藉著偷來的招魔書「賺大錢」，其後真的唸咒將遠在君士坦丁堡的魔菲思拖弗利斯招來。或許是受了浮士德的影響，A、B兩本上的華格納也學會了招魔的本事。他先是要

把羅賓身上的蝨子變成小妖小魔,後來則真的招來缺德鬼與牢騷鬼,把羅賓嚇得邊跑邊叫,只好答應當他徒弟。華格納答應教他變成狗、貓、小老鼠、大老鼠,甚麼都變。而羅賓則要變成「一隻可愛而活蹦亂跳的小跳蚤,可以這裡跳、那裡跳、到處跳」;除了「給漂亮的姑娘搔裙口」外,還要在「她們當中跳來跳去」(第1幕第4景)。值得注意的是,副情節的小處呼應招魔與變形的現象,大處也是如此。

結語

　　《浮士德博士》一劇以追求知識為主題。為了達成目的,浮士德在追求知識的過程中,可謂不顧一切。追求知識的過程中最關鍵的就是浮士德交給魔菲思拖弗利斯的贈與書。然而,浮士德並沒有依據贈與書達成他所追求的目的。儘管他在寫下贈與書後滿足了不少知識方面的渴望,但對他來說,每增多一次肉慾的饗宴,就增多一次永死的詛咒。何況,他一切的追求註定是短暫而虛妄的。在生命的最後一個小時,浮士德知道自己罪孽深重,無所逃於天地之間。事實上,浮士德的追求過程中接到不少忠告。除了天使外,早先兩名碩士生知悉浮士德迷戀魔法,雖明知難以叫他迷途知返,仍去找校長盡力給予嚴詞勸說。即連魔菲思拖弗利斯也曾以己為鑑,只可惜浮士德慾令智昏,不知懸崖勒馬。A、B兩本的差異甚大。人物、場景、舞歌員、善惡天使、碩士生、道具等等都有不同,卻也各擅勝場。而穿插在主情節當間的副情節則一方面發揮了呼應的效果,另一方面也舒緩了主情節的嚴肅氣氛。

　　《浮士德博士》一劇中顯然留有不少中世紀道德劇(the morality play)的痕跡。儘管有些評論家反對道德劇的說法[81]，但我們只要細讀全劇，就不難發現：開場白的舞歌員一如《每人》中的帶信人(Messenger)，只以道德的口吻描述浮士德的「命運好壞」，而不及於其複雜的心緒：

> 終以炫學恃才忒自負，
> 拍動蠟翅飛向無邊際，
> 蠟翅熔化慘遭諸天同摒棄。
> 只因貪迷妖魔鬼技倆，
> 饜足黃金禮物般學識，
> 飽餐魔法堪詛咒；
> 醉心巫術始覺甘如飴，
> 不愛至福愛妖法。(A本，第20行～第27行)

　　舞歌員在收場白上所給的總評，雖然語帶惋惜與遺憾，卻同樣是滿口教訓的意味，有如一篇講道文(homily)[82]：

> 原可筆直長成的樹枝被砍折，

---

[81]　評論家多半認為本劇為一齣道德劇，但反對或態度保留者亦有可見，如 J. B. Steane, *Marlowe: A Critical Study*(Cambridge: Cambridge UP, 1965), pp. 156-157; Douglas Cole, *Suffering and Evil in the Plays of Christopher Marlowe*(New York: Gordian P, 1974), pp. 132-137; Roma Gill, ed., *The Complete Works of Christopher Marlowe: Dr. Faustus*(Oxford: Clarendon P, 1990), p. xxv等。

[82]　說見Roger Sales, *Christopher Marlowe*(New York: St. Martin's P, 1991), p. 160.

阿波羅的月桂樹枝枒遭焚燬，

儘管一度曾在這位飽學之士的心中成長。

已矣乎！浮士德的沉淪誠可悲，

受盡惡魔左右的靈運足資智者勸，

不法之事僅可讓人望之以生畏。

才智之士反遭奧義誘惑而受害，

只因超越上蒼容許的範圍外。（A本，第1行～第8行）

　　每逢浮士德內心起了天人交戰，善惡天使便及時出現。善天使的出現顯示浮士德的心地仍有善良的一面。可惜的是，善天使只顧禁止與警告，不曾提供具體而切實的報償；對浮士德來說，天國的喜樂太遙遠、太抽象。相形之下，惡天使承諾權威、地位、榮耀、財富與情慾的滿足等具體的誘因，足以令「人」動心，終致浮士德一步步踏上永詛的不歸路。儘管有些評論家不願同意善惡天使與道德劇之間的關係，但以這種方式來外現浮士德內心的掙扎顯然就是天人交戰的具體呈現。　再者，高傲（Pride）、貪婪（Covetousness）、嫉妒（Envy）、淫蕩（Lechery）、饕餮（Gluttony）、忿怒（Wrath）與懶惰（Sloth）等七死罪（seven deadly sins），都是人格化的抽象質（personified abstractions），也正是道德劇的遺跡。由於浮士德犯了七死罪[83]，才能在與七死罪

---

[83]　評論家對於七死罪的討論甚多，可參見C. L. Barber, "The Form of Faustus' Fortunes Good or Bad," *Tulane Drama Review* 8.4(1964): 92-119; W. D. Smith, "The Nature of Evil in *Dr. Faustus*," *Modern Language Review* 60(1965): 171-175.

對話後，產生共鳴，有如吃了麻醉藥品，頓覺神清氣爽（第2幕第3景）。除了善惡天使外，像碩士生[84]設法勸說浮士德迷途知返（第1幕第2景）、老人有如「慈悲」（Mercy）般給他「善意的勸誡」[85]等，都是道德劇中的角色，而魔菲思拖弗利斯更為道德劇中「邪惡」（Vice）的化身[86]。

　　《浮士德博士》一劇也檢討了人文主義的理念。人文主義起於十四、五世紀的義大利。當時的人文主義者熱衷於重新發現古代文藝、政治、社會與教育等方面的理念。他們認為：人生在世最終的幸福可藉道德生活獲得，道德則可透過教育養成。透過教育，個人的潛能才得以獲得開發。人文主義有廣狹兩義。廣義的人文主義強調人的價值、人性尊嚴以及與人有關的一切（利益、福祉等等）。狹義的人文主義指研究古代希臘與羅馬的一切（思想、語言、文學以及生活方式等）。人文主義的精神是現世的、自由的與寬容的，其方法則是透過啟蒙、教育與自由研究去達成目的。不管其義為廣為狹，最終目的都落實

[84] 第1幕第2景中的兩名碩士生唯恐浮士德誤入歧途，其角色近乎本劇中的老人；但第5幕第1景中的碩士生懇求浮士德招來海倫，顯然違反「以友輔德」朋友間的道德法則；說見 John Conley, "The Doctrine of Friendship in *Everyman*," *Speculum* 44(1969): 378-382.

[85] 見Beach. Langston "Marlowe's *Faustus* and the *Ars Moriendi* Tradition," in *A Tribute to George Coffin Taylor: Studies and Essays, Chiefly Elizabethan, by His Students & Friends*, ed. Arnold Williams(Chapel Hill: U of North Carolina P, 1952), 148-67, 有關老人跟中世紀傳統的問題可見T. S. R. Boase, *Death in the Middle Ages*(London: Thames & Hudson, 1972).又，這方面的討論可參見Michael J. Warren, "*Dr. Faustus*: The Old Man & the Text," *English Literary Renaissance* 11:2(1981): 111-147.

[86] Cole, *Suffering and Evil in the Plays of Christopher Marlowe*, p. 239.

在「人」的身上。浮士德出身寒微，卻能因親族的提攜，不但
順利取得博士學位，更因精通哲學、醫學、法學與神學等四門
目標學科而成爲一位大學問家，令人稱羨。這不能不說是人文
主義的具體成就與勝利。然而，教育的目的不僅在滿足個人的
求知慾，更在期盼個人能在學成後，爲家國奉獻，爲全人類謀
福祉。如今，浮士德在學成之後，雖有這些得來不易的成就，
卻不曾懷著感激之情去回饋大我。爲了追求知識，他竟然短視
近利，不惜出賣靈魂去跟魔鬼定約。這種自我中心的作爲根本
就與人文主義的目標背道而馳。

　　最後，《浮士德博士》一劇還同時透露了普遍人性的心聲。
在時空的限制下，人的潛能無法在有生之年完全發揮，以致往
往空有凌雲的壯志卻難以伸展。上帝設定範界與規約，不准人
跨越雷池一步；否則就給予永死的詛咒。馬羅處在中世紀與文
藝復興兩種思想交匯的時代：前者要求恪遵神誡，後者則鼓勵
人去追求無涯的知識。這兩種相互激蕩的思想就在浮士德的猶
豫與掙扎中顯現出來。而浮士德在神誡的約束下，一方面展現
了文藝復興時代人的心聲，另一方面則彰顯了普遍人性的渴
望、抱負與夢想。馬羅與培根(Francis Bacon, 1561-1626)同處文
藝復興時代，是否認同「知識即力量」一語，未見傳記家指出，
無從得知。但我們可由《浮士德博士》一劇推測：馬羅似乎在
透過浮士德反抗神威的同時，提出質疑與檢討。對馬羅來說，
只顧透過知識的力量展現無限擴張的進取心去追求財富、權威
與榮耀，反倒徒然忽視自身的盲點，暴露人的無知無識與短視
近利。這種沒有藉智慧滋潤與指引的進取心勢必走火入魔，造

成浮士德式的惡果。果真這是整個文藝復興時代的現象,則本劇無疑是個適時的警惕。浮士德敢於挑釁上帝的權威,顯示人文主義抬頭。但人文主義的抬頭卻帶來了永死的詛咒。如何在獲取知識的同時,又能避開永死的陷阱,恐怕才是這齣戲所要傳達的訊息中最重要的一個。

馬羅生平年表

1564年　生於坎城（Canterbury）。

　　　　2月26日，在當地聖・喬治教堂（St. George's Church）受洗。

1579年　1月14日，入坎城國王學校（King's School)後，獲選爲女王學者（Queen's Scholar）。

1580年　12月間，赴劍橋耶穌聖體學院 （Corpus Christi College）。

1581年　3月17日，註冊入學。

　　　　5月間，獲帕克獎學金（Matthew Parker Scholarship）。

1584年　取得劍橋文學士學位。

1585年　翻譯羅馬詩人奧維德（Ovid）《情詩》（*Amores*）與魯坎（Lucan）《戰爭詩》（*Wars*）。

1584年-1586年　曠課；疑係奉派從事密探工作。

1586年　撰寫《迦太基女王戴朵》（*Dido, Queen of Carthage*）。

　　　　撰寫《帖木兒（上）》（*Tamburlaine the Great, Part I*）。

1585年　3月間，離開劍橋。校方以馬羅曠課過多爲由，拒授學位。

6月29日，樞密院致函力保，校方同意授予碩士學位。

11月前，《帖木兒 [上]》由海軍上將劇團（Lord Admiral's Men）演出，由亞連（Edward Alleyn）領銜主演。

11月間，《帖木兒 [下]》（*Tamburlaine the Great, Part II*）演出。

小說《約翰・浮士德博士傳》（*Historia von D. Johan Fausten*）在德國法蘭克福問世。

1588年　《浮士德博士》（*Doctor Faust*）疑係由海軍上將劇團演出。

1589年　2月28日《浮士德博士》辦理版權登記。

9月-10月間，馬羅因街頭打鬥而遭羈押，關入紐門監獄（Newgate Goal），旋獲交保。

1590年　8月14日，《帖木兒》辦理版權登記後分成上下兩部，由松恩斯（Richard Thones）刊印。

1591年　夏初，馬羅與齊德（Thomas Kyd）兩人在倫敦共用書房。

1592年　《愛德華二世》（*Edward II*）由彭布羅克劇團（Pembroke's Men）演出。

12月18日，《浮士德博士》辦理版權登記。

1593年　1月26日，《巴黎大屠殺》（*The Massacre at Paris*）由施傳傑劇團（Lord Strange's Men）演出。

5月12日，齊德因故被捕後，供稱其所持有的異端文件

為馬羅所有。

5月17日，《馬爾他的猶太人》(*The Jew of Malta*) 登記版權。

5月18日，樞密院發出拘票。

5月20日，接獲通知，奉命隨傳隨到。

5月30日，在倫敦德普特津（Deptford）布爾太太（Dame Eleanor Bull）的酒館遇害。

6月1日，葬於德普特津聖・尼古拉斯教堂（St. Nicholas）教堂墓園。

同日，16人陪審團宣告兇手符利澤（Ingram Frizer）無罪開釋。

6月28日，法庭以自衛為由，發給符利澤赦罪令（pardon）。

7月6日，《愛德華二世》登記版權。

9月28日，魯坎《戰爭詩》首篇與《希羅與李延達》登記版權。

1594年　5月17日，《馬爾他的猶太人》登記版權。

《愛德華二世》與《迦太基女王戴朵》相繼出版。

c1596年　《奧維德輓歌》(*Ovid's Elegies*) 出版。

1598年　《希羅與李延達》(*Hero and Leander*) 由布朗特（Edward Blunt）交託伊斯里普（Adam Islip）印製；其後又由林里（Paule Linley）交託金斯頓（Felix Kingston）印製。

1599年　《奧維德輓歌》遭公開焚燬。

《巴黎大屠殺》由懷特（Edward White）交託 E. A. 印製。

1604年　《浮士德博士》（A本）由湯姆士（Thomas）交託V. S. 印
　　　　製。

1616年　《浮士德博士》（B本）由萊特（John Wright）印製。

1633年　《馬爾他的猶太人》由華花蘇（Nicholar Vavasour）交託
　　　　I. B. 印製。

浮士德博士

【 A本 】

劇中人物表

舞歌員（The Chorus）

約翰・浮士德博士（Doctor John Faustus）　威登堡大學神學博士

華格納（Wagner）　浮士德的僕人、一名工讀生

善天使（Good Angel）

惡天使（Evil Angel）

華爾迪斯（Valdes）

康尼留斯（Cornelius）　一名魔法師、浮士德的朋友

三名碩士生（Scholars）

魔菲思拖弗利斯（Mephistopheles）　魔鬼

羅賓（Robin）　一名鄉巴佬

眾魔（Devils）

雷福（Rafe）

露西弗（Lucifer）

卑爾茲巴柏（Beelzebub）

傲慢（Pride）

貪婪（Covetousness）

忿怒（Wrath）

嫉妒（Envy）　　　　　　　七死罪（the Seven Deadly Sins）

饕餮（Gluttony）

懶惰（Sloth）

淫蕩（Lechery）

教皇（The Pope）

洛蘭紅衣主教（The Cardinal of Lorraine）

眾修道士（Friars）

客棧老闆（A Vintner）

日耳曼皇帝查理五世（The Emperor of Germany, Charles V）

一名騎士（A Knight）

眾侍從（Attendants）

亞歷山大大帝（Alexander the Great）
其情婦（His Paramour） ⎫ 陰魂
⎭

一名馬商（A Horse-courser）

萬霍德公爵（The Duke of Vanholt）

萬霍德公爵夫人（The Duchess of Vanholt）

海倫（Helen of Troy） 特洛伊美女、陰魂

一名老人（An Old Man）

【開場白】

舞歌員①上

舞歌員　既非戰神協同迦太基人

行軍特拉西米尼大戰場②；

---

① 英國本土戲劇中以《葛柏達克》(*Gorboduc,* 1561)最早模仿古典戲劇採用舞歌隊，一方面藉以連結劇情，另一方面則藉以評論劇情。不過，《葛柏達克》中的舞歌隊由4名代表本國民眾的智慧長者組成，而本劇中的Chorus實際上僅由一名演員（或即浮士德的僕人華格納）擔任，負責開場白(Prologue)、收場白(Epilogue)以及其間相關部分的告白(III, IV)，異於古典戲劇中的舞歌隊，而近於道德劇(moralities)中的醫生（如《每人》(*Everyman*)中者）或評論者(Commentator)，因此宜譯為「舞歌員」。至伊莉莎白女王(Queen Elizabeth,在位1558-1603)統治末年，開場白才漸告式微。本劇中的舞歌員誦唸開場白時，簾幕垂下；誦畢，簾幕始拉開，露出內台。

② Mars原係羅馬戰神，此處指羅馬軍隊。迦太基人(Carthaginians)居在北非沿岸，善於航海與經商，曾因爭奪地中海霸權而與羅馬帝國交惡。雙方發生3次布匿克戰爭(Punic Wars, 264-241 B. C., 218-201 B. C., 149-146 B. C.)。其中，第2次布匿克戰爭期間，迦太基軍隊在漢尼拔(Hannibal, 247?-183? B. C.)將軍的領導下，於西元前217年在義大利中部翁布里亞(Umbria)地區特拉西米諾(Lake Trasimeno)大破羅馬軍隊。當時，羅馬軍隊在執政官符拉米尼爾斯(Gaius Flaminius, ?-217 B. C.)的率領下，正沿著湖岸南行。漢尼拔在清晨濃霧的掩護下，由左側與後面襲擊。羅馬軍隊突遭埋伏，幾乎全軍覆沒，死亡人數多達1萬6千人，符拉米尼爾斯亦兵敗陣亡。馬羅顯然對這樁史實不甚了然。由於劇情無關漢尼拔在義大利的任何事件，因而引發評論家揣測，認為此處可能指的是劇團早先演過的一齣英雄劇。

亦非就在篡位奪權的宮廷裡，

調情說愛相嬉戲；

又非傲然無畏誇偉業③，　　　　　　　　　　　　5

繆思意欲藉以掌握④神詩⑤妙無比。

如今戲台上的搬演將以

浮士德命運的好壞爲主題⑥。

懇請諸君耐心裁決賜掌聲，

且先述說浮士德的童稚期。　　　　　　　　　　10

誕生之時雙親出身皆寒微，

居住日耳曼羅德⑦小城裡。

---

③　原文 dalliance of love 或指《迦太基女王戴朵》(*Dido, Queen of Carthage*)一劇的情節；proud audacious deeds 或指《帖木兒》(*Tamburlaine the Great*)東征西討的偉業而言。但這兩椿事無關本劇劇情。

④　此處原文daunt (=control), B本作vaunt (誇示)，意似較勝。

⑤　希臘神話中共有九位繆思(Muses)女神，專司文藝、歷史與天文，為呼求靈感的對象。不過，此處的繆思女神指馬羅本人。又，原文 divine verse 指詩體神妙的「悲劇」而言。

⑥　馬羅喜歡在詩行中製造同音反覆(polyptoton)，像此處的perform/form 即為一例；他如開場白中的兩個 grac'd(第16 行-第17 行)，本劇第2幕第3景中的terminine/term'd(第42行)等，亦屬此類，旨在取其諧音悅耳以造成快感。按：開場白中的第1個grac'd意為「綴飾」(adorned)，第2個grac'd作「獲准(劍橋大學當局)繼續攻讀更高學位」(honoured, or grazed)解。馬羅的名字曾載在劍橋大學《優等生名錄》(*Grace Book*, 1584, 1587)上，顯見他所謂的 grac'd 隱指自己有過的榮耀。不過，評論家或認為第1個 grac'd 用得太笨，看似他人所插入者。

⑦　羅德(Rhode 即 Roda，1922年以後易名Stadtroda)地在吉納(Jena)附近、威瑪(Weimar)東南，係日耳曼中部薩克斯-阿爾騰堡(Saxe-Altenburg)公國內一城，為史實上浮士德的出生地。

年歲稍長前往威登堡⑧，

多蒙親族養育相提攜。

旋即鑽研神學獲利益，15

碩果綴飾學園地，

旋即獲頒博士名，

辯才無礙立論無人可匹敵

特藉神學論天旨意蓋群倫；

終以炫學恃才忒自負，20

拍動蠟翅飛向無邊際，

蠟翅熔化慘遭諸天同摒棄⑨。

只因貪迷妖魔鬼技倆，

饜足黃金禮物般學識，

---

⑧ 威登堡（Wittenberg）係一處大學城，為宗教改革的發源地，四折本寫成Wertenberg，因常與Württemberg 混淆。或謂馬羅有意如此混淆，畢竟宇登堡（Württemberg）提賓耿（Tübingex）正是以改革聞名。按：威登堡為宗教改革家馬丁‧路德（Martin Luther, 1483-1564）與梅蘭克松（Philipp Melanchthon, 1497-1560）等歷史人物，莎翁筆下的哈姆雷特（Hamlet）等文學人物的母校，以懷疑論與宗教改革的搖籃聞名於世；不過，馬羅筆下的這所薩克遜大學（Saxon University）似更接近他自己的母校劍橋大學。

⑨ 狄德勒斯（Daedalus）為希臘神話中的一名巧匠，曾為克里特島（Crete）國王邁諾斯（Minos）設計一座迷宮。其後因洩露逃出迷宮之法，而遭邁諾斯將他與兒子艾克魯斯（Icarus）關進迷宮之中。為了脫身，他用羽毛與蜂蠟製造兩副翅膀，打算由空中飛越大海。不幸的是，在飛行途中，艾克里亞斯忘卻父親的諄諄告誡，愈飛愈高，高得太近太陽，致使粘著翅膀於身軀的蠟熔化而摔落愛琴海（the Aegean Sea）溺斃。艾克里亞斯墜海身亡的神話故事為文藝復興時代歐洲家喻戶曉的象徵，經常引為學習魔法妖術者誡。

飽餐魔法⑩堪詛咒；   25
醉心巫術始覺甘如飴，
不愛至福愛妖法。
此君正自獨坐書房裡。
下

---

⑩　原文 necromancy 指「交鬼術」、「關亡術」或「通靈術」，源於希臘
　　文 νεκρος（nekros），意為「屍體」（corpse）。通靈術指用咒語遣亡魂，
　　藉問答、占卜以預知未來或其他相關訊息之術。此術盛行於古代亞
　　述、巴比倫、埃及、希臘與羅馬，至文藝復興時代仍相當普遍。荷馬
　　史詩《奧德賽》（The Odyssey）中，奧德賽（Odysseus）曾下地獄召請預
　　言家泰瑞西亞斯（Tiresias）詢問未來；希臘半島東北部西莎利
　　（Thessaly）一帶，古昔常由祭司或專業通靈師召魂。舊約中，像申命
　　記（第18章第10節-第11節）曾明文禁止；他如撒母耳記（第28章第7節-
　　第19節）等，也都曾提及。基督教會對此一向禁止，行通靈術者往往
　　受到囚禁之類的懲罰。

第一幕

【第一景】

浮士德在書房

浮士德 設定你的研究，浮士德，開始
探測即將專精的學識有多深。
學位既已取得，且在世人眼中當個神學家，
要以每種學科的終極為目標，
終生浸淫在亞里斯多德的學說中。
美妙的分析學①，是你給我狂喜！

5

---

① 分析學（Analytics）指亞里斯多德（Aristotle, 384-322 B.C.）《前分析篇》
（*Analytica priora*）與《後分析篇》（*Analytica posteriora*）等兩部論邏輯
的專著。亞氏所謂的邏輯，旨在定義一種實體分類與批評的方法。邏
輯並非一門科學，而是一種認識論的程序；藉語言精確描述程序，故
為追求科學研究的基礎。亞氏提出三段論法（syllogism）來處理推論性
問題。由於三段論法只由普通原則推求個別事例，又因此亞氏提出歸
納法（induction），以個別事例推演出一般性原則。

（誦讀）「善辯才是邏輯的主要目的。」②
善辯才是邏輯的主要目的嗎？
這門學問沒有更神妙之處嗎？
不必再唸；你的目的已達成。
浮士德的才智宜於研究更深奧的課題。
且向「哲學」③說再會。葛倫④，來吧！
既然「哲學家的結尾就是醫學家的開頭」⑤，

---

② 原文 *Bene Disserere est finis logices* 引自16世紀哲學家拉穆斯（Pietrus Ramus, 1515-1572）《辯證法》（*Dialecticae*）一書，而非引自亞里斯多德的著作。

③ 原文 *On kai me on*（=Oncaymaeon, 即 being and non-being）引自古希臘懷疑論詭辯學家高嘉斯（Gorgias of Leontini, 483-375 B. C.）的話，意為「實有與虛無」，指哲學。此處B本作 *Oeconomy*，註解家咸認為或指亞氏的家庭管理（domestic management）。

④ 葛倫（Galen, 拉丁文全名 Galenus Claudius, 130?-200?）係紀元後2世紀的一位希臘醫師，生於貝爾嘉蒙（Pergamon, 即今土耳其西部 Bergama）。該地係當時羅馬帝國的醫學重鎮，市區建有醫術神殿、醫學學校及圖書館。葛倫原本接受哲學教育，後因夢見藥神啟示，遂改習醫學。他首先以動物實驗研究生理學，為現代醫學的發展奠基。一生論著300種，為中世紀的醫學權威，對解剖生理學（anatomico-physiology）的貢獻最大，其思想影響拜占庭與伊斯蘭教文明千餘年，至文藝復興時期仍為西方科學思想的主力。像《論醫學經驗》（*On Medical Experience*）、《論自然機能》（*On the Natural Faculties*）、《論身體各部的運作》（*On the Use of Parts*）、《論呼吸》（*On Respiration*）以及《論醫術》（*On the Art of Healing*）等，都是當時醫界的權威之作。由於他在醫學上的成就，因成為「醫師」的代稱。又，《浮士德博士》首演時，倫敦剛剛遭受瘟疫的蹂躪不久，死者至少1萬1千人。浮士德拒絕醫學，想必給觀眾不小的震撼。

⑤ 引見亞里斯多德《感官與感性》（*De Sensu et Sensibili*）一書，常見於文藝復興時期的撰著中。

當個醫生吧！浮士德。堆積黃金，
憑藉回春妙手留芳百世。　　　　　　　15
（誦讀）「醫療的目的在求身體健康」：
醫療的目的在求身體健康。
喲！浮士德，還未達成此目標嗎？
平日一言一語不都被奉爲圭臬嗎？
你的處方如紀念碑被供奉，　　　　　20
多少城鎮賴以逃過瘟疫
千種絕症賴以減輕痛苦？
但你依舊是浮士德，依舊是個人。
會使人永生不死，
或起死回生，　　　　　　　　　　25
這種工作才值得敬重。
醫學，再會啦！查士丁尼⑥在哪？
（誦讀）「同一物件遺贈給兩人，
則一人得到物件本身，另一人得到等值的物件」云云。
好一樁有關遺產的小案件！　　　　　30

---

⑥　查士丁尼一世（Justinian I, 在位527-565）係東羅馬皇帝，在位期間曾造
　　就了古羅馬帝國最後一段輝煌的政治與文化。為了重建羅馬帝國的版
　　圖及其傳統，他先跟波斯和解，然後遠征北非，奪回西西里島和義大
　　利，滅東哥德王國，將西哥德人逐出西班牙南部，使地中海再度成為
　　羅馬帝國的內海，可惜這一切都只是曇花一現。而為了建立帝國的秩
　　序，他派法學家特里波尼安（Tribonian, 475-545）編纂《學說彙編》
　　（Digest, or Pendects）、《法學原理》（The Institute）以及《新律》（Novellae）
　　等法典，影響後世歐洲法律既深且遠。文藝復興時代當然並不例外。

（誦讀）「父親不能剝奪兒子的繼承權，除非——」[7]。
這是法典的主旨，
也是宗教法的依據[8]。
這種研究合於唯利是圖的賤役
只爲了身外的臭銅板——　　　　　　　　　　　　　　　35
對我來說，太委屈、太小家子氣了。
神學畢竟最爲珍貴。
浮士德，好生唸唸傑羅米本聖經[9]。
（誦讀）「罪的代價乃是死。」[10]哈！
「罪的代價」云云。　　　　　　　　　　　　　　　　40
罪的代價乃是死？何其嚴苛。
（誦讀）「我們若說自己無罪，便是自欺，
真理就不在我們心裡。」[11]

----

[7]　兩句話皆引自《法學原理》第2篇；前者在第20節，後者在第13節。

[8]　原文 Church 指依據查士丁尼法典甚深的教會法或寺院法（canon
law）。此處 B 本作 law，意似較勝。

[9]　聖・傑羅米（St. Jerome, 331?-420?）生於義大利北部司特萊頓
（Stridon），爲基督教苦行僧（ascetic）及聖經學者，一生爲捍衛天主教
信仰而奮鬥，而其一生最大的貢獻則是翻譯拉丁文本聖經（即
Vulgate）。這本聖經譯文雖在教會引發爭議，並遭排斥，卻逐漸取代
舊本拉丁文譯文，成爲13世紀通俗拉丁文本聖經，也是6世紀至宗教
革命（the Reformation）唯一通行的本子。傑羅米本人則因博學而有「教
會長老」（Doctor of the Church）的雅稱。

[10]　引見新約羅馬書，第6章第23節。同節下文爲：「惟有上帝的恩賜，
在我們的主基督耶穌裡，乃是永生」，可惜浮士德沒有唸到。本書所
據的中譯本聖經爲中華聖經會譯《新舊約全書》（香港：中華聖經會，
1951年），不另註明。

[11]　引見新約約翰一書，第1章第8節。下文爲：「我們若認自己的罪，上

唔！我們若說自己無罪，

便是自欺，真理就不在我們心裡。　　　　　　　45

我們多半有罪，

故難逃一死。

唉！我們勢必永遠遭詛咒。

你說這是什麼教義？「該當發生的，就會發生」，

該當發生的，就會發生嗎？神學，再會啦！　　　50

（拿起一本魔法書）

這些魔法師的魔法

和魔法書，神妙至極，

線條、圓圈、符號、字母和法象——

嗯！這些才是浮士德最渴望的。

啊！無數的利益與喜悅、　　　　　　　　　　　55

權力、榮耀和無涯的力量

都許給了勤奮的魔法師！

在靜止兩極間移動的一切

將受我支配。帝王

只在轄境內發號施令，　　　　　　　　　　　60

卻無法興風裂雲；

但精擅法術者的領域

一如人心，無遠弗屆。

帝是信實的、公義的，必要赦免我們的罪，洗淨我們一切的不義」（第
1章第9節），可惜浮士德也沒有唸到。

完美的魔法師是個大神。

浮士德！用你的腦筋變成神。 65

華格納！

　華格納上

去向我的至友

　　　　日耳曼來的華爾迪斯和康尼留斯⑫致意。

懇請他們來相見。

華格納 遵命，主人。 70

　（華格納）下

浮士德 他們的意見會比我傾盡全力

更有助益，否則進步不會如此神速。

　善天使與惡天使同上

善天使 啊！浮士德，拋開這本可咒的書，

別看！免得迷惑了靈魂，

堆積上帝的盛怒在頭上！ 75

唸！唸聖經去。研讀妖書就是褻瀆神。

惡天使 浮士德，唸下去，這門出名的法術裡

自然界的瑰寶全都在。

你在人間，一如神在天上，

主宰掌控諸元素。 80

　（兩名天使）同下

---

⑫　華爾迪斯(Valdes)其人其事不詳，或許為虛構人物；康尼留斯
　(Cornelius)不是康尼留斯·阿格里巴(Cornelius Aggrippa)，但在馬羅
　當時，似已與魔法相關。

浮士德　魔法怎會充溢滿腦海！

　　　　我要差遣鬼靈替我取來心所喜，

　　　　替我解除心中惑，

　　　　替我執行任務忒艱險？

　　　　我要命其飛往印度[13]取黃金，　　　　　　　　　　85

　　　　搜尋大洋找來東方大明珠，

　　　　遍查新世界的各角落，

　　　　尋覓美果與珍饈。

　　　　我要命其為我講述詭異的哲理，

　　　　透露異邦君王的秘密。　　　　　　　　　　　　90

　　　　我要命其築起銅牆保衛日耳曼，

　　　　使得湍急的萊茵河水圍繞美麗的威登堡[14]。

　　　　我要命其將大學講堂塞滿絲綢的學位服[15]，

　　　　讓學生穿得光鮮亮麗。

　　　　我要用他們取回的錢幣招募軍隊　　　　　　　95

　　　　驅逐巴馬親王[16]於國境外，

---

[13]　印度(India)指東印度(East Indies, or East India)與西印度(West Indies, or the Indies)兩地。東印度泛指印度、印尼與馬來半島等地，特指印尼群島；西印度包括大安地列斯(Greater Antilles)、小安地列斯(Lesser Antilles)與巴哈馬(Bahamas)等群島。

[14]　萊茵河岸上的宇登堡(Württenberg)離威登堡(Wittenberg)甚遠。此處顯然又將兩處相混。

[15]　西元1578年，劍橋大學的校規規定：「只有博士才可穿著繡有絲綢的學位服」，又說：「外袍概以黑色棕色或其他黯色的毛織品製作。

[16]　巴馬親王(Duke of Parma)指法尼斯(Alessandro Farnese, 1545-1592)，為西班牙在尼德蘭(the Netherlands,包括今荷比兩國)動亂期間派駐當地的總

在我們的領土上唯我獨尊；

對！神奇的攻擊性武器

勝過對付安特衛普橋的火船

我將命令手下的鬼靈去發明。　　　　　　　　　100

來，日耳曼的華爾迪斯和康尼留斯，

讓我從你們叡智的談話中受益！

華爾迪斯與康尼留斯同上

華爾迪斯，好華爾迪斯和康尼留斯，

知道嗎？你們的話終於說服我

去習練魔法和秘術。　　　　　　　　　　　　105

但這不僅是你們的高見，也是我自己的憧憬

使我腦中不容其他事，

只顧咀嚼魔法術。

哲學可憎而晦澀；

法學和醫學只合無聊之輩學；　　　　　　　　110

三者之中又以神學最低鄙：

乏味、苦澀、無聊，不值一文錢。

唯有魔法，唯有魔法才給我狂喜。

和善的朋友，務請助我成此事，

督（1579-1592）。期間，他憑著外交長才，收買當地貴族，連克布魯塞爾（Brussels）與安特衛普（Antwerp）。他在攻陷兩地前，曾於西元1585年間在席爾德河（Scheldt）上造橋封鎖安特衛普；尼德蘭人則於1589年間造火船（fiery keel）摧毀之。其後，法尼斯奉命參與無敵艦隊（the Armada）征英計畫。但因遭荷蘭封鎖，以致未能及時與艦隊取得連繫，無功而返。

而我用精簡的邏輯論證　　　　　　　　　　115

難倒日耳曼教會的牧師，

使得威登堡的精英

爭相前來聽我辯論問題，一如陰魂

在歌聲甜美的繆西爾斯⑰到地獄時湧集身旁；

也如亞格利帕⑱以巧妙的本事　　　　　　　120

招魂引魄全歐皆尊崇。

華　浮士德，這些書、你的才智和我們的經驗

將使萬國尊奉我等爲神聖。

一如美洲紅番⑲服從西班牙主子，

各種元素⑳的鬼靈　　　　　　　　　　　　125

---

⑰　繆西爾斯(Musaeus)為希臘神話中音樂怪才奧休斯(Orpheus)之子。奧
　　休斯曾以樂聲引石造城；其子據傳為一名詩人。或謂：繆西爾斯為傳
　　說中荷馬前的希臘詩人，為奧休斯的生徒；奧休斯下地獄營救其妻尤
　　里狄西(Eurydice, 事見Ovid X. 1-68)時，曾在眾魂中看到他的頭和肩。
　　繆西爾斯後曾引導創建羅馬帝國的特洛伊英雄伊尼亞斯(Aeneas)到
　　地獄去見其父安凱西斯(Anchises)。馬羅或將奧休斯和繆西爾斯兩人
　　混為一人。

⑱　亞格利帕(Henry Cornelius Agrippa von Nettesheim, 1486-1535)係一名
　　日耳曼人文學者兼名噪一時的魔法家，據傳有招魂引魄之能，著有《秘
　　術》(De Occulta Philosophia)、《知識空虛論》(De Vanitate Scientiarum)
　　等書；其著作旨在闡述文藝復興時代的魔法。

⑲　摩爾人(Moors)為巴伯(Berbers)與阿拉伯(Arabs)兩族混血種，居在非
　　洲西北，曾於8世紀期間征服伊比利半島，至11世紀才被逐出，再度
　　定居北非。The Moors當時用來泛指黑膚人種；此處的Indian Moors特
　　指美洲印第安人。

⑳　文藝復興時代的人繼承希臘人的說法，認為一切物質(matter)皆由
　　土、水、空氣與火等4種元素組成。這種理論首由希臘哲學家殷皮德
　　克里斯(Empedocles, 490-430 B.C.)提出；亞里斯多德後來則指出，一

也將永遠聽命我等三個人。

一如群獅隨時衛護我等，

宛似日耳曼騎兵持長矛，

或如拉普蘭巨無霸[21]隨侍在身旁；

有時又如婦人或是在室女，

展現仙姿玉容美無倫，

勝過愛情女王[22]雪白的酥胸。

他們將從威尼斯拖來大船隊[23]，

130

切物質的基礎不外冷熱濕乾4種特性。4元素配上4特性而成：土，乾冷；水，濕冷；空氣，濕熱；火，乾熱。而依鍊金術的說法，每種元素都由一精靈（spirit）主掌。鍊金術源於西元100年時埃及亞歷山卓（Alexandria）港，其理論由兩種理解的層次組成。顯教（exoteric）層次旨在改變卑金屬的成份與比例，以成貴金屬；秘教（esoteric）層次則在鍊金家本身的修鍊。不過，像德國醫師培拉西爾西斯（Paracelsus, 1493-1541）則探究自然物質的各種變化，以研發出新的用途。至18世紀末，法國化學家拉瓦錫（Antoine Lavoisier, 1743-1794）創立近代化學理論後，鍊金術才銷聲匿跡。

[21] 拉普蘭（Lapland）位在挪威、瑞典與芬蘭3國北部以及俄羅斯西北科拉半島（Kola Peninsula）一帶，地近北極圈，面積廣達50萬平方公里。居民為拉普人（Lapps），目前約有5萬人口，靠漁、獵、農耕以及採礦伐木維生。拉普蘭常與巫術魔法發生關連；原文Lapland giants指該地的人高頭大馬。

[22] 原文Queen of Love指愛神維納斯（Venus）。

[23] 威尼斯（Venice）由一百多個小島組成，島上在西元452年之前不過是些簡陋貧困的漁村。679年間取得共和國的獨立地位後，幾經擴張，終於在13世紀至15世紀的兩百年間興盛一時，至16世紀始告沒落。文藝復興時代的威尼斯風光一時，乃當時全歐最富裕的商港。原文 *argosies* 源自希臘英雄傑森（Jason）夥同各路好漢齊往黑海附近柯爾奇斯（Colchis）討取金羊毛（golden fleece）所搭乘的船名阿戈（Argo），參加者為阿戈人（Argonauts）；此處特指西班牙每年用以運送財物返國的

前往美洲運回金羊毛

年年填滿老菲力浦的財庫,　　　　　　　　　　135

只要飽學的浮士德下決心。

浮士德　華爾迪斯,此事我心已定

正如你會堅持活下去,故無庸多慮。

康　　魔法顯示的奇蹟

將使你誓不鑽研其他事。　　　　　　　　140

只要具備占星學的基礎,

精通多種語言,熟諳各種礦物,

即具備學習魔法的各項要件。

浮士德,請勿多慮,且待名聲傳遐邇,

勤於探求魔法　　　　　　　　　　　　　145

勝過祈求阿波羅的神諭㉔。

鬼靈告訴我,他們能乾涸海水

取得外國沉船的珍寶──

船隻(plate-fleet)。老菲利浦(old Philip)指西班牙國王菲力蒲二世
(Philip II, 在位 1556-1598),曾於1588年派遣無敵艦隊征英,不鎩羽
而歸。

㉔　德爾菲(Delphi)位在希臘半島中部福西斯(Phocis)境內帕納索斯山
(Mt. Parnasus)南坡,距柯林斯灣(Gulf of Corinth)610公里處,為希臘
最古的神殿及最著名的神諭領受之地。據考證,德爾菲在邁錫尼時代
就已有人跡。該地原為地神吉雅(Gaea)所有,後來才被阿波羅占據。
據神話的記載,天神宙斯(Zeus)為定出世界中心,因從世界兩端放出
飛鷹,在兩鷹會合處立一卵形石「翁法羅」(Omphalos)為記(現藏阿
波羅神殿內)。德爾菲神諭首見於《奧德賽》(The Odyssey),求問神
諭的過程幾經變革,目前已難確知其原貌。原文Delphian oracle指光
明之神阿波羅在德爾菲的神諭,古代時有可聞。

	對！我等祖先珍藏一切財富於	
	廣大無邊的地層下。	150

告訴我，浮士德，我等三人夫復有何求？

浮士德 別無他求，康尼留斯。啊！我的靈魂好欣喜！

來！向我示範魔法術，

讓我能在某處茂密的樹叢施大法

盡情享有這些喜悅。   155

華 速至僻遠的小樹叢，

攜帶睿智的培根㉕和阿爾班諾斯㉖的書、

希伯來詩篇和新約聖書㉗去；

還有其他必備之物。

㉕ 培根（Roger Bacon, 1214-1294）為中世紀牛津聖方濟修道會（Franciscan）僧侶，是當代一位重要的科學思想家，以其博學，而有「神奇博士」（Doctor Mirabilis）之稱，著有《大著作》（*Opus Majus*）、《小著作》（*Opus Minus*）以及《勸說集》（*Persuasio*）等書。不過，時人認為他是一名魔法師。

㉖ 阿爾班諾斯（Albanus 即 Pietro d'Abano, 1250?-1316?），疑係義大利醫家、哲學家兼鍊金術士。或謂 Abanus 應作 Albertus，即馬葛諾斯（Albertus Magnus, 1103-1280），為日耳曼黑袍教（Dominican）哲學家；由於他對實驗科學的喜好，使他跟早期牛津聖方濟哲學家發生關聯。據傳馬葛諾斯曾與培根（參見本頁註25）合力打造了一個會說話的銅頭，轟動一時。

㉗ 舊約聖經用希伯來文寫成，新約聖經用希臘文撰著；至中世紀，舊約與新約皆譯成拉丁文本傑羅米聖經（Jerome's Bible, 參見本書頁12，註⑨）。魔法家因認為這些種寫成聖經的文字本身就是上帝的話語，可用來當魔法巫術之用。通靈的語言常用拉丁文（見第1幕第3景），有時也用希臘文和希伯來文，便是此故。又，舊約詩篇與新約約翰福音起首的章節往往用在咒文之中。

浮士德　請來同我吃餐飯，飯後
　　　　再行商討各項細節，
　　　　今夜睡前且將一試法術多高明
　　　　即使送命也要招鬼靈。
　　　　同下

【第二景】

（兩名碩士生上）

碩生甲 不知浮士德怎麼了？他以前常常使「我如是證明」①響
遍校園。

碩生乙 這點我們馬上就可見分曉；瞧！他的僕人來了。

（華格納端酒上）

碩生甲 唉喲！喂！你的主人呢？

華格納 天曉得。   5

碩生乙 咦！你不曉得？

華格納 呃！我曉得；但這樣不通嘛。

碩生甲 哎喲！喂！別說笑，告訴我們，他人在哪兒？

華格納 這種話不通，你們都是研究生，就該講道理；所以承認
錯誤吧！用心些。   10

碩生乙 哼！你不是說你曉得嗎？

華格納 你有甚麼人證嗎？

碩生甲 有的，喂，我親耳聽到。

華格納 我老不老實，問問我的熟人就曉得啦！

碩生乙 這麼說，你是不肯告訴我們囉？   15

---

① 原文 *sic probo*（= thus I prove it）為哲學論證的結尾語。

華格納　肯啊！老兄，我會告訴你們的。但是，你若非冬烘先生
　　　②，就絕對不會問我這種問題。難道他不是「自然物
　　　體」？「自然物體」不就可以「移動」③嗎？那你怎麼
　　　還問我這種問題？若不是我天性「遲鈍」④，緩於生氣，
　　　癖好淫蕩⑤——我是說，愛——。你不要靠近動手的　20
　　　地方⑥方圓四十呎內，雖然我不懷疑會看到你們下回庭

② 原文duces原指英籍教師司邁特(Duns Scotus, 1266?-1308)的門生。此處
　或指愛毫分縷析的人(hair-splitter)；但因華格納本身就是這類人，故應
　係他藐視對方的話，因取其現代義「傻瓜」(blockhead)，或冬烘學究。
③ 亞里斯多德將物理學的題材((subject matter)劃定為「自然界中可移動
　的東西」；繁瑣學派(scholastic philosophy)因取「自然界可移動之整
　體」(corpus naturale seu mobile)來指物理學。
④ 中世紀的生理學理論認為：人有多血(blood)、黏液(phlegm)、黃膽
　(yellow bile)與黑膽(black bile)等4種體液(cardinal humours)。這4種
　體液跟古希臘所謂的空氣、火、水與土等組成一切物質的4元素與一
　切物質的冷熱乾濕等4種特性密切相關(參見本書頁17，註⑳)。多血
　如空氣，為熱濕；黃膽如火，為熱乾；粘液如水，為冷濕；黑膽如土，
　為冷乾。疾病、性情與體質等皆因4種體液造成。多血質者(sanguine)
　個性開朗、熱情、進取；膽汁質者(choleric)多黃膽，易怒、煩燥、頑
　固、復仇心重；粘液質者(phlegmatic)遲鈍、膽怯、無力；憂鬱質者
　(melancholic)好吃、畏縮、沉思、濫情、善感。體液決定脾性，故體
　液即「性情」(disposition)、「氣性」(mood)或「癖性」。人的健康繫
　乎體液的均衡與否，行為怪異都是體液失衡的結果。其中，黏液質者
　容易犯上七死罪(參見本書頁59，註⑬)中的懶惰(sloth or indolence)。
⑤ 七死罪(seven deadly sins)乃據聖‧亞奎納(St. Thomas Acquinas, 1227-
　1274)等神學家的理論而來，指高傲(pride)、嫉妒(envy，包括惡意)、
　忿怒(wrath)、好色(lust)、饕餮(gluttony)、貪婪(avarice)與懶惰(sloth)
　等7種罪惡。這些罪惡有的並不特別嚴重，但因直接違反道德，成為
　衍生無數過錯的源頭，因而視為致命之罪。七死罪以高傲為首，最為
　致命；撒旦就是因高傲而永墮地獄。這些罪導致靈魂的死亡，必須透
　過懺悔或許才能獲得寬恕。
⑥ 原文place of execution原指魔法師聚會的內室，此處指「飯廳」。華

訊時遭到問吊。這樣一來,我既然佔了上風,就要擺出
清教徒⑦般的嘴臉,開頭就這麼說:真的,我共進親愛
的兄弟,我老闆正在裡頭跟華爾迪斯和康尼留斯晚餐;
要是這瓶酒能開口說話,也會奉告閣下。　　　　　　25
呃!上帝賜福你們、保佑你們、護衛你們,我親愛的兄
弟,我親愛的兄弟。

(下)

碩生甲 唉!我怕他迷上了永劫不復的妖術,因為他們兩人正是
藉此昭彰惡名於世。

碩生乙 即使他跟我不相識,也沒交情,我也會替他難過。啊!30
走吧!去報告校長,看看嚴詞勸說是否能叫他迷途知返。

碩生甲 我怕他已是執迷不悟了。

碩生乙 我們還是盡力而為吧!

(同下)

　　　格納指兩名碩士生很可能在下次庭訊時問吊,則place of execution指
　　「刑場」。按:問吊影射當魔法師、術士及學習妖術者的下場。

⑦　原文precisian指宗教上言行古板拘謹的人,即清教徒(Puritan)。按:
　　清教主義(Puritanism)乃16世紀發生在英國新教內部的一種改革運
　　動,要在嚴格服從神意、回歸基督教的本然面貌,以淨化英國國教。
　　此一改革運動深受喀爾文(John Calvin, 1509-1564)及其教義的影響。
　　由於清教徒不滿現狀,又擔心自己的靈性是否足以得救,因時刻反
　　省,乃致神色憂鬱、感傷而拘謹。又由於清教徒一向堅決而激烈反對
　　戲劇,因此往往成了劇作家調侃的對象。像莎士比亞(William
　　Shakespeare, 1564-1616)《第十二夜》(*Twelfth Night*, c1600)、班‧蔣
　　生(Ben Jonson, 1573?-1637)《鍊金術士》(*The Alchemist*, 1610)與《巴
　　薩羅繆博覽會》(*Bartholomew Fair*, 1614)等劇中都曾藉詞諷刺。

【第三景】

　　　　　浮士德唸咒招魔，上。

浮士德　既然陰霾的大地①

　　　　渴見雨濛濛的獵戶座②，

　　　　從南極躍上天際，

　　　　以黝黑的氣息晦暗了大穹蒼。

　　　　浮士德啊！開始唸咒，　　　　　　　　　5

　　　　且試群魔是否聽使喚，

　　　　因為你已祝禱又祭獻。

　　　　耶和華之名就在魔圈③中，

　　　　向前向後拆開重拼湊④，

---

① 原文earth, B本作night。Night或解為「大地的陰影」(the shadow of the earth)，因為古人相信夜晚乃因太陽下沉到地球的下半部後，由下往上照射而在地表產生的陰影。或謂浮士德是在月虧時分唸咒招魔。按：陰影(shadow)介在明(陽界)暗(冥界)之間，為鬼魅出沒之處。

② 獵戶座(Orion, 或稱Giant, Great Hunter)入冬時分出現在北緯，為降雨的先兆；按：這句話呼應羅馬詩人維吉爾(Virgil, 70-19 B. C.)筆下的史詩《伊尼亞德》(The *Aeneid*)中「多雨的獵戶座」(*nimbosus Orion*)與「多水的」(*aquosus*)。

③ 傳統上，魔法師作法前，通常會先在地上畫圈，在圈外畫上黃道十二宮之類的特殊符號，然後在圓圈內施法，以防自己遭到魔鬼侵害。按：圓圈為一理想形式，其無始無終象徵完美、圓滿、無限與永恆。

④ 姓名(name)用以指稱對象(例見創世記，第2章第19節-第20節)、確定

縮寫的聖徒之名　　　　　　　　　　　　　　　　10

各個天體的圖象、

記號和行星群，

鬼靈因而被迫現身形。

浮士德，切勿驚慌，只管堅定意志，

充分施展魔法到極致。　　　　　　　　　　　　　15

「懇請地獄眾靈賜我恩寵！再會了，三位一體⑤！火、
空氣、水和土的精靈萬歲！東方之君卑爾茲巴柏⑥、烈
火熊熊的地獄以及閻羅君⑦，懇請諸位允准魔菲思拖弗

對象的特質或期盼對象擁有某種特質，同時也往往用來展示生命進入
另一階段（如女子出嫁後另冠夫姓）。姓名另有奇妙的功能；比如，呼
神之名意在召神相助，呼魔之名意在召魔聽命，而把「耶和華」
（Jehovah）一名拆開重拼構成不同的組合，則意在獲取神通。隨後魔
菲思拖弗利斯稱：這是「折騰」（racking）上帝之名。

⑤ 三位一體的指涉繁複；戲文先指基督教的聖父、聖靈與聖子，接著指
浮士德、華爾迪斯與康尼留斯三名術士，隨後指露西弗、卑爾茲巴柏
與德謨葛根等三個魔頭。

⑥ 舊約以賽亞書上以露西弗為東方之王（Orientis princeps）、「明亮之
星、早晨之子」（第14章第12節），但撰者將此一頭銜給了卑爾茲巴柏；
有關卑爾茲巴柏的描述可見於以賽亞書（第14章第12節-第15節）。以
賽亞書中用露西弗指巴比倫（第14章第12節），但有時亦指基督，說是
晨星（day star，見彼得後書（第1章第19節）、啟示錄（第22章第16
節））。馬太（第12章第24節-第28節）、馬可（第3章第22節-第26節）與路
加（第11章第15節-第20節）等福音中的撒旦、露西弗及卑爾茲巴柏都
指鬼王（prince of devils），因易引發混淆。

⑦ Demogorgon（閻羅君）在古代神話中為原始豐饒神。中世紀一變而成
土精木妖，形如渾身生苔的老人，住在地底。後又變成閻羅君，常
在夜間以骷髏形出沒於墳場，專咬行人的腹部，為古典神話中最為可
怕的原始神。據說，誦其名即可帶來災難與死亡。

利斯⑧現身形！因何還拖延？以耶和華、地獄谷⑨、即
將灑上的聖水、就要劃上的十字記號以及我的誓言， 20
懇請魔菲思拖弗利斯立刻現身形，聽候我差遣！」

（灑聖水，劃十字形）

一名魔鬼（魔菲思拖弗利斯）上

我命你回去變形相；

醜惡如你，不能服侍我。

去吧！變成聖方濟⑩老僧再回來；

那神聖的外形最合魔鬼之相。　　　25

---

⑧　Mephistopheles一名的字源不詳，或指「不愛光明者」(he who loves not
the light)；在猶太及基督教傳說中為魔鬼本身或其手下。其拼法有：
Mephistophilis, Mephistophilos, Mephostophiles, Mephistopheles,
Mephastophilis, Mephostophiles 等。A本用 Mephastophilis，B本用
Mephostophilis，19世紀出版的本子因受歌德《浮士德》的影響而多用
Mephistophilis。

⑨　Gehenna源於希伯來文ge-hinnon，本意為「欣嫩谷」(Valley of Hinnom)
或「欣嫩子谷」(Valley of the Son(s) of Hinnom)，位在耶路撒冷西南
兩方。猶大王亞哈斯(Ahaz)曾在此獻祭燒香，「用火焚燒他的兒女」
(歷代志，第28章第3節)；另一位猶大王瑪拿西(Manasseh)也曾在此
「使他的兒女經火，又觀兆，用法術，行邪術，立交鬼的，行巫術的」
(歷代志下，第33章第6節)。聖經中因常用來指「地獄」、「永詛」
或「邪惡之徒最終受罰之地」。

⑩　方濟會(Franciscans)係羅馬公教的一支，分成小兄弟會(Friars Minor)、住院
小兄弟會(Friars Minor Conventual)與嘉布遣小兄弟會(Friars Minor
Capuchin)3個修會。西元1209年間，教皇殷諾森三世(Innocent III,在位
1198-1216)同意聖方濟(St. Francis d'Assisi, 1182-1226)依福音替首批弟子設
計的傳道、苦修與守貧等3項原則，第一修會於焉成立。聖方濟在1226年
過世前，會內就因踐履守貧的問題引發爭端。儘管如此，至1619年嘉布遣
小兄弟會成立止，不管爭執如何激烈，也不管派系有多分歧，終究不離簡
樸的生活方式。方濟會的種種作為，對羅馬公教內部的改革卓有貢獻。

魔鬼（魔菲思拖弗利斯）下

看我神咒顯威力：

誰人不願精通此道法？

這個魔菲思拖弗利斯言聽語從，

全然恭順和謙卑！

魔法咒語的力量無可比。　　　　　　　　　　30

浮士德，如今你已成為桂冠魔法師[11]，

能夠命令偉大的魔菲思拖弗利斯：

「魔菲思拖弗利斯，變成老僧再回來！」

魔菲思拖弗利斯（形如老僧）重上。

魔　　哪，浮士德，你要我做甚麼[12]？

浮士德　我命你侍奉我終生，　　　　　　　　　35

執行浮士德的一切命令，

不論是要月亮脫離軌道

---

[11]　桂冠在古代希臘原係贈給詩人。英國從征服者威廉（William the Conqueror, 在位1066-1087）起，國王便有禮聘詩人的慣例。但早期的桂冠詩人不指宮廷御用詩人，而指成就卓越的詩人。喬叟（Geoffrey Chaucer, 1343?-1400）便是一例。但像史格爾頓（John Skelton, 1460?-1592）則由牛津與劍橋等大學贈予。宮廷中的桂冠詩人至17世紀才出現。班·蔣生（Ben Jonson, 1573-1637）為首位領有津貼的桂冠詩人，其後的達文諾特（William Davenant, 1606-1668）亦同。不過，首位由政府正式冊封的是德萊登（John Dryden, 任期1670-1689）。此後，像華茲華斯（William Wordsworth, 任期1843-1850）、但尼生（Alfred Tennyson, 任期1850-1892）等也都是。這種做法亦成為牛津與劍橋兩校傳統，稱為「桂冠詩人」（poet laureate）。

[12]　新約使徒行傳中，掃羅（Saul）在前往大馬色（Damascus）的路上聽到耶穌對他說：「你所當做的事，必有人告訴你」（第9章第6節）。魔菲思拖弗利斯的疑問似即掃羅原本想問耶穌的話。

　　　　　或是要讓大洋淹沒全世界。

魔　　　我是偉大的露西弗的僕人；

　　　　　未蒙允准，恕難從命：　　　　　　　　　　40

　　　　　唯其旨意，我等才聽從。

浮士德　不是他命你現身來見我嗎？

魔　　　不！是我自動來的。

浮士德　不是我的咒語召你來的嗎？說。

魔　　　那是原因，卻也算「巧合」。　　　　　　　45

　　　　　一旦聽得有人拆扯上帝聖名，

　　　　　誓絕聖經和救主基督，

　　　　　我等即飛來，希望攫取他那美麗的靈魂，

　　　　　我等現身，只在他用的辦法

　　　　　將使自己瀕臨永劫不復的危險。　　　　　50

　　　　　因此召魔的最捷徑

　　　　　乃是毅然誓絕三一體⑬，

　　　　　誠心求告地獄主。

浮士德　此事浮士德

　　　　　已經照做，也謹守下面的規矩：　　　　　55

　　　　　只有卑爾茲巴柏才是主，

---

⑬　早期教會所謂的三位一體（參見本書頁26，註⑤），其基本理論乃依據馬太福音上的載述：耶穌要門徒使萬民都當他的門徒，「奉父子聖靈的名，給他們施洗」（第28章第19節）。因此，拒絕三位一體，就是拒絕透過受洗而與教會建立的關係。浮士德跟華爾迪斯與康尼留斯交往，又招喚露西弗、卑爾茲巴柏與德謨葛根3個魔頭（infernal trinity），無形中就已表示棄絕了神聖的三位一體（Holy Trinity）。

浮士德效忠的就是他。

「詛咒」兩字嚇不倒我，

因爲地獄樂土⑭於我無區別；

我的靈魂要與古哲先賢同相處！　　　　　　　　60

人的靈魂這類無聊的事兒暫且放一邊，

告訴我，你的主人露西弗到底是何方神聖？

魔　　惡靈的最高統治者兼統帥。

浮士德　這位露西弗不也曾是天使嗎？

魔　　不錯！浮士德，而且最受上帝寵愛。　　　　65

浮士德　那他怎會成了群魔王呢？

魔　　啊！只因狂妄橫霸傲氣盛，

　　　　上帝爲此摔他下天堂。

浮士德　你們這些伴隨露西弗的又是誰？

魔　　不幸的群靈隨著露西弗同墮落，　　　　　　70

　　　　曾與露西弗聯手背叛神，

　　　　也跟露西弗同樣永遠遭詛咒。

浮士德　詛咒在何處？

魔　　在地獄。

浮士德　那你因何出地獄？　　　　　　　　　　　75

魔　　喲！這就是地獄，我可沒離開。

　　　　你以爲我親睹過上帝的天顏，

　　　　也嚐過天國的永喜，

_____

⑭　原文 hell 指基督教的地獄，Elysium(= Elysian Fields)指希臘羅馬神話
　　中的樂土。二者皆爲靈魂的歸宿。

不會因被剝奪永恆的福祐

而不為萬層地獄所苦嗎？　　　　　　　　　　80

啊！浮士德，愚蠢的問題莫再提，

徒使靈魂暈眩又驚恐！

浮士德　甚麼？偉大的魔菲思拖弗利斯如此生懊惱

就因天國的喜悅被剝奪？

效法浮士德剛毅的氣概，　　　　　　　　　　85

藐視不能永恆持有的喜悅。

將這些訊息帶給偉大的露西弗：

浮士德招致永死，

就因存著破斧沉舟的念頭拂逆神意；

說我情願交出靈魂，　　　　　　　　　　　　90

只要給我二十四年⑮的好時光，

讓我享盡淫逸奢靡：

讓你隨時聽我差遣，

我要甚麼給甚麼，

我問甚麼答甚麼，　　　　　　　　　　　　　95

殺我仇敵，助我友人，

永遵吾意不違拗。

去吧！回去找偉大的露西弗，

且待午夜書房來相見，

⑮　傳統上，數字各有其魔力或神聖特質。24代表幸運順遂的數字，像舊約分成24篇（即將撒母耳記、列王記、歷代志、以斯拉記、尼希米記以及12名先知等視同一篇）。另外，24也代表一個完整的時間循環。

告知主人心中意。　　　　　　　　　　　　　100

魔　　好的，浮士德。

　　　　下

浮士德　倘若我的靈魂⑯眾多如繁星，

也願悉數交給魔菲思拖弗利斯！

靠著他，我就成了世間的大皇帝。

我要在浮動的空中造橋　　　　　　　　　105

帶著一隊人馬橫渡大海洋；

我要連結環繞非洲海岸的群山嶽，

致使這塊土地⑰鄰接西班牙，

二者都對我的皇冠進貢禮。

皇帝的生殺由我操控，　　　　　　　　　110

日耳曼君侯的命運由我支配。

如今既已達成心所願，

我將勤習魔法求奧義，

只等魔菲思拖弗利斯再回來。

　　　　下

---

⑯　一般人相信，靈魂不止一種：植物性（vegetative）靈魂賦予植物生機；感性（sensible）靈魂讓禽獸依本能和感覺行動；理性（rational）靈魂為人所特有，給人理性。當然，說有千個靈魂，畢竟還是誇大之辭。

⑰　原文that land指非洲。西班牙與非洲中隔的直布羅陀海峽（Strait of Gibraltar）長58公里，寬13公里至43公里不等，平均深度310公尺，係北非阿特拉斯山脈（the Atlas Mountains）與西班牙高原（plateau）間形成的缺口，為經大西洋通往南歐、北非與西亞的要道。上一行的hills指在直布羅陀海峽兩邊的群嶽。

【第四景】

華格納與鄉巴佬[①]（羅賓）同上

華格納 喂！小子！過來。

羅賓 哦！「小子」？媽的，「小子」！我想你見過許多像我
這樣留著尖鬍子的小子吧。「小子」，你說的？

華格納 告訴我，喂！你有甚麼「收入」的嗎？

羅賓 欸！也有「輸出」的[②]，不信可以看看。　　　　　　　5

華格納 唉！可憐的奴才。瞧他窮開心成這種德行！這窮光蛋沒
了頭路，餓得情願拿靈魂跟魔鬼交換一份連肩帶腿的羊
肉，雖然羊肉還沾血帶腥。

羅賓 怎麼說？拿靈魂跟魔鬼交換一份連肩帶腿的羊肉，雖然
羊肉還沾血帶腥？不是這樣的，好朋友。哎喲！要是　10
我付的代價這麼高，這塊肉就得烤熟、淋上好的醬汁才
行。

---

① 原文clown在伊莉莎白時代往往指「宮廷弄臣」（court jester or
fool），但此處指鄉間粗漢（boorish rustic），故譯為「鄉巴佬」；
又，羅賓（Robin）為編者所加之名。

② 原文 goings out 係針對前文 comings in（收入）而發；羅賓必定
發現華格納衣衫襤褸，故以 goings out 指他的衣服上（有破洞，
可）伸出（頭、手）。按：goings out 除指「衣上有洞」外，亦指
「捉襟見肘」。

華格納 喂！你願意侍候我嗎？我會讓你像個「徒弟」③。

羅賓 甚麼？讓我寫詩？

華格納 不是！喂！是讓你穿鑲金花緞④和噴飛燕草粉⑤。　　15

羅賓 怎麼說？怎麼說？匪魔巢？（旁白）對，我看他老爸就留給他這塊土地。（對華格納説）聽到了嗎？搶了你的飯碗會叫我難過的。

華格納 喂！我是說噴飛燕草粉

羅賓 啊喝！啊喝！「飛燕草粉」！哎唷！如果我是跟從你 20 的人，那我可要全身長蝨囉！

華格納 不管跟不跟我都會的。呃！喂！別胡說啦！馬上發誓聽我差遣七年⑥，否則我就把你身上的蝨子變成小妖小魔

---

③ 原文 Qui mihi discipulus(=You who are my pupil)係16世紀一位名叫李利(William Lily, 1466-1522)的教師編的文法學校教本《學童健身歌》(Addiscipulus camen de moribus (Songs for Pupils' Body))中的首句，意在教導學童如何注意身體健康；該書為文藝復興時代學童必讀課本。浮士德常用拉丁文，其僕亦用拉丁文，以為對照。

④ 絲質衣物原本就相當昂貴，若再鑲金，則更昂貴。原文beaten silk 本指鑲金花緞，但華格納也用此雙關語(pun)指「鞭打」(thrash)。

⑤ Stavesacre(學名 Delphinium staphisagria)產於南歐，為一種飛燕草(larkspur)屬植物，種籽從前用做瀉藥或寄生蟲殺除劑，今則為還亮草鹼(delphinine, 一種毒性結晶之植物鹼質，其化學式為 $C_{34}H_{47}O_9N$)之原料，可用來當殺蝨藥粉。Stavesacre可拆成 staves 與 acre 兩字。staves 為 staff 的複數，意為「棍」、「棒」、「杖」、「竿」；acre(田畝)與 ache(病痛)音近義異。羅賓先將Stavesacre拆成 staves 與 acre，再扭曲其義，使之指搔長蝨而生「痛癢」的「木棒」。接著又刻意聽成Knave's Acre，也取其音近義異。按：Knave's Acre原係倫敦西端一區，在今蘇荷(Soho)區普爾騰尼街(Pulteney Street)一帶，區內流鶯四竄，為龍蛇雜居之地，為取諧音，因譯成「匪魔巢」。

⑥ 「七」也跟「廿四」一樣，象徵意義相當豐富，有完整、圓滿、創造、

⑦，把你粉身碎骨。

羅賓 你聽到了吧，老兄？不勞你費心。他們已經跟我混得 25
好熟。媽的！他們大著膽子吃我的血肉，就像是付了錢
給我來吃我的肉、喝我的血一樣。

華格納 嗯！你聽到了吧？喂？（給錢）等等，這些金幣⑧拿去。

羅賓 「刑具」？是什麼東西？ 30

華格納 唔！是法國克朗。

羅賓 哎喲！若不是衝著法國「克朗」的名字好聽，不如就拿
英國代幣算啦。這些我該怎麼辦？

華格納 甚麼？喂！魔鬼隨時隨地⑨會來捉你。

安全等意涵，常用來指完整的循環（如音階7音、1週7天）。又，上帝
寶座下有7級天使；聖母有7種榮耀（7 glories）、7種喜悅（7 joys）與7種
悲苦（7 sorrows）。

⑦ 原文 familiars 本意為「屬於家庭」，顯示以親密家庭為立足點。此處
Wagner 用來指傭魔（attendant demons），但 Robin 轉之為「熟悉」意。
按：妖士通常多有獸形傭魔來供差遣。

⑧ A 本上除 guilders 外，還有下文提到的（圓形）鐵線格子（gridiron）與法
國克朗（French crowns）。有些編纂家認為，匯率與法國克朗貶值等問
題發生在1595年間，因此 A 本上的這個場面應發生在馬羅死後（即
1593 年）。不過，這個話題早在1595年前就已有之。B 本發行後，因
這已非話題，故在1602年後修改時略去。按：guilder 與 gridiron 因音近
產生諧趣。又，crown 為有王冠或戴有王冠人頭的錢幣，由於 crown 易
遭偽造價值降低。而「法國克朗」在文藝復興時代的英國係得性病而
禿頭者的代稱，因而成為取笑他人的代詞。

⑨ 原文 an hour's warning 指死亡驟臨及面對死亡所需的無瑕的一生。新
約啟示錄上說：「一時之間你的刑罰來到了」（第18 章第10 節）；又
見馬太（第24 章第36、42、44、50 等節）、馬可（第13 章第32 節）以及
路加（第12 章第40、46 等節）。死亡驟臨的場面屢見於《每人》等道
德劇中。

羅賓　　不行！不行！哪！「刑具」拿去。　　　　　　　　　　35
　　　　（試圖還錢）

華格納　說真的，我不拿。

羅賓　　說真的，你要拿。

華格納　（對觀眾說）看到囉！我給他啦。

羅賓　　看到囉，我還給你啦。

華格納　好！我馬上招兩個魔鬼把你抓走。缺德鬼！牢騷鬼[⑩]！40

羅賓　　叫你的缺德鬼和牢騷鬼放馬過來，看我揍死他們。他
　　　　們從當魔鬼以來，還不曾這麼被揍過。喂，一旦我宰
　　　　了其中的一名，人家會怎麼說？「你看見那邊穿著燈
　　　　籠褲的高個子嗎？他宰過魔鬼。」如此一來，整個教
　　　　區的人都會叫我「屠鬼英雄」。　　　　　　　　　　45
　　　　兩名魔鬼上，鄉巴佬（羅賓）邊跑邊叫。

華格納　缺德鬼和牢騷鬼！妖精！下去！
　　　　（二魔）同下

羅賓　　甚麼？走了？混帳！好長的毒爪。公鬼母鬼各一個。我
　　　　告訴你怎麼辨認：公鬼都長角，母鬼都有裂口和偶蹄。

華格納　呃！喂！跟我來。　　　　　　　　　　　　　　　　50

羅賓　　嗯！您聽見嗎？我服侍您，您會教我招來缺德鬼和牢騷
　　　　鬼的本事嗎？

---

⑩　Beliol疑係Belial的變體。按：Belial為聖經中的惡魔（撒姆耳前書第10
　　章第27節），係撒旦的通稱，希伯來文本義為「缺德的」（wickedness），
　　因譯為「缺德鬼」。Belcher意為「愛發牢騷的人」，因譯為「牢騷鬼」。
　　戲文中的Balio與Banio可視為Belial的變體，Belcheos則應係Belcher的
　　變體。

華格納　　我會教你甚麼東西都變，變成狗、貓、小老鼠、大老鼠
　　　　　或別的甚麼。

羅賓　　　怎麼變？基督徒變成狗或貓，小老鼠或大老鼠嗎？不　55
　　　　　行！不行！先生，不管把我變成什麼，都要像一隻可愛
　　　　　而活蹦亂跳的小跳蚤，可以這裡跳、那裡跳、到處跳。
　　　　　啊！我要給漂亮的姑娘搔裙口！我要在她們當中跳來
　　　　　跳去，真的！

華格納　　好呀！喂！來吧！　　　　　　　　　　　　　　　　　60

羅賓　　　呃！你聽到了嗎？華格納？

華格納　　怎麼？——缺德鬼和牢騷鬼！

羅賓　　　啊！天哪！拜託！先生，讓缺德鬼和牢騷鬼睡覺去吧！

華格納　　壞蛋，叫我華格納師傅；左眼隨時盯著我的右腳跟，
　　　　　這樣才算「跟著我的腳步走」。　　　　　　　　　　65

　　　　　（華格納）下

羅賓　　　上帝饒恕我，聽他嘰哩咕嚕胡謅。好！我就跟隨他，
　　　　　服侍他，確定這樣啦。

　　　　　下

第二幕

【第一景】

浮士德在書房

浮士德 浮士德啊！如今你必遭詛咒，
無法獲得救贖。
那眷戀上帝或天國有何用？
甩掉這些徒勞的空想和絕望！
絕望於上帝、信賴卑爾茲巴柏。　　　　5
如今別退卻。不！浮士德，要堅定！
為何猶豫？哦！耳裡響起甚麼聲音：
「棄絕魔法，回歸上帝去！」
欸，浮士德願意回歸上帝去。
回歸上帝去？上帝不愛你。　　　　10
你奉侍的神是你自己的胃口，
裡面堅定了卑爾茲巴柏的愛。

我要爲他設祭壇、蓋教堂，

獻上新生嬰兒的溫血[1]。

　　善天使與惡(天使)同上。

善天使　好浮士德，放棄那可憎的妖術。　　　　　　　15

浮士德　悔罪、禱告、懺悔——這些算什麼？

善天使　啊！這些都是引你進入天堂的憑藉！

惡天使　不過是妄想、精神錯亂的產物。

　　　　　誰最依賴，誰就愚蠢。

善天使　好浮士德，以天國及其種種爲念。　　　　　　20

惡天使　不！浮士德，以榮耀和財富[2]爲念吧。

　　　　　(天使)同下。

浮士德　以財富爲念？

　　　　　啊！恩登[3]的管轄權全歸我。

　　　　　只要魔菲思拖弗利斯隨侍在旁，

---

① 以嬰兒之血祭鬼為死人彌撒(black mass)的做法，或因異教神摩洛
(Moloch或Molek；見舊約列王紀上(第11章第7節)及列王紀下(第23
章第10節))要求這種祭儀而起；舊約利未記上載述耶和華對摩西的
話，說：「我也要向那人變臉，把他從民中剪除，因為他把兒女獻給
摩洛，玷污我的聖所，褻瀆我的聖名」(第20章第3節)。不過，祭嬰
血似為流基督之血的翻版。

② 榮耀與財富為「貪婪」(avarice)的對象，是人所難以抗拒的七死罪之
一；於此亦顯示善天使必敗的緣故。

③ 恩登(Emden)為今德國西北部東扶利斯蘭省(East Friesland)的首要城
市，位在埃姆斯(Ems)河出海口，可出埃姆斯灣，經北海(North Sea)
通向大西洋。恩登的歷史可追溯到西元800年左右，至16世紀已發展
成歐洲最大的商船總部，與當時伊莉莎白女王統治下的英國貿易頻
繁。不過，浮士德以恩登的財富無限，未免短視。

甚麼神還能傷害你，浮士德？你的安全無虞；　　25
勿再多慮。來吧！魔菲思拖弗利斯，
從偉大的露西弗那裡帶來好消息。
不是午夜了嗎？來吧！魔菲思拖弗利斯！
「來吧！來吧！魔菲思拖弗利斯！」
魔菲思拖弗利斯上。
呃！告訴我，你的主人露西弗怎麼說？　　30

魔　　　他說我要侍候浮士德終其生，
　　　　只要用靈魂換取就可差遣我。

浮士德　浮士德已經為你賭運氣。

魔　　　不過，浮士德，贈與必須要正式，
　　　　必須用血寫下贈與書，　　　　　　　　35
　　　　就因偉大的露西弗要保證。
　　　　你拒絕，我就必須回地獄。

浮士德　慢著，魔菲思拖弗利斯，告訴我，我的靈魂對你的主人
　　　　有何用？

魔　　　擴大他的王國。　　　　　　　　　　　　40

浮士德　誘惑我僅僅就為此？

魔　　　「痛苦喜歡有伴。」④

浮士德　折磨別人的同時，自己也痛苦？

---

④　引自羅馬詩人塞拉斯(Publius Syrus, fl. 1st century B. C.)《箴言集》
　　(Sententia)，No. 995，其意為：我痛苦，也要別人都痛苦。日耳曼神
　　學家托馬斯(Thomas à Kempis, 1380?-1471)在所著《谷中百合》(Vallis
　　Liliorum)中亦曾引用。按：托馬斯為中世紀晚期「現代虔誠」(Devotio
　　Moderna)宗教運動的健將。

魔	痛苦大得如同人的靈魂感受的一般。	
	呃!告訴我,浮士德,靈魂給不給?	45
	我情願充當奴隸侍候你,	
	給你的遠遠超過你所期。	
浮士德	好!魔菲思拖弗利斯,我給你。	
魔	那就勇敢地刺破手臂,	
	約定你的靈魂何時	50
	偉大的露西弗即可納爲己有,	
	然後你將偉大一如露西弗。	
浮士德	(割其臂)	
	喏!魔菲思拖弗利斯,看在你的愛份上,	
	我割破了手臂,用自己的鮮血	
	保證靈魂歸給偉大的露西弗。	55
	永夜的主宰兼統治者,	
	瞧!鮮血從我的手臂滴下,	
	讓我順利⑤達成心所願!	
魔	可是,浮士德,你還得寫成贈與書。	
浮士德	好,我寫。(寫著)呃!魔菲思拖弗利斯,	60
	鮮血凝結,無法寫下去。	
魔	我立刻取火來熔開。	

---

⑤ 血有生命、救贖、犧牲、殉道、盟誓以及聖約等象徵意涵。基督流血
除上述意涵外,更為萬民洗除罪惡;而浮士德刺臂取血卻只是為了滿
足一己之欲。相形之下,他的行徑顯然褻瀆神明,二者不可同日而語。
原文propitious(順利的)正顯示他的自私。

（魔菲思拖弗利斯）下。

浮士德　鮮血凝結預示何種徵兆？

　　　　難道不該甘心寫下這紙契約書？

　　　　為何不再流出讓我重新再寫過？　　　　　　　　　　65

　　　　「浮士德給你靈魂。」——啊，又停住了！

　　　　為何不該給？難道靈魂不歸你所有⑥？

　　　　再寫：「浮士德給你靈魂。」

　　　　魔菲思拖弗利斯攜一盆炭上

魔　　　火來啦！來！浮士德，血盂擺上去。

浮士德　哪！如今鮮血又熔開。　　　　　　　　　　　　　　70

　　　　現在我要立刻快寫好。

　　　　（寫著）

魔　　　（旁白）

　　　　哼，他的靈魂我還會不用盡手段去取得？

浮士德　「成了」⑦——合同寫好啦，

　　　　浮士德已將靈魂贈予露西弗。

　　　　咦！手臂上刻了甚麼？　　　　　　　　　　　　　75

------

⑥　路加福音上說：財主積存財物與田產，然後對自己的靈魂說：「靈魂
　　哪！你有許多財物積存，可作多年的費用，只管安安逸逸的喫喝快樂
　　罷」；但上帝卻對他說：「無知的人哪！今夜必要你的靈魂，你所豫
　　備的要歸誰呢？」（第12章第19節～第20節）由此可見，依聖經的說
　　法，靈魂並不屬於個人，而為上帝所有。

⑦　約翰福音上說：「耶穌嘗了那醋，就說：『成了。』便低下頭，將靈
　　魂交付上帝了」（第19章第30節）。拉丁文 *Consummatum est*(=It is
　　finished「成了」)是耶穌在十字架上最後說的話，浮士德如此濫用，
　　顯然褻瀆神明。

「人哪！逃吧！」⑧我該逃往何處去？

逃去找上帝，上帝勢必扔我下地獄。——

我看走了眼；這兒甚麼都沒寫。——

一清二楚，明明白白寫著：

「人哪！逃吧！」但浮士德就是不逃。　　　　　　　　80

魔　　（旁白）

我去找點甚麼讓他開開心。

（魔菲思拖弗利斯）下，（隨後又與）眾魔同上，送給浮士
德錢幣與華服；眾魔舞蹈後，同下。

浮士德　說！魔菲思拖弗利斯，這場表演有何用意？

魔　　沒甚麼，浮士德，只是叫你開開心，

並且向你展示魔法妙處多。

浮士德　可是，我也可以隨興招來鬼靈嗎？　　　　　　　85

魔　　欸！浮士德，可做的事情還比這些更偉大。

浮士德　那就奉上千個靈魂也值得。

哪！魔菲思拖弗利斯，收下這份卷軸，

就是贈與靈肉的契約書；

但你務必依約履行　　　　　　　　　　　　　　　90

我倆之間約定的各條款。

---

⑧　原文 *Homo fuse!*（= Flee, O man!）似典出新約提摩太前書：「但你這屬
上帝的人，要逃避這些事」（第6章第11節）的說法；下文「我該逃往
何處？」（Whither should I fly?）一語，見舊約詩篇上描述上帝無所不
在的現象：「我往那裡去躲避你的靈？我往那裡去躲避你的面？我若
升到天上，你在那裡；我若在陰間下榻，你也在那裡」（第139章第7
節～第8節）。

魔　　　　浮士德，我指著地獄和露西弗發誓言，

　　　　　你我之間許下的諾言我將全信守。

浮士德　那就聽我唸：

　　　　　「茲立約如下：　　　　　　　　　　　　　　　　　95

　　　　　第一、浮士德的形質都可變成鬼靈。

　　　　　第二、魔菲思拖弗利斯當他僕從、聽他差遣。

　　　　　第三、魔菲思拖弗利斯幫他為所欲為、給他滿足一切。

　　　　　第四、魔菲思拖弗利斯隱形在房裡或屋內。

　　　　　最後，魔菲思拖弗利斯隨時以該約翰·浮士德喜歡　100

　　　　　形的狀或模樣現身。

　　　　　本人，威登堡約翰·浮士德，博士，願依本契約將靈

　　　　　肉兩者贈與東方之君⑨露西弗和他的使者魔菲思拖弗

　　　　　利斯；本人並同意廿四年居滿，上開條款未遭違逆，

　　　　　彼等即可全權取走該約翰·浮士德的身體、靈魂、　105

　　　　　肉血或財物至其居所。

　　　　　　　　　　　　立約人約翰·浮士德謹識」

魔　　　　說！浮士德，你交出這份合同做為贈與書嗎？

浮士德　（遞交贈與書）是呀！拿去！但願魔鬼給你好處。

魔　　　　呃！浮士德，要問什麼儘管問。　　　　　　　　　110

浮士德　首先，我要問你有關地獄事。

---

⑨　　西方為黑暗與死亡的國度所在，因常與邪惡有關；舊約耶利米書上就
　　經常如此指稱。又，日出東方，故東方主「生」；日落西方，故西方
　　主「死」。耶穌與東方有關，但因Lucifer也是黎明時在東方出現的「晨
　　星」（Venus），故稱之為「東方之君」（Prince of the East）。

　　　　　告訴我，人們所謂的地獄到底在哪兒？

魔　　　在天底下。

浮士德　哦！到底在哪兒？

魔　　　在這些元素⑩的中心，　　　　　　　　　　　　115
　　　　　亦即我等受盡折磨、萬劫不復之處。
　　　　　地獄無範界，也不囿於
　　　　　某定點，我等所在之處即地獄，
　　　　　地獄所在之處我等只好永遠在，
　　　　　總的說，整個世界分解時，　　　　　　　　　120
　　　　　萬物都會被淨化，
　　　　　所有的地方若非天堂，則歸地獄。

浮士德　算啦！我看地獄是個鬼扯淡⑪。

魔　　　呃！就這麼想吧！且待經驗改變你的看法。

浮士德　甚麼？那你以為浮士德準會萬劫不復囉？　　　125

魔　　　是呀！必然的，因為你在卷軸上
　　　　　載明要把靈魂交給露西弗。

---

⑩　原文 these elements 指火、空氣、土與水等4元素(參見本書頁17，註
　　⑳；頁23，註④)，都存在於月球底下。萬物與地球同樣由4元素構成。
　　準此，則4元素指的是整個宇宙(cosmos)。此世結束時，一切由4元素
　　構成的生命不再混合，勢將經過精鍊而成純粹的質(substance)，不是
　　全善，就是全惡。

⑪　魔菲思拖弗利斯說，地獄雖然位在地球中心(亦即宇宙中心)，卻只是
　　一種狀況或心境，而沒有特定範圍；但浮士德認為地獄是無稽之談
　　(fable)。按：文藝復興時代的人文學者認為聖經是上帝給選民的啟
　　示，因此從字面了解就行；而神話傳說給異教徒眾，故須透過詮釋才
　　能了解。換言之，聖經直接顯示真理，而神話傳說間接表白真理。浮
　　士德的話顯然牴觸了人文學者的看法。

浮士德　沒錯！身體也給。但這又怎樣？

　　　　你想浮士德會蠢得

　　　　以爲來生還有任何痛苦嗎？　　　　　　　　　　130

　　　　啐！這些都是無聊事兒，都是婆婆經。

魔　　　但我是個實例，可以當反證，

　　　　我被打入地獄，如今就在地獄裡。

浮士德　哦？如今就在地獄裡。不！這是地獄的話，我倒甘願萬

　　　　劫不復。什麼？散步和論辯等等？呃！不說這個啦。135

　　　　給我妻子，給我日耳曼最美的閨女，因爲我淫蕩好色，

　　　　沒有妻子，活不下去。

魔　　　哦！妻子？拜託！浮士德，別談妻子的事⑫。

浮士德　不行，好魔菲思拖弗利斯，找一個給我，我就是要。

魔　　　好吧！要就給你，坐在這兒等我回來。我以魔鬼之名140

　　　　找個妻子給你。

　　　　（魔菲思拖弗利斯下，然後）帶一名魔鬼穿扮如女人，在

　　　　煙火中上。

魔　　　告訴我，浮士德，你覺得妻子如何？

浮士德　該死的淫娼婦！

魔　　　嘖！浮士德，婚禮不過是個無聊的儀式。

---

⑫　婚配禮（Holy Matrimony）係基督教七聖禮（Seven Sacraments）之一，魔
　　菲思拖弗利斯當然不能代爲舉行。同時，婚配禮是上帝爲人而設的儀
　　式；浮士德既然已成惡靈，就不能娶妻。何況，婚配禮不爲「淫蕩好
　　色」（wanton and lascivious）之徒而設，也絕非「無聊的儀式」（ceremonial
　　toy），而是神聖莊嚴的；魔菲思拖弗利斯固然不能代爲舉行，浮士德
　　也不夠格要求。

你愛我，就別再多想。　　　　　　　　　　　　145

（魔鬼下）

我會爲你精挑細選最漂亮的婊子，

每天早晨送到你床上。

你看了喜歡的，心上就會有，

不管她是否堅貞宛似潘妮洛琶⑬？

智慧是否大得像沙巴⑭亮麗？　　　　　　　　　150

是否一如露西弗在墮落前那麼神采煥發？

（給書）

慢著！這本書拿去，徹底唸熟。

覆誦這幾行，就帶來黃金；

劃這個圈圈在地上，

---

⑬ 潘妮洛琶（Penelope）係希臘英雄奧德賽（Odysseus）之妻。奧德賽出征特洛伊城（Troy）10年；戰爭結束後，又流落在外10年，才得返家。期間，求婚者揚言：除非她下嫁，否則盤踞王宮不去。她則佯稱待其公公的壽衣織完，就可決定。實則她白天紡紗夜裡拆線，以為拖延。由於她始終守貞不渝，因在西洋文學上成為守貞的楷模（model wife）。按：Penelope本意為「織布者」（= bobbin weaver）。

⑭ 沙巴（Saba, 拉丁文聖經 *Vulgate* 上作 Sheba（示巴））係阿拉伯南方一地區，確實地點不詳。據舊約上的載述，示巴是個富裕的國度，特以出產黃金、乳香、寶石等聞名遐邇（見以賽亞書（第60章第6節）、耶利米書（第6章第20節）、以西結書（第27章第22節～第25節））。戲文中的沙巴即示巴（Sheba）女王。又據舊約列王紀上的載述，由於久聞所羅門王（King Solomon, 在位961-922 B.C.）之名，示巴女王因以「難解的話」問難，而所羅門王則對答如流。示巴在折服之餘，始知所羅門王委實大有智慧與福分（第10章第1節-第13節）。另據阿拉伯傳說指稱，示巴女王後來下嫁所羅門王。不過，舊約對於這段婚事隻字未提，只說她在問難後，逕自返國而已。

則會雷電交加風雨暴；　　　　　　　　　　　155

誠心對著自己唸三遍，

金甲武士就會出現在眼前，

準備銜命執行任務。

浮士德　謝啦！魔菲思拖弗利斯。不過，我還要一本載有各種

符咒的書，隨時想要招靈就招靈。　　　　　　160

魔　都在這裡頭。（翻開當頁）

浮士德　呃！我還要一本載有各個星宿特點的書，讓我知道天體

的運轉和方位。

魔　也在裡頭。（翻開當頁）

浮士德　另外，再給我一本書——我就不多求——我要在書中165

看到生長在地球上的各種植物、藥草和樹木。

魔　在這裡。

浮士德　哼！騙人！

魔　嘖！我給你保證。（翻開當頁）

（同下）⑮。

---

⑮　依照伊莉莎白時代劇場的慣例，戲台上不會讓相同的兩個人物下場
　　後，又立刻同時上場；因此，第1景與第2景之間的戲台說明後面應有
　　一個場景才對。據推測，此一場景所搬演的或即鄉巴佬羅賓偷走浮士
　　德的一本招魔書，然後離開華格納到一家客棧去當馬伕。

【第二景】^①

馬伕羅賓持書上。

羅賓 啊！好棒！我偷了浮士德博士的一本招魔書；真的想
找些圈圈^②來讓自己爽一爽。呃！我要叫教區裡的姑
娘全都在我面前脫光光跳舞。這一來，看到的就比以
前感覺到的或看到的多得多啦。

雷福叫喊羅賓，上。

雷福 羅賓！拜託！走吧！有位先生等著騎馬，要求把他的　　5
東西擦乾淨；還為了這件事找老闆娘發飆，老闆娘叫我
來找你。拜託！走吧！

羅賓 走開！走開！不然會被搞得渾身稀爛，雷福！走開，我
正在進行一椿賺大錢的工作。

---

① 本景A本擺在浮士德赴羅馬之後（第3幕），接著的也是一個喜劇場景，
似有未妥。B本擺在第3幕之前，與第3幕舞歌員的台詞錯雜，亦似欠
妥。本譯本改置此處，較符合劇情發展。

② 原文circles指魔法書中的符咒（magical circles），但亦含性暗示。按：
circle象徵完整、無限與永恆。魔法師往往在魔圈周遭寫上神名及符
咒，在魔圈內劃好五角星形（pentagram）；站在圈內可得福佑，並防妖
魔侵害（參見本書頁26，註 ）。另外，本景從circle起，像下文的stark
naked（脫光光）、horse（騎馬）、chafing（發飆、身體摩擦發熱）、blown
up（搞得稀爛）、dismembered（體無完膚）、forehead（前額）、private
study（搞私處）、to bear（承受）、art（法術、性交術）、at midnight（午夜）
等等字詞，都兼指魔法與性事。

雷福	走吧！你拿書幹嘛？你唸不來的。	10
羅賓	唸得來，老闆和老闆娘會發現我唸得來一老闆會在前額上發現，老闆娘會在搞私處的時候發現。老闆娘生來就是要承受我的，不然我的法術就完啦！	
雷福	咦！羅賓，這是甚麼書？	
羅賓	甚麼書？喲！是一本最叫人抓狂的招魔書，是地獄中的魔鬼發明的。	15
雷福	你能用它招魔嗎？	
羅賓	這些事我做起來輕鬆容易。首先，我就可以讓你在歐洲任何一家酒館免費灌飽葡萄酒③。唸咒就有這種本事。	20
雷福	牧師大人說，這沒甚麼。	
羅賓	沒錯！雷福；而且，雷福，如果你對廚房女傭南·史彼特有意思，就翻倒她、糾纏她，隨時享用，在午夜。	
雷福	啊！好棒啊羅賓！我可以擁有南·史彼特，自己享用？在這種情況下，我要用馬的飼料免費養你的魔鬼，他活多久就養多久。	25
羅賓	別說啦！好雷福，靴子在手上搞髒了，我們去擦乾淨，然後再以惡魔之名招魔。	
	同下	

---

③　原文hippocras指一種添加香料的甘露酒（cordial）。

【第三景】

（浮士德與魔菲思拖弗利斯同在書房）

浮士德 　當我仰望天空，不禁就懺悔，
　　　　並且詛咒你，邪惡的魔菲思拖弗利斯，
　　　　因為你剝奪了我這些喜悅。

魔　　　喲！浮士德，
　　　　你以為天國是個光彩燦爛的玩意兒嗎？　　　　　　5
　　　　告訴你，天國還不及你
　　　　或活在世間的人一半美好。

浮士德 　你怎麼證明？

魔　　　天國為人而造，可見人高過天國一等。

浮士德 　若是天國為人而造，亦即為我而造。　　　　　　　　10
　　　　我要放棄魔法去懺悔。
　　　　善天使與惡天使同上。

善天使 　浮士德，現在就懺悔；上帝將會憐憫你。

惡天使 　你是個鬼靈，上帝不能憐憫你。

浮士德 　誰在我耳邊嘀咕道：我是鬼靈？
　　　　即使是鬼靈，上帝也能憐憫我。　　　　　　　　　15
　　　　沒錯！我懺悔，上帝就會憐憫我。

惡天使 　不會的，浮士德斷然不懺悔。

（天使）同下

浮士德　我心腸堅硬，無法懺悔。

只要提到救贖、信心或天國，

怕人的回音就在耳邊怒喝：　　　　　　　　　　　20

「浮士德，你已永劫不復！」接著，劍、刀、

鎗、毒藥、絞索和沾毒鋼刃

就橫置在面前，想要我了結。

若非甜美的歡樂征服了深沈的絕望，

我早已自行了斷。　　　　　　　　　　　　　　25

我不是叫雙目失明的荷馬①爲我吟唱過

亞歷山大的愛和伊諾妮的死②嗎？

---

① 荷馬（Homer）據傳係西洋文學史上兩部史詩《伊里亞德》（The *Iliad*）與《奧德賽》（The *Odyssey*）的作者，但其人其事不詳。或謂他是西元前12世紀（一說前7世紀）生在今土耳其西岸愛琴海上的凱歐斯（Chios）島（一說在土耳其西岸的斯默納（Smyrna）港），為一名目盲的吟唱詩人（bard）。但有些當代學者完全否認他的存在；他們認為「荷馬」一名本義為「集零為整之人」（piecer together），只是用來指稱兩部史詩的方便之詞。為此，學界引發了史詩源起的問題，是即所謂的「荷馬問題」（Homeric Question）。

② 原文Alexander係巴利斯（Paris）之名。巴利斯為特洛伊（Troy）國王普萊姆（Priam）之子，只因神諭說他長大後會給國家帶來災難，故送至艾達山（Mt. Ida）山上看羊。期間，他雖與山林女神伊諾妮（Oenone）相戀，卻始亂終棄，在出使希臘時誘拐海倫（Helen），引發了10年的特洛伊戰爭（Trojan War）。伊諾妮有預言與治病之能，知道巴利斯終有一天會回來找她療傷。果然，巴利斯在戰場上受創。但伊諾妮不願替他治療，只是眼睜睜看著他死在她的懷中。事後，伊諾妮以淚洗其屍體，並在悔恨交加之餘自戕。事見Ovid's *Heroides*, Chapter V. 文藝復興時代歐陸的基督教人文學者多以譬喻（allegory）的眼光看待羅馬史詩；像巴利斯的死，便詮釋為悔罪的表現。按：查普曼（George

而築起提比斯城牆的這個人③，

不也用悅耳的豎琴

與魔菲思拖弗利斯合奏出令人銷魂的樂聲嗎？　　　　　　30

那我爲何就該死，就該絕望得如此卑賤？

我的心意已決，浮士德絕不懺悔。

來！魔菲思拖弗利斯，我們再來論辯，

並且探究神聖的占星術。

告訴我，月亮之上還有許多天體嗎？　　　　　　　　　35

所有的星球都和位在天體中心的地球一樣，

實質上都不過是個球體④嗎？

Chapman, 1559-1634）譯的《伊利亞德》（The *Iliad*）馬羅未及看到。馬
羅所知道的特洛伊戰爭可能是赫爾（Arthur Hall, fl. 1581）譯自法國詩人
薩雷爾（Hugues Salel, 1504-1553）的法文本。習班納斯（Pindarus
Thebanus）的拉丁文本《伊利亞德》（*Ilias Latina*）爲16世紀通用的教本。

③ 原文he指希臘天神宙斯（Zeus）與安泰奧琵（Antiope）所生的雙胞胎之
一安菲庸（Amphion）。傳說中的安菲庸善彈七絃琴（lyre），曾以琴聲
引石建造提比斯（Thebes）城。又，原文 ravishing sound of his melodious
harp 應指奧休斯（Orpheus）才對；奧休斯的父親爲色雷斯（Thrace）國
王，母親是一名繆思女神，其音樂方面的天分得自母親，能以信差神
赫密斯（Hermes）所贈的七弦琴（lyre）移石動樹、改變河道，又曾恃其
琴藝下地獄救妻。文藝復興時代的人認爲，安菲庸的琴聲有化蠻夷爲
文明人之功；而其所以能以琴聲引石，乃因受神靈感動而得以展現創
發力（creative power of divinely-inspired harmony）。

④ 浮士德的問題是：各自運行的星體是否如地球一般，實僅一球體？按：
當時仍採托勒密天動說（Ptolemaic system or astronomy），認爲宇宙爲一
同心圓天體，地球就在同心圓天體的中心。4元素相互包圍：水包土，
土包空氣，空氣包火；每個星體也被其外面的星體圍繞，而整個天體
則圍著共軸環繞。按：托勒密（Ptolemy（全名Claudius Ptolemaeus），A. D.
139-161）係2世紀在北非亞力山卓（Alexandria）活躍的希臘天文學家、數
學家與地理學家，其天動說主張地球爲宇宙的中心，其他星體皆環繞

魔　　　星球與元素一樣，

　　　　層層相疊軌道上，

　　　　浮士德，同在共軸上運轉⑤，　　　　　　　　　　40

　　　　終端稱爲宇宙大廣極；

　　　　土星、火星或木星的名稱，

　　　　亦非杜撰，都只算行星。

浮士德　呃！告訴我，這些都在同一「時空」運轉嗎？

魔　　　都是二十四小時內同在宇宙的共軸上由東往西運轉，　45

　　　　但在黃道帶共軸上的運轉並不相同⑥。

浮士德　噴！這些小事兒，華格納就能解決。

　　　　難道魔菲思拖弗利斯沒有更大的本事？

　　　　有誰不知行星的雙重運轉？

　　　　第一重在一個自然日內完成；　　　　　　　　　　50

　　　　第二重是土星三十年，

　　　　木星十二年，火星四年，太陽、金星和水星各一年，

　　　地球運轉。天動說至16世紀始爲波蘭天文學家哥白尼（Nicholas
　　　Copernicus, 1473-1543）的地動說（Copernican system）取代。按：天文學
　　　（astronomy）與星象學（astrology）至17世紀末才分家；浮士德的問題除下
　　　文的智慧天使（參見本書頁56，註⑨）外，都屬天文學的範疇。

⑤　　各個星體在各自的軌道上依各自的速度運轉；同時，由於天體形成同
　　　心圓，從最近地球的月亮到離地球最遠的土星，各個星體同在共軸（也
　　　是地球之軸）上運轉（相合）。7大行星都在運轉，有別於恆星，故稱行
　　　星或繞動星（erring or wandering stars）。

⑥　　黃道（zodiac）係月球與太陽系主要行星（除冥王星外）運行的軌道。行
　　　星依兩個相反的方向運轉。一方面每天繞著地球由東向西運轉，受不
　　　動天（primum mobile）操控，速度較快；另一方面則穿過恆星天由西向東
　　　運轉，速度較慢。由於黃道與前者不同，致使各行星運轉的速度不同。

月球二十八天[7]。啐！這些都是大學部新生的論題。
呃！告訴我，每個星體都有一位領域天使或「智慧天
使」[8]嗎？   55

魔　　沒錯。

浮士德　天或星體共幾層？

魔　　共九層：七大行星、恆星天和最高天[9]。

浮士德　嗯！那就替我解答這個問題：為什麼星球之間的合、
衝、位、蝕[10]不每年在固定時間發生，而有些年多、 60

---

⑦　在天動說的理論下，地球為宇宙的中心，行星繞著地球運轉。行星的
運轉離地球愈近，所需時間愈短；離地球愈遠，所需時間愈長。各個
行星繞轉地球一圈所需的時間通常是：土星（Saturn）29.5年，木星
（Jupiter）11又4分之3年，火星（Mars）1年11個月，太陽（the Sun）1年，
金星（Venus）7.5個月，水星（Mercury）3個月。

⑧　5世紀基督教新柏拉圖主義者（Neo-Platonist）戴奧尼西斯（Dionysius
the Areopagite, c500 A. D.）曾在所著《天體階層論》（The *Celestial
Hierarchy*）一書中將天使分成3類9級。最高類為六翼天使（Seraphs）、
知識天使（Cherubs）、寶座天使（Thrones）；次高類為權天使
（Dominations）、力天使（Virtues）、能天使（Powers）；最低類為首天使
（Principalities）、大天使（Archangels）、小天使（Angels）。這3類天使分
別操控不動天（*primum mobile*）、恆星天（the fixed stars）及七行星
（Saturn, Jupiter, Mars, the Sun, Venus, Mercury, the Moon）。原文
dominion（領域）與 *intelligentia*（智慧）都指操控星體運轉的天使。這方
面的說法由柏拉圖提出，中世紀神學家更細分成9個階層的天使，
只是一般科學家並不以嚴肅的態度視之。

⑨　托勒密天動說下的天體系統包括7行星、恆星天、火天與水晶天體以
及最高天（empyreal heaven）等10個天體。最高天是最外圍的天體，為
上帝的寶座所在；四折本將empyreal拼成imperiall，以顯示其莊嚴神
聖。馬羅似以最高天取代火天與水晶天體。

⑩　合（conjunctions）、衝（oppositions）、位（aspects）、與蝕（eclipses）都是
天文學術語。「合」指兩星體處在同一黃經度（celestial longitude）；
像月球運行於地球與太陽之間而成新月，即處於合。「衝」指兩星體

有些年少？

魔　　「因爲它們在整個系統中運轉的速度不等。」

浮士德　呃！我得到答案了。告訴我，誰創造了世界？

魔　　我不說。

浮士德　好心的魔菲思拖弗利斯，告訴我嘛。　　　　　　　　65

魔　　別惹我生氣，我不告訴你。

浮士德　壞蛋！你不是約定好要告訴我一切的嗎？

魔　　沒錯！那是指不傷害我們王國的事，但這件事傷害了。
　　　想想地獄吧！浮士德，因爲你已受詛咒。

浮士德　浮士德偏要想創造世界的上帝！　　　　　　　　　　70

魔　　給我記住！

　　　下

浮士德　哼！滾！好！可咒的惡魔，滾下醜陋的地獄去！
　　　是你叫浮士德憂傷的靈魂受詛咒。
　　　不是太遲了麼？

　　　善天使與惡(天使)同上

惡天使　太遲了。　　　　　　　　　　　　　　　　　　　　75

善天使　只要浮士德能⑪懺悔，永遠不嫌遲。

處在黃經度180度的相對位置；日月在地球相反的兩邊成一直線，月
球適在望時，就與太陽相衝。「位」或「位相」指的月的盈虧乃因它與
地日的位置不同所致，故有新月、滿月、上弦月、下弦月的差別。「蝕」
指一星體被另一星體遮掩的現象，通常用來指日、月或行星的衛星；
蝕依種類分有日蝕、月蝕，依現象分有全蝕、偏蝕、環蝕、全環蝕、
半影月蝕以及中心蝕等。

⑪　原文can(能)B本作will(肯、願)似較能表達浮士德的意願。

惡天使 你懺悔，眾魔就把你碎屍萬段。

善天使 懺悔吧！他們絕對搔不到你的皮。

（天使）同下

浮士德 啊！基督！我的救世主！

設法救救浮士德憂傷的靈魂吧！　　　　　　　　80

露西弗、卑爾茲巴柏與魔菲思拖弗利斯同上。

露西弗 基督救不了你的靈魂，因為基督是公正的。

這椿事只有我才關心。

浮士德 啊！你是誰，面目如此可怖？

露西弗 我是露西弗，　　　　　　　　　　　　　　85

這位與我同為地獄王。

浮士德 啊！浮士德，他們來取你的靈魂了！

露西弗 我們同來告訴你，你傷害了我們。

你提到基督，背離了承諾。

你不該想上帝。應該想魔鬼，　　　　　　　90

也該想鬼婆⑫。

浮士德 此後不會再想，這回請見諒，

浮士德發誓絕對不再仰望天，

不再提上帝，不再求上帝。

我要焚聖書、殺牧師、　　　　　　　　　　95

---

⑫ 魔鬼（devil）指露西弗（Lucifer）。據傳露西弗跟許多女巫有染，或亦相傳他有一固定配偶（dam = consort）；所謂「鬼王鬼婆」為家喻戶曉的傳言。又，原文 dame（或作 dam）的發音與 damn（詛咒）相近，則 the devil and his dam(n) 或指惡魔及其給人的詛咒。

　　　　　下令鬼靈毀教堂。

露西弗　這麼做，我等將會厚厚報償你。

　　　　　浮士德，我等從地獄來，要讓你看些消遣。坐下來，

　　　　　你會看到七死罪[13]的本來面目。

浮士德　此情此景我的喜悅將會像亞當頭一天被創造出來看　　100

　　　　　到樂園的心情一樣。

露西弗　別談樂園或創造，注意看表演，談魔鬼，不談別的。——

　　　　　來呀！

　　　　　（浮士德就座）七死罪上

　　　　　哪！浮士德，問問他們的名姓和個性。

浮士德　第一位叫甚麼？

傲慢　我叫傲慢，我不屑有任何父母。我像奧維德筆下的跳105

　　　　　蚤[14]：能爬進姑娘身上的每個部位；有時像假髮覆蓋

---

⑬　七死罪（參見本書頁23，註⑤）的概念源於泛希臘時代（Hellenistic
　　period, 約在4th Century B. C.），後成為中世紀基督教思想。在馬羅前，
　　像喬叟（Geoffrey Chaucer, 1340-1400）〈牧師的故事〉（Parson's Tale）、
　　藍蘭德（William Langland, 1332?-1400?）《比爾農夫》（*Piers Plowman*,
　　1362?-1387?）以及史賓塞（Edmund Spencer, 1552-1599）《仙后》（*The
　　Faerie Queene*, 1590-1596）等都曾述及。而其所以致命（deadly），乃因
　　其所造成的罪愆深重，足以致靈魂於永死。七死罪常見於《堅忍堡》
　　（*The Castle of Perseverance*, 1405-1425）、梅德華爾（Henry Medwall, fl.
　　1486）《自然》（*Nature*, c1490）等中世紀的道德劇中，其角色幾乎都是
　　抽象的質，七死罪也不例外。

⑭　〈跳蚤歌〉（Carmen de Pulice（The Song of the Flea））為流傳於中世紀
　　的一首拉丁文淫詩，寫作時間不詳；據傳為羅馬詩人奧維德（Ovid, 43
　　B. C.-A. D. 18）的作品。詩人曾在詩中以嫉妒的口氣對跳蚤說：「野
　　蠻的東西，你想到那裡就到那裡，沒甚麼不讓你看到。」（"*Is quocumque
　　placet; nil tibi, saeve, latet* "〔You go wherever you wish; nothing, savage,

在她的眉頭上；不然就像羽毛扇親吻她的雙唇。我真
的這麼幹，我還有什麼不幹的？呃！呸！是甚麼怪味
道！除非地板灑香水、鋪花氈⑮，否則我不再多開口。

浮士德 第二位叫甚麼？　110

貪婪 我叫貪婪，由一個老吝嗇鬼生在舊皮包裡；願望若能成
真，我就會把這棟房子和裡頭的人全都變成黃金，鎖進
箱子裡。啊！我甜蜜蜜的黃金！

浮士德 而第三位叫甚麼？

憤怒 我叫憤怒，我無父無母。生下半個鐘頭不到，就從獅115
子嘴裡跳出來；此後，就拿著這對匕首⑯來去天涯海
角，找不到人廝殺，就砍傷自己。我生在地獄，留心啊！
因為你們當中說不定有一個就是我的生身之父。

浮士德 第四位叫甚麼？

嫉妒 我叫嫉妒，是煙囪工和牡蠣嫂生的。我不識字，所以120
希望書本全部燒光光。我看別人吃東西，自己就消瘦。
啊！只望人間降臨饑荒，全都死光光，只有我活著！到
那時節，你就會看到我有多肥胖！可是，為什麼你非坐
著不可，而我就得站著？下來，媽的！

---

is hidden from you]）．

⑮ 阿拉斯（Arras）在今法國里耳（Lier）西南40公里處，為卡萊海峽（Pas-
de-Calais）省省會，中世紀期間以產手工編織品聞名遐邇，而特以
掛氈最獲口碑，arras因成掛氈的代稱。當地出產的掛氈係用一種華麗
而昂貴的布料織成，質美價昂。傲慢要把掛氈當踩腳布，未免過於豪
奢。

⑯ 原文these case of rapiers應作this case（＝pair）of rapiers，亦即單
指一對匕首。

| 浮士德 | 滾開，嫉妒的傢伙！——第五位叫甚麼？ | 125 |

饕餮　　　誰？我嗎？先生，我叫**饕餮**。父母雙亡；沒留下半毛錢，
　　　　　只留下一小筆養老金，每天三十頓飯和十份點心——小錢
　　　　　要填飽肚皮。啊！我出身皇室，阿公是醃腿肉，阿嬤是大
　　　　　桶紅葡萄酒。我的教父⑰是：彼德‧醃鯡魚和馬丁‧醃牛
　　　　　肉⑱。啊！可是，我的教母，她是個快樂的貴婦人，　　　130
　　　　　在各個城鎮廣受歡迎；她叫瑪吉莉‧三月啤酒⑲太太。
　　　　　呃！浮士德，如今你聽我說了祖宗八代，你肯請我吃頓
　　　　　晚餐嗎？

---

⑰　教父（godfather）與教母（godmother）合稱為教父母（godparents）或代父
　　母，其正式名稱為sponsors；受洗者則稱教子或教女（godchild）。教父
　　母指基督教洗禮儀式中受洗者的保證人。在進行洗禮時，代替未成年
　　的受洗者申明信仰；平日則在生父生母無法履行義務時，扮演屬靈父
　　母的角色來代為施行宗教教育，並負起監督之責。成年人受洗時，教
　　父母只當進入教會的見證人，而不代其宣誓。教父母制度源於猶太教
　　會的割禮。早期基督教會由親友保證受洗者受過適當教導、品行優
　　良、虔信教義，並因而引介其接受洗禮，以示皈依。在人數方面，教
　　會通常規定教父教母各一人，也有只需教父或教母一人，英國國教則
　　要求三人。

⑱　歐俗通常在11月11日聖‧馬丁節（Martinmas）當天宰牛後，將醃好的
　　肉掛起，以備冬日食用。Martlemas-beef就是指這種醃好掛起的牛肉。
　　聖‧馬丁節也是吃喝的時節，一如「尾牙」。按：聖‧馬丁節係紀念
　　聖‧馬丁（St. Martin of Tours, ?-397）的節日。聖‧馬丁在世時，以其
　　慈悲與謙遜為人稱道；後來成為乞丐、葡萄農與客棧老闆的守護神。
　　在英倫及歐陸，11月11日指穀物收藏完畢、過冬用的牲畜業經宰殺以
　　及新酒開罈品嚐之日；同時，節慶與酒皆已備妥、債務還清、僕人可
　　自由更換主人。據民間傳說，當日天晴或枝葉茂密，則為寒冬之兆；
　　若在當日之前下霜，則將有暖冬。

⑲　三月啤酒（March-beer）為一種精釀的烈啤酒，通常在三月間釀好後放
　　置兩年，才能飲用。

浮士德	不請，我要看你被人吊死。你會吃光我的糧食。	
饕餮	那就叫惡魔掐死你！	135
浮士德	掐死自己吧，饕餮！——第六位叫甚麼？	
懶惰	我叫懶惰，生在一個陽光普照的河岸上；從那時起， 就一直躺在那兒，而你偏偏把我找來，害我不淺，讓 饕餮和淫蕩再送我回去。就算給我一筆鉅款，我也不 再開口了。	140
浮士德	第七位、也是最後一位，叫甚麼？小騷包！	
淫蕩	誰？我嗎？先生，我喜歡一吋長的生羊肉[20]甚於四十五 吋長的鱈魚乾[21]。我的名字由「淫」字開頭。	
露西弗	走開，下地獄去！下地獄去！	
	（七）死罪同下	
	哪！浮士德，你覺得如何？	145
浮士德	啊！這可滋養了我的靈魂！	
露西弗	噴！浮士德，地獄裡面儘是歡樂。	
浮士德	啊！能去看看地獄，再安然回來，我會有多快樂啊！	
露西弗	會的，午夜時分我會接你去。（給書）在這同時，將這本	

---

[20] 原文 mutton 在伊莉莎白時代的英文中，常指「娼妓」(prostitute)或「蕩婦」(loose woman)；但淫蕩為女性，因此應指「男妓」(male prostitute)或「淫夫」(loose man)。而「一吋長的生羊肉」(an inch of raw mutton)則指陰莖。

[21] 厄爾(ell＝〔英格蘭〕45 inches 或〔蘇格蘭〕37 inches)為古尺名，與吋(inch)相對，如俗話 "Give him an inch, and he'll take all ell"(得寸進尺)，便是用法一例。stockfish 本義為「乾鱈魚」(dried cod)。按：鱈魚又指陰囊(scrotum)，此處指「性無能」。淫蕩的意思是：寧可一次真刀真鎗成功，也不願多次性交失敗。

書拿去徹底看完，你就會隨意變化形體了。　　　　150

浮士德　（接下書）謝啦！偉大的露西弗。這本書我將如珍惜
　　　　生命般小心保存。

露西弗　再會了！浮士德，要念著魔鬼。

浮士德　再會啦！偉大的露西弗。來吧！魔菲思拖弗利斯。
　　　　眾下。（浮士德與魔菲思拖弗利斯由一邊下，露西弗與
　　　　卑爾茲巴柏由另一邊下。）

第三幕

（舞歌員）

華格納上①

舞歌員 學識淵博浮士德，

為求解開天文大奧秘

刻在神書最高天，

登上奧林帕斯②山巔尋尋覓。

乘坐飛車耀眼如燃燄

前有龍頸加軛奮力曳。

如今已去驗證大宇宙，

首先將抵羅馬可猜臆

5

---

① A 本在此處的戲台說明作 Enter Wagner，評論家因據此認為舞歌員的台詞皆由華格納所為；若非他本人，也是他以某種喬裝的形式出現。

② 奧林帕斯山（Olympus），橫亙希臘半島東北部西沙里（Thessaly），靠近莎隆尼卡灣（Gulf of Salonika）；在希臘神話中，這座山是眾神的居所，其上天清氣爽、陽光普照、無風無雨，是個至福之地。浮士德登巔尋覓意在探索古典希臘文明的奧秘。

去看教皇還有宮廷好形勢，

也將分享神聖的彼得大宴席③，　　　　　　　　　　10

當天正待隆重開宴禮。

下

---

③　聖・彼得宴(St. Peter's Feast)在每年6月29日舉行。彼得(Peter, 10 B
　　C.-A.D. 66) 為耶穌12門徒之首，為加利利(Galilee)人，本名西門
　　(Simon or Simeon)；彼得為耶穌所賜，意為「磐石」(rock)。彼得本
　　業捕魚，後捨棄一切追隨耶穌四處傳道。耶穌受審時，曾兩度否認自
　　己為其門徒。耶穌死後，似又重操舊業。耶穌復活時，他曾親見，之
　　後便負起耶路撒冷教會的重任。約在64歲時，在羅馬遭羅馬皇帝尼祿
　　(Nero, 54-68)迫害殉道。彼得以耶穌的大弟子及耶穌復活的見證人被
　　追封為首位任教皇。保羅(Paul, 2-66)原名掃羅(Saul of Tarsus)，早先
　　曾對基督徒迫害甚烈，後在赴大馬士革途中見基督顯靈而改信，與彼
　　得並稱為基督教早期發展過程中舉足輕重的兩大支柱(pillars)。保羅
　　跟彼得同樣在羅馬遭尼祿處死：彼得被頭下腳上釘在十字架上，保羅
　　則遭斬首。聖・彼得的紀念日在每年6月29日，聖・保羅的紀念日在6
　　月30日；但彼得受囚日在8月1日收穫節(Lammas Day)。

【第一景】

浮士德與魔菲思拖弗利斯同上

浮士德 我的好魔菲思拖弗利斯，如今
我們已經以喜悅的心情遊過大城特里爾①。
這座城四周環繞著巍巍的山巔、
堅強的城牆和深掘的壕溝，
任何善戰的君王都無法攻克；　　　　　5
接著從巴黎沿著法蘭西邊境，
我們看到美茵河注入萊茵河，
沿岸盡是結實纍纍的葡萄藤叢。

---

① 特里爾(Trier，法文作Trèves)為德西萊茵地-巴拉丁納特區(Rhineland-
Palatinate)莫索河(Mosel 或作 Moselle)畔的一座日耳曼古城，為艾佛
爾(Eifel)群峰環繞，曾為戰略要衝。該地距今盧森堡邊境93公里，在
今德國邁茵茨(Mainz)西南12公里；屬地中海型氣候，景色優美，為
古代羅馬達官貴胄常去之地，主要產物有酒、橄欖、柑橘與穀類。西
元前15年，羅馬皇帝奧古斯都(Augustus, 在位27 B.C.-A.D. 14)曾在當
地建城，名為奧古斯達‧特里維羅隆(Augusta Trevirorum)，16世紀期
間發展成政教、商業與文化中心，至17世紀末才告沒落。據傳當地藏
有聖袍(the Holy Coat of Trier)，是即耶穌的無縫袍(seamless robe)，
曾在1844、1891與1933等年間展出，吸引了大批朝聖者前來。浮士德
由特里爾經巴黎往東來到美茵河(the Main)與萊茵河(the Rhine)交口
處(在今法蘭克福與邁茵茨附近)，然後往南赴義大利，似乎在從事所
謂的大旅行(Grand Tour)。

其後來到富庶的康巴尼亞區[②]拿不勒斯，

只見建築亮麗而璀璨奪目、　　　　　　　　　　10

街道筆直又鋪著上等的好磚石，

等分全城為四區。

我們看到學識淵博的馬若[③]有座黃金墓；

由他挖出的路徑長達一哩，

一夜之間鑿穿大巖窟。　　　　　　　　　　　15

由此通往威尼斯、帕都阿等各地[④]，

沿途矗立著一座璀璨的教堂[⑤]在其間，

高聳的塔尖捫眾星，

---

② 康巴尼亞(Campania，或作Campagna)區內有維蘇威火山(Mt. Vesuvius)
　聞名於世，為今義大利南部一處山區，拿不勒斯(Naples)為區內首府
　與最大的港市。

③ 馬若(Maro)即羅馬詩人維吉爾(Virgil（全名Publius Vergilius Maro)，
　70-19 B.C.）。他死後葬在今義大利半島西南拿不勒斯與波特礁里
　(Pozzuoli)兩個海港之間的博希里柏(Posilipo)岬端上，其墓有如一處
　神廟(shrine)。中世紀與文藝復興時代對他的看法有二：(1)認為其牧
　歌〈給波里歐〉(Eclogue to Pollio)預示耶穌誕生，其史詩《伊尼亞德》
　(The *Aeneid*)中伊尼亞斯(Aeneas)下地獄之舉有如人的天路歷程；(2)
　將他視為魔法師。據傳博希里柏山(Mt. Posilipo)隧道就是由他在一夜
　之間以魔法鑿穿的。戲文指這處鑿穿「巖窟」(rock of stone，即grotto)
　的隧道「全長1哩」，實則只有0.43哩(即2,264呎)。

④ 原文the rest或作the east(= eastern Italy)，亦即：浮士德由義大利拿
　不勒斯往東行，才能抵達威尼斯、帕都阿與羅馬等地。

⑤ 指威尼斯聖‧馬可教堂(St. Mark's)及其鐘塔(campanile)。聖‧馬可
　教堂鐘塔高99公尺，建於西元888年，內有斜坡通往塔頂，塔頂為金
　字塔形塔尖。塔尖及塔基於16世紀期間由桑索維諾(Jacopo Tatti
　Sansovino, 1477-1570)加蓋上去。整座鐘塔曾於西元1902年間倒塌，
　至1908年才依原有建築圖重建。

迄今浮士德如此度時日。

現在告訴我，這休憩之處何所在？　　　　　　20

你是照著我早先的吩咐

引我來到羅馬⑥的城內嗎？

魔　　浮士德，沒錯。我已佔用了教皇的私人寓所。

浮士德　我希望教皇會歡迎我們。

魔　　噴！都一樣，我們將放膽尋他開心。　　　　25

呃！浮士德，如今你可將

羅馬的勝景盡收眼底。

要知道，這個城位在七座山丘上；

山丘支撐著全城的根基地。

台伯河水滔滔流過市中心，　　　　　　　　　30

蜿蜒的河岸分割城區爲兩半，

四座宏偉的大橋橫跨在河上，

使人得以安然通往羅馬各地區。

取名安吉羅⑦的橋上

建有城堡一座忒堅固，　　　　　　　　　　35

裡面庫藏的鎗械難罄計，

---

⑥　西元1598年間，海軍大臣劇團（Admiral's Men）的道具中有一背景幕
　　（backcloth），想即用來標示羅馬的幕景（the sittie of Rome）。

⑦　安吉羅橋（Ponte Angelo）爲伊里亞橋（Ponte Aelius）的前身，係羅馬皇
　　帝哈德里安（Hadrian（或做Adrian，全名Publius Aelius Hadrianus），在
　　位117-138）於西元135年間所建，以連接其靈廟（mausoleum）和（the
　　Campus Martius）；靈廟即今安吉羅城堡（the Castello di s. Angelo）。按：
　　城堡建在橋通往台伯河的河岸上，而非建在橋上。

　　　　雙管銅砲⑧精雕琢；

　　　　總數吻合全年的天數無差池——

　　　　尚有城門和高高的方尖塔⑨，

　　　　皆由朱利阿斯・凱撒遠從非洲帶回國。　　　　　　　40

浮士德　呃！我以地獄王國的統治權、

　　　　恨河、陰陽河以及

　　　　永遠熾燃著的火河⑩為誓，

　　　　我的確渴望去見識璀璨壯麗的

　　　　羅馬城紀念碑和山川形勢。　　　　　　　　　　　45

---

⑧　原文double cannons或指1砲7彈，或僅指大口徑大砲而言。西元1536
　　年間，歐文兄弟(John和Robert Owen)曾在卡萊(Calais)鑄造「雙管大
　　砲」，引發亨利八世(Henry VIII, 在位 1509-1547)的興趣。這門大砲
　　本擬在1537年間運抵西敏寺展示，但因鎗砲專家詹森(Harry Johnson)
　　沒有適時提供砲車軸，以致無法運達。

⑨　凱撒(Julius Caesar, 100-44 B.C.)於西元前48年間追殺龐沛(Pompey
　　(全名Gnaeus Pompeius Magnus), 106-48 B.C.)至埃及，直到前47年才
　　返回羅馬。城內有11道城門，內有聖・彼得教堂(St. Peter's Church)、
　　桑托營(Campo Santo)及其教堂墓園(Churchyard)，方尖高塔
　　(piramides)即在其內。按：此方尖高塔迄今仍在，一說是由羅馬皇帝
　　卡里古拉(Caligula, 在位37-41)由赫留波里(Heliopol)運回羅馬，後於
　　1586年間送往聖・彼耶楚廣場(Piazza San Pietro)；另一說則認為是由
　　羅馬皇帝康斯坦丁一世(Constantine I, 在位327-337)於4世紀期間從埃
　　及運回。但無論如何都不是由凱撒帶回。原文piramides為多數形用作
　　單數義，為的是要多一音節以使詩行成五音步(pentameter)；piramides
　　即聖彼得大教堂前的方尖石塔(obelisk)。

⑩　希臘神話中的地獄共有5條河：恨河(Styx)為一條爛泥河，眾神都指
　　著此河起誓，以示決不反悔；陰陽河(Acheron)又深又黑，陰魂必須
　　渡過此河，才能進入冥府；火河(Phlegethon)即戲文中的火湖(fiery
　　lake)，其波浪皆火；忘河(Lethe)的河水讓陰魂喝過以後，忘記一切。
　　劇中不曾提到的哀河(Cocytus)中，及時傳來陣陣哀號之聲。

哪！來！動身吧！

魔　　不！浮士德，慢著，我知道你想瞻仰教皇、
　　　參與神聖的彼得大慶宴。
　　　你將看到一隊光頭僧侶，
　　　彼等的「至善」僅止於填飽肚皮。　　　　　　　　50

浮士德　嗯！給他們開個玩笑我就心滿足，
　　　他們的蠢狀叫我們開心。
　　　那就施法隱藏我身形，以便我在羅馬停留期間爲所欲
　　　爲，不被人看見。

魔　　（將衣袍披在浮士德身上）哪！浮士德，如今任你爲　　55
　　　所欲爲，無人會察覺。
　　　奏花腔[11]，教皇與洛蘭紅衣主教同赴宴會，眾僧侶侍候
　　　在旁。

教皇　　洛蘭大人，請靠近。

浮士德　吃吧！不吃飽就讓魔鬼掐死你。

教皇　　咦！是誰在說話？各位修道士，查查看。
　　　（有些修道士試圖找尋）

修道士　啓稟皇上，查無別人。　　　　　　　　　　　　　　60

教皇　　（送上一盤食物）大人！朕蒙米蘭主教相贈這盤美味。

浮士德　多謝啦！皇上。（抓走肉）

---

⑪　原文sennet（喇叭信號）一詞原指小喇叭上的按鈕，此處爲一戲臺說明
　　（stage directions）術語。伊莉莎白時代戲臺搬演時，通常以吹奏喇叭爲
　　信號，來表示重要人物或隊伍的進出，即奏花腔（fanfare）。按：奏花
　　腔原本用在戰鬥、狩獵與宮廷儀節，旋律簡短、嘹亮而輝煌。馬羅率
　　先用在本劇中，以示教皇駕到。

教皇　　咦！是誰抓走朕的肉？來人呀，查查看！

　　　　（有些修道士試圖搜查）

　　　　大人，這是佛羅倫斯紅衣主教送來的一道美味。

浮士德　（抓走美味）沒錯，我嚐嚐。　　　　　　　　　　65

教皇　　又來了？——大人，向您敬酒。

浮士德　（抓走酒杯）我敬皇上。

洛蘭　　皇上，臣以爲可能是有甚麼陰魂新近從煉獄⑫爬出，來
　　　　懇求皇上赦罪⑬。

教皇　　恐怕是吧！眾修道士，準備唱安魂歌⑭以平撫這名　　70
　　　　鬼魂的怨氣。大人，請再用餐。

　　　　教皇在胸前劃十字。

---

⑫　依據羅馬公教教義，人在生前犯有未經寬恕的小過輕罪或已蒙寬恕的
　　大過重罪，則亡靈在上天堂前，必先經淨化才行。煉獄（purgatory）即
　　爲施以淨化的場所。至中世紀，這一信條經里昂、佛羅倫斯以及特倫
　　特等多次會議才告確定。公教還認爲，信徒可藉由禱告、彌撒、施捨、
　　禁食、獻祭、苦行以及購買赦罪券（詳見本頁註⑬）來救援煉獄中的亡
　　靈。

⑬　赦罪（pardon）指赦罪券（Papal indulgence）。中世紀神學家提出「教會
　　寶庫」（treasury of the church）的觀念，認爲教會可藉由大赦從耶穌與
　　聖徒積累其苦難與功德而成的「功德庫」中取出部分功德，來抵消個
　　人罪愆。西元1343年間，教皇通諭（Papal Bull）宣告販售赦罪券；西元
　　1476年間，教皇思道四世（Sixtus IV，在位1414-1484）首先准許大赦適
　　用於煉獄中的靈魂。而黑袍教佈道師台徹爾（Johann Tetzel, 1460-
　　1519）則進而認定赦罪券可當靈魂上天國的入場券，因而引發爭議。
　　這種以獻金抵罪的做法終於引起馬丁·路德（Martin Luthur, 1483-
　　1546）的不滿，於西元1517年間提出異議，從而掀起宗教革命的浪潮。

⑭　原文dirge源自對唱（antiphon）：「引導我們吧！啊！主」（Dirige Domine
　　Deus = Direct, O Lord God），係替死者安魂的晨禱（Matins），引伸爲
　　安魂彌撒（requiem mass）；不過劇中僧侶的詠唱不在安魂，而在咒魂。

浮士德　甚麼？你劃十字？

　　　　哼！我勸你別再耍這種把戲啦。

　　　　（教皇）又在胸前劃十字。

　　　　哼！第二次啦！當心第三次，

　　　　我可給了你明確的警告。　　　　　　　　　　　　　　75

　　　　（教皇）再劃十字，浮士德給他一記耳光，（除浮士德與
　　　　魔菲思拖弗利斯外），餘皆奔逃。

　　　　好啦！魔菲思拖弗利斯。我們要幹嘛？

魔　　　唔！我不知道，他們會用鐘、書和蠟燭⑮詛咒你。

浮士德　哦？燭書鐘，鐘書燭，

　　　　順著唸，倒著讀，咒詛浮士德下地府！

　　　　不久就會聽到豬哼牛吼驢兒鳴，　　　　　　　　　　80

　　　　只因今天就是聖·彼得的聖誕日。

　　　　全體修道士頌安魂歌同上。

修道士　來吧！弟兄們，且以至誠辦此事。

　　　　（眾修道士）唱

　　　　誰從教皇桌上偷肉吃，誰就受詛咒。

　　　　「願主詛咒他！」

---

⑮　逐出教會（excommunication）或稱破門，旨在剝奪信徒接受聖事的權利，
　　又分小破門（minor excommunication）與大破門（major excommunication）。
　　遭小破門處分者禁止參加聖餐；一旦受到大破門懲罰，則完全逐出教
　　會。由於事關重大，因此必須在蓄意違逆教規與反抗教會命令等重大
　　情節的狀況下，才能執行。鐘、書與蠟燭就是傳統詛咒並逐出教會時
　　儀式上的用品；通常在儀式結尾，以敲喪鐘、閤上書、滅燭光，來表
　　示教會跟當事人斷絕關係。

誰在教皇臉上摑一掌，誰就受詛咒。　　　　　　　85

「願主詛咒他！」

誰向桑德羅⑯弟兄當頭揮一拳，誰就受詛咒。

「願主詛咒他！」

誰對神聖的安魂歌生騷擾，誰就受詛咒。

「願主詛咒他！」　　90

誰抓走教皇端起的酒，誰就受詛咒。

「願主詛咒他！

「也願所有的聖徒詛咒他！阿門。」

（浮士德與魔菲思拖弗利斯）打眾修道士，並在他們中間
投下花炮後，同下。

---

⑯　原文Sandelo一名顯然是因僧侶所穿的便鞋（sandals）得名；不過，此處
的Sandelo或即在唱安魂彌撒時被打的一名僧侶。

【第二景】

羅賓（攜招魔書）與雷福攜一銀盃同上

羅賓　喂！雷福，我沒告訴過你說，我們總是要靠這位浮士
德博士的書賺大錢嗎？「看哪！」看馬的人這回可以
小撈一筆。只要幹下去，我們的馬兒就不必吃普通草
料啦。

客棧老闆上。

雷福　呃！羅賓，老闆來啦。　　　　　　　　　　　　5

羅賓　閉嘴，看我使個怪招要要他。——酒保，酒錢全都付清
了吧！上帝與你同在。走吧！雷福。

（兩人開步欲走）

老闆　（對羅賓說）等等，大爺，有話相告。你走前，還得先付
酒盃錢。

羅賓　我？酒盃？雷福，我？酒盃？我藐視你，你算甚麼①。10
我？酒盃？搜我好啦。

老闆　大爺，我正有此意，如果您不介意。

（搜羅賓）

羅賓　現在你怎麼說？

---

① 原文etc.屢見於伊莉莎白時代戲文，常由丑角（clowns）臨場填補，有些
丑角即以臨機應變能力出色聞名。此處的etc.暗藏藐視或不屑。

老闆	我只好問你的朋友啦—你，大爺。
雷福	我，老兄？我，老兄？來搜個夠吧。 15
	（將酒盃丟給羅賓；老闆接著搜雷福。）
	喂！老闆，你懷疑老實人的老實話，夠丟臉的。
老闆	哼！酒盃就藏在你們其中一人身上。
羅賓	胡說，酒保，就在我眼前。喂！你，誣賴老實人，看我
	教訓你。閃開，我要爲一只酒盃鞭你，你最好閃開，我
	以卑爾茲巴柏之名命令你。 20
	（將酒盃丟給雷福）
	留心酒盃，雷福。
老闆	喂！你甚麼意思？
羅賓	我會告訴你甚麼意思。（誦讀）
	「善克托卜羅倫、培利弗雷斯提康！」[2]喇！我來逗逗
	你，老闆。小心，酒盃，雷福。「波里普拉格莫斯、 25
	貝爾斯菠蘭斯、弗拉曼陀、巴柯斯提弗斯、托斯吐、魔
	菲思拖弗利斯！」云云。
	魔菲思拖弗利斯上（客棧老闆奔逃下）
魔	地獄之主，在您怒目環視下，
	偉大的統治者也惶恐下跪，
	您的祭壇上俯臥成千陰魂， 30

---

② 原文Sanctobulorum Periphrastico 與Polypragmos Belseborams framanto pacostiphos tostu Mephistopheles 原本只是江湖術士胡謅之語。其中除了 Me-phistopheles 外，實際上並無太大意義。Mephistopheles因在無意中被羅賓誦讀而出現，可見招魔不難。

卻被這些惡棍的咒語惹得生懊惱！
我遠從君士坦丁堡奉召趕來，
只爲這些可咒的奴才尋開心。

羅賓　怎麼？從君士坦丁堡趕來？好遠的路程。錢包裡拿個
　　　　六便士來付晚飯的錢，然後就離開好嗎？　　　　　　35

魔　　哼！壞蛋，爲了你的放肆，我把你(對羅賓說)變成猿，
　　　　把你(對雷福說)變成狗。哪！滾！
　　　　（兩人分別變形。魔菲思拖弗利斯）下

羅賓　哦！變成猿？好棒。我要跟孩子好好玩；堅果和蘋果摘
　　　　個夠。

雷福　而我只好當隻狗。　　　　　　　　　　　　　　　　　40

羅賓　說真的，你的頭永遠不會伸出肉湯鍋。
　　　　同下

第四幕

（舞歌員）

舞歌員上①

舞歌員　浮士德欣然觀賞

奇珍異寶以及皇帝金鑾殿，

終止行程返家鄉，

鄉里因他離家多憂念──

親朋兼好友──

見他返鄉歡欣親切問平安。

談論見聞當如何，

關於遨遊寰宇天地間，

所問有關天文事，

5

---

① B本此處並無舞歌員。A 本的舞歌隊敍述浮士德經一年半的跋涉後歸
　來與親朋好友談論天文知識，其功能則在將劇情轉到宮廷，正如第3
　幕開頭的舞歌員把劇場面移至教皇宮廷一樣。又，A本的舞歌隊後
　面在客棧發生的兩個喜劇場面，顯係誤置。

浮士德應答淵博又精湛，　　　　　　　　　　　　10
舉座驚羨見聞廣。
如今四方傳聲名：
仰慕者有皇帝，
如今即在卡羅勒斯五世②金鑾殿，
只見浮士德正與群臣共歡宴。　　　　　　　　　15
何種法術將施展？
且請諸君拭目自賞鑑。
下

---

② 卡羅勒斯五世(Carolus V)即卡羅勒斯‧查理五世(Carolus Charles V,
　1500-1558)，卡羅勒斯原係西班牙國王查理一世(Charles I，在位
　1516-1556)，從西元1519年起兼為神聖羅馬皇帝查理五世(Charles V,
　在位1519-1556)。其皇宮在今奧地利茵斯布魯克(Innsbruck)，在位期
　間正好跟史實上的浮士德最後20年左右重疊。查理於西元1556年退
　位，歸隱於一處西班牙寺院，享其餘年。

【第一景】

皇帝、浮士德、(魔菲思拖弗利斯)、一名騎士與侍從上。

皇帝 浮士德博士大師，朕聽說你的魔法高深——在朕的國內
和全世界法力無人可及。據說你有一名魔鬼，可以幫
你如願。因此，朕的請求是：讓朕看看你的法術，使
朕可以親眼目睹證明傳言不虛。朕向你保證，朕以皇冠
的尊榮爲誓，你的一切作爲，不會造成不利或受到　　　5
傷害。

騎士 (旁白)老實說，他的模樣倒像個魔法師。

浮士德 皇上，儘管微臣必須承認自己的法力遠遠不及傳言
也絕對配不上皇上的尊榮，但因出於敬愛和忠誠，還是
樂於遵旨行事。　　　　　　　　　　　　　　　　　10

皇帝 浮士德博士，請聽朕言。
朕有時獨坐
私室內，思緒紛紛湧起，
每思及先祖赫赫偉績——
他們依憑武力建功立業，　　　　　　　　　　　　15
獲取如許財富，征服如許王國
繼位者如朕
或日後登基者，

唯恐永難如彼等

聲震遐邇、威名遠播。 20

君王若此者非亞歷山大大帝①莫屬，

此世豪傑中為人仰慕者，

其彪炳功業光芒萬丈

榮耀輝映全世界——

每逢聽人提起， 25

心痛只因不曾見其人，

若能藉由法術妙無邊，

得以喚來此人從地底

舉世聞名的征服者埋骨處，

隨同其情婦一起來， 30

---

① 亞歷山大大帝(Alexander the Great, 356-323 B.C.)即馬其頓國王亞歷
山大三世(Alexander III, 在位 356-323 B.C.)，paramour指其妻羅莎娜
(Roxana, ?-311 B.C.)，或亦指其情婦泰伊思(Thaïs, fl. 4th B.C.)。泰伊
思係當時的希臘名妓，據說曾說服亞歷山大大帝於西元前330年間燒
燬波思城(Persepolis)。英國詩人德萊登(John Dryden, 1631-1700)《亞
歷山大之宴》(Alexander's Feast, 1697)一劇即以此為題材。前323年
間，亞歷山大大帝死後，泰伊思據傳成為埃及國王托勒密一世
(Ptolomy I Soter, 在位323-283 B.C.)的情婦。又，像亞歷山大這類歷
史、傳說與神話中的英雄事蹟為當時傀儡戲的題材。宮廷裡的假面戲
(masque)則常以九傑(Nine Worthies or Nine Nobles)的事蹟為題材；
九傑即古代及中世紀9位豪俊之士，包括約書亞(Joshua)、大衛
(David, ?-c962 B.C.)與麥克比(Judas Maccabaeus, ?-161 B.C.)等3名猶
太人；郝克特(Hector)、亞歷山大(Alexander, 356-323 B.C.)與凱撒
(Julius Caesar, 100-44 B.C.)等3名異邦人；亞瑟(Arthur, fl. 6th
Century)、查理曼(Charlemagne, c742-814)與葛弗烈(Godfrey of Bouillon,
1060-1100)等3名基督徒。

形貌舉止衣著皆如常
一如在世情況不改變，
愛卿既可滿足朕心之所欲
亦可讓朕在有生之年讚美你。

浮士德　皇上，微臣準備盡魔鬼能力所及實現聖意。　　　　35

騎士　（旁白）老實說，這根本沒什麼。

浮士德　啓稟皇上，這兩位逝者早已成了塵土，微臣無法將他們
真正的實體呈現在皇上眼前。

騎士　（旁白）哦！哎唷！博士大師，實話實說，還算厚道。

浮士德　不過，鬼靈可以活像亞歷山大和他的情婦般呈現在皇　40
上面前。一如他們生前最好、神采最煥發的狀況──微
臣相信必讓皇上充分滿意。

皇帝　好！博士大師，讓我立刻見見他們。

騎士　聽到了嗎？博士大師？把亞歷山大和他的情婦帶到皇
上面前？　　　　　　　　　　　　　　　　　　　　45

浮士德　那又怎樣呢，先生？

騎士　老實說，這就如同戴安娜將我變成公鹿。

浮士德　對！先生，不過，阿克提恩[2]死後，就把角留給你啦。

---

② 阿克提恩（Actaeon）係希臘神話中提比斯（Thebes）城創建者卡德默斯
（Cadmus）的孫兒，為一名獵戶，因無意中闖見女獵神戴安娜（Diana）
洗浴（一說向她挑戰打獵的本事）而遭變成公鹿，被他自己所飼養的獵
犬追捕，咬成碎段；事見奧維德（Ovid）《變形記》（*Metamorphoses*），
第3篇。文藝復興時代的道德家認為阿克提恩象徵(1)暴橫之人，遭自
己的慾望摧毀；(2)追求禁知（forbidden knowledge）者；(3)有眼不識
救主耶穌者。

　　　　　（對魔菲思拖弗利斯旁白）魔菲思拖弗利斯，去吧！

　　　　　魔菲思拖弗利斯下

騎士　　不！你去作法，我就走。　　　　　　　　　　　　　50

　　　　　騎士下

浮士德　（旁白）你這般干擾，看我等會兒找你算帳。──他們來

　　　　　了，皇上。

　　　　　魔菲思拖弗利斯引著亞歷山大及其情婦同上

皇帝　　博士大師，據說這位美婦人在世的時候，頸上長有一顆

　　　　　小疣或黑痣。朕要如何證明傳言屬實？

浮士德　皇上大可放膽去看。　　　　　　　　　　　　　　　55

　　　　　（皇帝趨前察看，然後）亞歷山大（及其情婦）同下。

皇帝　　真的不是鬼靈，而是兩位已逝君妃的真實身體。

浮士德　現在可否懇請皇上派人找來剛才在此地尋我開心的那

　　　　　位騎士？

皇帝　　來人啊，傳他進殿。

　　　　　（一名侍從去傳騎士。）騎士頭上長角③，上。

　　　　　怎麼啦？騎士先生？咦！我以為你還單身④，如今才　60

---

③　原文horns指cuckold's horns；依伊莉莎白時代的說法，妻子有婚外情
　　者，其男人頭上會生角。按：cuckold指妻子外遇的說法至少有三。(1)
　　布穀鳥常將蛋下在別的鳥巢內；(2)取自呼叫聲「穀-穀」(ku-ku)以警
　　示姦夫將至，後來才直接指丈夫本人；(3)因Actaeon被自己豢養的狗
　　追逐或the betrayed stag-king（參見本書頁83，註②）而有此一說。無論
　　如何，當烏龜的丈夫往往長角（A cuckold frequently is shown with
　　antlers）。

④　原文bachelor有騎士與單身二義：前者為knight的身分，後者是他的婚
　　姻狀況。譯文雖取後者，但亦已隱含前者。

知道你已娶妻；妻子不但讓你長角，還讓你戴在頭上，
摸摸你的頭。

騎士　（對浮士德說）你這該死的小人可惡的狗，
　　　生在怪石的凹洞裡，
　　　竟敢如此羞辱紳士？　　　　　　　　　　　　　65
　　　無賴！嚇！收回你幹的好事。

浮士德　喲！先生，別性急。性急易出錯。
　　　你可記得我在跟皇上談話時你如何招惹我的？我想我
　　　已經爲此跟你卯上了。

皇帝　好博士大師，且容朕懇求饒了他吧。如今他所吃的苦 70
　　　頭也夠了。

浮士德　皇上，爲了他對我造成的傷害，也爲了討皇上喜歡，浮
　　　士德才對這位侮慢的騎士適當的懲罰；這些既然已如我
　　　意，我也樂於除去他的角。先生，此後務請稱讚學者。
　　　（對魔菲思拖弗利斯說）魔菲思拖弗利斯，立刻使他　　75
　　　回復原樣。（兩角消除）皇上，微臣任務已完，就此告退。

皇帝　再會！博士大師。呃！愛卿離去前，
　　　且接受厚賞。
　　　皇帝、（騎士與隨從）同下

浮士德　呃！魔菲思拖弗利斯，在無盡的旅途上　　　　　　80
　　　時光正以寂靜無聲的腳步飛奔，
　　　縮短了我的時日和生命之線，
　　　要我付出最後的歲月。
　　　所以，親愛的魔菲思拖弗利斯，我們快快

趕回威登堡。 85

魔　　喔！你要騎馬，或是要步行？

浮士德　唔！等過了這片美麗涼爽的綠地
　　　　則步行。

　　　　一名馬商⑤上

馬商　　我整天在找一個叫浮士勳⑥大師的人。哎唷！瞧！就在
　　　　那兒。——上帝保佑你，博士大師。 90

浮士德　哦！是賣馬的！幸會，幸會。

馬商　　(給錢)你聽到嗎，先生？我帶來四十塊錢買你的馬。

浮士德　這個價錢我不能賣，你肯出五十就帶走。

馬商　　唉！先生，我沒錢了。(對魔菲思拖弗利斯說)拜託，替
　　　　我說說話吧。 95

魔　　(對浮士德說)拜託，賣給他吧！他人老實，負擔很重，
　　　　又沒妻沒子。

浮士德　好吧，錢給我。(拿錢)我的僕人會把馬交給你。不過，
　　　　在交給你之前，我必須告訴你一樁事：無論如何，都別
　　　　騎著下水⑦。 100

---

⑤　馬商(horse-courser)一如現在的舊車商，素有佔人便宜的惡名，故遭
　　浮士德戲弄，當能討劇院正廳販夫走卒區觀眾(groundlings)的喜歡。

⑥　原文Fustian係Faustus的誤讀，有「狂言豪語」(bombast，rant)之意。
　　馬商似意在指浮士德為「吹牛大王」。

⑦　水有破解巫咒魔法之功；關於這點，德萊登(John Dryden, 1631-1700)
　　也在《一夜之愛》(*An Evening's Love*, III.i.)中說：「你知道吧，巫婆
　　的馬一旦下水就又變回一捆乾草。」("A witch's horse, you know, when
　　he enters into water, returns into a bottle of hay again.")

馬商　　甚麼？先生，馬兒不是哪兒都去得嗎[8]？

浮士德　沒錯！哪兒都去得，可就是別下水；躍過樹籬、跨過
　　　　壕溝，隨便哪兒都去得，就是別下水。

馬商　　好吧！先生。（旁白）如今我總算發啦，馬兒四十塊
　　　　錢我是不賣的。只要牠有嘿叮叮[9]的本事，靠牠就吃 105
　　　　不完啦；馬兒的屁股滑溜得像鱔魚。（對浮士德說）
　　　　嗯！再會啦！先生。你的僕人會交給我？不過，你聽
　　　　好，先生，馬兒生了病或不舒服，我帶馬尿來給你看，
　　　　你會告訴我是怎麼回事吧？

浮士德　滾！你這壞蛋！甚麼，你以為我是個馬醫嗎？　　　110

　　　　馬商下

　　　　浮士德，你不過是個註定要永死的人嗎？

　　　　大限之日終將臨；

　　　　絕望總將疑慮驅進腦海中。

　　　　安睡方能驅散擾人的壞心情。

　　　　啐！十字架上基督也讓盜賊得永生[10]；　　　　　　115

　　　　浮士德，休息好讓心頭生寧靜。

　　　　坐著睡在椅上。馬商全身濕透叫喊上。

---

⑧　原文drink of all waters(= go anywhere, or ready for anything)為當時俗
　　語，意為「到處去得」；作「喝水」解可參見舊約出埃及記（第1章第
　　23節）、箴言（第5章第15節）與耶利米書（第2章第18節）。

⑨　hey, ding, ding指生殖能力。伊莉莎白時代民歌中常以此作些隱譚語句
　　的代詞。

⑩　據路加福音上的載述，耶穌曾答應跟一道被釘在十字架上的一名盜賊
　　上天堂，說：「我實在告訴你，今日你要同我在樂園裡了」（第23章
　　第43節）。

馬商	哎唷！哎唷！浮士勳「博士」，真是的！唷！羅普斯大夫[⑪]絕對不是這種醫生。他把我洗劫[⑫]一空，洗劫了我四十塊錢，這些錢我再也看不到了。不過，我也真驢，不肯聽他勸，因爲他叫我不許騎著下水。我原本以爲 120 馬兒有什麼特異功能他不肯讓我知道，於是就像個喜愛冒險的年輕人，騎著走進城郊的深水池塘裡。誰知才騎到池塘中央，馬兒就消失不見了，只覺得自己坐在一捆乾草上，差點沒給淹死。哼！我要把博士找來，要回四十塊錢，否則這就變成最昂貴的一匹馬了！ 125 喔！他那自命不凡的僕人就在那兒。──聽到了嗎？你這變把戲的，你家老闆在哪？
魔	咦！先生，你要幹嘛？你不能跟他說話。
馬商	可是，我要跟他說話。
魔	幹嘛？他睡著了，改天再來。 130
馬商	我現在要跟他說話，不然就要敲破他的眼鏡。
魔	我告訴你，他八個晚上沒睡了。
馬商	就算他八個禮拜沒睡，我也要跟他說話。
魔	看他人就在那兒，睡得好熟。
馬商	欸！是他。──上帝保佑你，博士大師，博士大師，135

⑪ 羅普斯大夫（Doctor Lopus 即 Roderigo Lopez〔Loppez〕, 1525-1594）為一名葡籍猶裔醫生，曾自西元1586年起擔任伊莉莎白女王的御醫，早在1594年因陰謀殺害女王而遭處死前就已聲名狼藉。馬羅死於1593年，對於羅普斯大夫的事恐怕未必了然；有些學者因懷疑這句話係後人添加。不過，羅普斯既然是馬羅同時代的人，有所聞說，不足爲異。

⑫ 原文 purgation 原指當時放血治病。此處取「肅清」義，指掏空錢包。

浮士德博士大師！四十塊錢，四十塊錢買一捆乾草！

魔 喂！你看他沒聽見。

馬商 （在其耳邊大吼）啥──吼，吼！啥──吼，吼！[13]不醒，你不醒醒嗎？我要把你吵醒才走。

（馬商拉其腿，扯斷。）

哎喲，完了！怎麼辦？　　　　　　　　　　140

浮士德 啊！我的腿，我的腿！救命哪！魔菲思拖弗利斯！叫警察來！我的腿，我的腿！

魔 （抓住馬商）走！壞蛋，去見警察。

馬商 啊！主呀！先生，放我走，我就再給你四十塊錢。

魔 錢在哪？　　　　　　　　　　　　　　　145

馬商 我身上沒有，到我的客棧，就給你。

魔 滾！快滾。

馬商奔逃下

浮士德 甚麼？人走了？再會啦，嘻！浮士德的腿又長出來啦，我想這名馬商花了力氣換來一捆乾草。嗯！這種把戲讓他多花四十塊錢。　　　　　　　　150

華格納上。

怎麼啦？華格納！有甚麼消息？

華格納 主人，萬霍德[14]公爵竭誠相邀。

---

[13] 原文So-ho-ho為獵人驅使獵犬、捕捉獵物時的呼叫聲。

[14] 原文Vanholt或作Anhalt，地在今德國中部，有易北河（Elbe River）及其支流薩雷河（the Saale）與穆爾河（the Mulde）流經境內，係當時日耳曼中部的一處公國，離威登堡不遠。萬霍德當地盛產小麥、玉米、亞麻、酒花（haps）、馬鈴薯、蔬菜、褐媒及鹽，因萬霍德城堡（Castle of

浮士德　萬霍德公爵！一位令人敬重的紳士，我不好吝於展現本
事。來！魔菲思拖弗利斯，我們去見他。

　　同下

Vanhalt，約建於1100年）而得名。

【第二景】

（浮士德與魔菲思拖弗利斯同上。）萬霍德公爵與（懷孕
中的）公爵夫人隨後上。

公爵　　說真的，博士大師，這種歡樂的氣氛讓本爵太高興了。

浮士德　大人，您這麼滿意，在下也感到欣慰。——呃！夫人，
　　　　或許您並不喜歡。我聽說，懷孕的女人都想吃些美味
　　　　或別的，您想吃什麼？夫人？請夫人明示，您會得償所
　　　　願的。　　　　　　　　　　　　　　　　　　　　　　5

夫人　　多謝啦！好心的博士大師。既然你有心討我喜歡，我
　　　　也不願意把心中渴望的東西瞞著你。如今正值正月隆
　　　　冬時節，果真現在是夏日，我想要的莫過於一盤熟透的
　　　　葡萄。

浮士德　哎唷！夫人，小事一樁。（對魔菲思拖弗利斯旁白）　10
　　　　魔菲思拖弗利斯，去吧！

　　　　魔菲思拖弗利斯下。

　　　　就算還有比這樁更難的事，只要夫人滿意，就能如願。

　　　　魔菲思拖弗利斯攜葡萄上。

　　　　葡萄在此，夫人！請嚐嚐看。

　　　　（公爵夫人嚐葡萄。）

公爵　　說真的，博士大師，這真叫我訝異無比。在正月隆冬

時節，你竟然弄得到這些葡萄。　　　　　　　　　　　　　15

浮士德　回稟大人，整個世界的一年分成兩個半球①。我們此
地多天的時候，對面半球他們卻是夏天，像是在印度、
沙巴以及遙遠的東方諸國。透過我手下的魔鬼，大人看
到的葡萄，就是從那兒快速取來的。——還喜歡吧？
夫人！味道可好？　　　　　　　　　　　　　　　　20

夫人　　說真的，博士大師，這些都是我生平嚐過的葡萄中最好
的。

浮士德　夫人如此滿意，在下甚爲欣慰。

公爵　　來！夫人，我們且入內。
請務必厚賞這位飽學之士，　　　　　　　　　　　　25
以答謝他對你的盛情。

夫人　　公爵，理當如此，在我有生之年
這番美意都將銘感在心。

浮士德　敬謝夫人。

公爵　　來！博士大師，請隨我們來領賞。　　　　　　　　30
同下

───────────────

①　原文circles(=hemispheres)指南北兩半球氣候帶，但浮士德卻用以指
東西兩半球：西半球即歐洲等地，東半球指印度等遠東諸國。按：沙
巴(Saba或作Sheba，參見本書頁48，註⑭)即今葉門(the Yemen)，當
時以出產香料聞名。

第五幕

【第一景】

華格納上

華格納 主人頗有辭世意，
只因賜贈物品不剩餘。
但我想，果真近死期，
當不會大吃大喝狂飲宴，
此時與學生一起狂飲；
晚餐如此痛飲歡鬧，
華格納就不曾看過。
呃！他們來啦。看來餐宴已散。
（下）。浮士德、兩三名碩士生（與魔菲思拖弗利斯）同
上。

碩生甲 浮士德博士大師，自從我們討論美女以來 —說起天底

5

下究竟誰最美麗— 我們全都公認希臘的海倫①才是有　10
史以來最叫人愛慕的。爲此，博士大師，若蒙惠允，讓
我等看到這位舉世稱羨的希臘絕世美人，我等都將感激
不盡。

浮士德　各位，

本人深知各位的友誼甚真誠，　　　　　　　　15

而浮士德又不慣於拒絕

真誠相待者的合理要求，

你們會看到這位希臘的絕世美女；

雍容華貴有如

當年巴利斯爵士②跟她一同渡海　　　　　　　　20

帶著戰利品③到富裕的達達尼亞④去時一樣。

---

① 海倫(Helen)爲麗達(Leda)與天神宙斯(Zeus)的女兒，嫁給斯巴達國
　王曼尼勞斯(Menelaus)。後來，在埃達山(Mt. Ida)上牧羊的特洛伊城
　王子巴利斯(Paris)爲天后席拉(Hera)、雅典守護神雅典娜(Athena)與
　愛神雅符羅戴緹(Aphrodite)仲裁金蘋果誰屬的爭議；巴利斯裁定金蘋
　果應屬愛神，愛神也讓天下第一美女海倫跟他私奔，因而引發了10年
　的特洛伊戰爭(Trojan War)。
② 戲文中給巴里斯冠上Sir的稱號，似將他當做中世紀浪漫傳奇
　(romance)中的英雄看待，而成爲海倫的情人。這種將古典神話中世
　紀化的做法，當時常有可見。
③ 此處所謂的「戰利品」(spoils)指巴里斯在希臘所獲得的一切，包括
　海倫在內。
④ 達達尼亞(Dardania)原本爲達旦諾斯(Dardanus)在赫勒斯旁海峽(the
　Hellespont)南端的亞洲一側所建的城，後來成爲特洛伊城(Troy)的一
　部分。雅典娜成爲特洛伊城的守護神，一說是因達旦諾斯把雅典娜的
　神像(Palladium)安置在城內之故。詩人因往往以達達尼亞(Dardania)
　稱特洛伊城。又，古典神話中以達旦諾斯爲羅馬開國英雄伊尼亞斯
　(Aeneas)的祖先；赫勒斯旁海峽即今達達尼爾海峽(the Dardanelles)。

　　　　且請肅靜，多言招禍⑤。

　　　　樂聲響起。（魔菲思拖弗利斯帶著）海倫上；海倫橫過戲
　　　　台⑥。

碩生乙　舉世愛慕她的雍容華貴，

　　　　我卻因才智平庸，無法多讚一辭。

碩生丙　難怪憤怒的希臘人會為了報復，　　　　　　　　　　25

　　　　興動干戈十年，只因美后遭誘拐，

　　　　貌若天仙無與倫比。

碩生甲　既然已經見識過自然界的傑作

　　　　和唯一完美的典範，

　　　　一老人⑦上

　　　　我等就此告辭；為感謝這椿光彩的作為，　　　　　　30

　　　　謹祝浮士德永遠幸運。

浮士德　各位，再會！我也祝福各位永遠幸運。

　　　　眾碩士生下

---

⑤　原文danger is in words指陰魂出現時，只能靜觀，不許多言，否則必
　　然招禍；早先亞歷山大大帝的陰魂出現時（第4幕第1景），浮士德並未
　　如此提醒觀者。

⑥　這種說明常見於伊莉莎白時代戲台說明中。海倫或從庭院進場，橫過
　　戲台，再由另一邊的庭院出場；不過，此處海倫只是由一門進，由另
　　一門出而已。

⑦　老人雖為具體人物，但其能勝過魔法，似又如中世紀道德劇中的智慧
　　老人（wise old counsellor）或善天使，能「飛向上帝」。我們不知老人
　　的信心是否使他免除身體受害，或只是殉道的精神勝利。無論如何，
　　由他勸誡的話中顯示浮士德自願放棄救贖，而他則戰勝地獄；據英譯
　　本《浮士德傳》上的載述，老人的身體不受傷害，適與浮士德成一對
　　比。

老人　　唉！浮士德博士，但願我能
　　　　引你踏上生命之道，
　　　　經由甜美的路徑達成目標　　　　　　　　　　35
　　　　帶領你去獲得天國的安息！
　　　　碎心淌血攙和著淚水——
　　　　淚水因最卑鄙最噁心的穢行
　　　　而從懊悔的傷悲中滴下，
　　　　惡臭腐化了在內的靈魂　　　　　　　　　　　40
　　　　以如此窮兇極惡的罪孽，
　　　　沒有憐憫可以驅散，
　　　　浮士德，除了救主的慈悲，
　　　　唯其鮮血方能洗滌你的罪。

浮士德　你到底在哪？浮士德！可憐的人哪！你幹了甚麼好事？45
　　　　你註定永劫不復了，浮士德，永劫不復！絕望而死吧！
　　　　地獄主張它的權利，以咆哮的聲音
　　　　吼道[8]：「浮士德，過來！時刻已到。」
　　　　魔菲思拖弗利斯給他一把匕首[9]。
　　　　如今，浮士德必將自食其惡果。

---

[8]　地獄口在中世紀畫像與戲劇中通常形如獸口。舊約中的邪惡之聲如獅吼（見詩篇〔第22篇第13節〕、以西結書〔第22章第25節〕等）；不過，上帝的聲音也如獅吼（例見何西阿書〔第11章第10節〕）。

[9]　在都鐸王朝（Tudor dynasty, 1485-1603）時代的戲劇中，給人匕首（dagger）就是要對方自殺，亦即要對方絕望；《倫敦之鏡》（A Looking-Glass for London）中，惡天使拿一把刀與一條繩索給放高利貸者（usurer）便是一例。中國古代像吳王夫差賜死吳子胥，也賜劍令其自戕。

（正待自戕）

老人　啊！且慢！好浮士德，停下絕望的腳步！　　　　　50
　　　　我看見天使盤旋在你的頭上，
　　　　拿著滿滿一瓶珍貴的神恩，
　　　　正待注入你的靈魂裡。
　　　　祈求憐憫、避開絕望吧。

浮士德　啊，我親愛的朋友，您的話語　　　　　　　　　55
　　　　撫慰了我悲苦的靈魂。
　　　　且暫離片刻，容我仔細思己過。

老人　親愛的浮士德，我滿懷著哀戚的心情離開你，
　　　　只怕你那無望的靈魂遭毀滅。
　　　　老人下

浮士德　被詛咒的浮士德，如今慈悲在哪？　　　　　　60
　　　　我由衷懺悔，也真心絕望，
　　　　地獄與神恩在我胸中相持不下。
　　　　我當如何自處才能避開死亡陷阱？

魔　　你這叛徒，浮士德；我要逮捕你的靈魂，
　　　　因為你違抗我主。　　　　　　　　　　　　　65
　　　　背叛上帝，否則將你碎屍萬段。

浮士德　親愛的魔菲思拖弗利斯，懇請你的主人
　　　　饒恕我的狂妄無禮，
　　　　我願意再以鮮血堅定

| | 先前對露西弗發過的誓言⑩。 | 70 |

魔 那就快以至誠的心悔過，
以免猶豫招致更大的危險。

（浮士德割其臂，沾血寫著。）

浮士德 親愛的朋友，這名卑鄙的老頭子
膽敢慫恿我背叛露西弗，
且以地獄能給的最大痛苦煎熬他。　75

魔 他的信心堅定，我無法碰觸他的靈魂。
但只要有辦法折磨他的肉體，
我就會試著去做，只是這無濟於事。

浮士德 好僕人，容我懇求你一樁事
以滿足我內心的渴望：　80
我最近見過貌若天仙的海倫，
意欲將她當情婦。
她那甜蜜的擁抱可以完全消除
一切背誓之念，
使我謹守我對露西弗發過的誓言。　85

魔 浮士德，這樁事或你祈願的任何事，
轉瞬間即可實現。

（魔菲思拖弗利斯帶）海倫上

浮士德 就是這張臉龐啟動了千艘船艦

---

⑩ 英譯本《浮士德傳》第49章中的載述，浮士德係在首次契約書寫成後
17年的7月25日在威登堡再度被迫以鮮血寫下契約書，內容與首次寫
的完全相同。

去焚燬高聳入雲的特洛伊城樓⑪？

甜美的海倫，給我一吻成永恆。　　　　　　90

（親吻）

她的香唇勾走了我的靈魂。瞧！靈魂出竅就在那！

來！海倫！來！再將靈魂還給我。

（再吻）

我要常駐在此地，只因天堂就在兩片香唇間，

凡不屬於海倫的，皆是渣滓。

老人上

我願充當巴里斯，爲了愛你　　　　　　　　95

橫遭擄掠的寧可不是特洛伊，而是威登堡，

我要和懦弱的曼尼拉斯⑫殊死戰

戴著你的旗幟在我的羽盔上。

欸！我將挫傷亞奇里士的腳後跟⑬

---

⑪　特洛伊(Troy)係達旦諾斯（參見本書頁94，註①）之子伊利歐斯(Ilios)
　　所建，故稱伊利姆(Ilium)，係今土耳其境內西亞西北部特洛亞德(the
　　Troad)的一城，其地高起，俯瞰司堪曼德(Scamander)與昔莫伊斯
　　(Simois)兩河的交界處以及赫勒斯龐海峽(the Hellespont, 即今達達尼爾
　　海峽(the Dardanelles))南面，以10年的特洛伊戰爭(Trojan War)聞名。
⑫　戲文中以「懦弱」(weak)稱曼尼勞斯(Menelaus)，實則荷馬(Homer)
　　筆下的曼尼勞斯也是希臘英雄中的佼佼者，曾在一次對決中重創巴里
　　斯(Paris)。若非愛神及時救援，巴里斯恐怕早已死在曼尼勞斯手下；
　　事見《伊里亞德》(The *Iliad*)，第3篇。
⑬　亞奇里士(Achilles)為特洛伊戰爭中最偉大的希臘英雄，後因右腳跟
　　被巴里斯射中一箭而死。按：亞奇里士係莫密頓(Myrmidon)國王皮
　　留斯(Peleus)與海中女神西緹絲(Thetis)之子。生後，其母將他泡在地
　　獄中的恨河(Styx)中，以是全身刀槍不入；但因母親捉著的右腳跟未
　　曾泡到河水，以致成為全身唯一致命之處。

　　　然後回到海倫的身邊博得一香吻。　　　　　　　100

　　　啊！你的豔麗超越夜空，

　　　點綴著千顆繁星美無涯！

　　　你的光輝凌駕熊熊烈燄中的朱庇特，

　　　當他現身面對不幸的西蜜莉⑭；

　　　你的可愛勝過照耀穹蒼的天帝公，　　　　　　105

　　　投身在熱情女神阿瑞蘇莎⑮湛藍的臂彎裡。

　　　可當我情婦的只有你！

　　　（浮士德、海倫與魔菲思拖弗利斯）同下

老人　浮士德真該咒，可悲的人哪，

　　　你將天恩逐出自己的靈魂外，

　　　也已遠離上帝審判的座位前！　　　　　　　　110

　　　眾魔（隨魔菲思拖弗利斯）上。（威嚇著老人。）

　　　撒旦開始以其傲氣試煉我。

---

⑭　西蜜莉（Semele）係提比斯（Thebes）開國始祖嘉德墨斯（Cadmus）與哈
　　墨妮雅（Harmonia）的女兒，為天神宙斯（Zeus）所迷戀。在天后席拉
　　（Hera）的慫恿之下，她要求天神以本相現身。由於天神先已指過恨河
　　（Styx）發誓，只好照辦。西蜜莉因遭天神的神光雷火燒死；而天神則
　　在西蜜莉橫遭燒死之前，及時救出她腹中的胎兒戴奧尼希斯
　　（Dionysus）。西蜜莉與阿克提恩（參見本書頁83，註②）都是由於想知
　　道神的秘密（the hidden nature of a divine being）而喪命。按：朱庇特
　　（Jupiter）為羅馬天神，亦即希臘天神宙斯。

⑮　阿瑞蘇莎（Arethusa）為希臘南部伯羅奔尼徹（Peloponnesus）半島上西
　　北部城邦伊里斯（Elis）的一名山林女神，曾在阿爾菲斯河（Alpheus）中
　　洗浴時，為河神窺見。河神因激起情慾而窮追不捨。阿瑞蘇莎無奈，
　　由地底逃到西西里島（Sicily）仍無法脫身，女獵神戴安娜（Diana）因將
　　她變成一道水泉。

猶如上帝將在爐中考驗⑯我的信心。

可惡的地獄啊！我的信心仍將戰勝你！

野心勃勃的眾妖魔，且看上天如何笑看

你們被擊退，如何譏諷你們的威力。 115

滾吧！地獄！因為我將飛向上帝的懷抱去。

同下

---

⑯ 新約路加福音上載述耶穌告訴西門的話，說：「撒旦想要得著你們，
好篩（sift）你們，像篩麥子一樣」（第22章第31節）；「篩」（sieve）本
為竹器或木器，可以漏細留粗，有選取之意，引伸為「試煉」、「考
驗」等意。

【第二景】

浮士德與眾碩士生上

浮士德 唉！各位！

碩生甲 怎麼啦？浮士德！

浮士德 唉！我親愛的室友！要是我當初跟你們同住，就還會活
著，如今必須永遠死去。看！他不就來了嗎？他不就來
了嗎？ 5

（眾碩士生議論紛紛）

碩生乙 浮士德，您說甚麼？

碩生丙 恐怕是太孤獨，生了什麼病。

碩生甲 果真如此，我們去找大夫，將他治好。（對浮士德說）
只是吃太多。呃！別擔心。

浮士德 是罪太多，致使靈肉二者萬劫不可復。 10

碩生乙 喔，浮士德，仰望上蒼。記住上帝的慈悲是無限的。

浮士德 但浮士德罪無可赦；誘惑夏娃的蛇還可獲得救贖，但
浮士德不能。唉！各位，耐心聽我說，不要聽了我的
話顫抖。想起我在此地當學者的三十年時光，我的心
就不由得狂跳劇動。啊！但我寧可不曾見到威登堡， 15
不曾唸過書！而我所展現的奇跡異行，全日耳曼，對！
全世界有目共睹。但浮士德卻為此失去了日耳曼，失去

了全世界。唉！失去了天國本身——天國、上帝的寶
座、蒙福者的座位、喜悅的國度——而必須永遠沉淪
在地獄。地獄！唉！永遠在地獄！各位親愛的朋友，　20
浮士德永遠在地獄的下場到底會如何？

碩生丙　喔！浮士德，祈求上帝吧。

浮士德　祈求浮士德誓絕過的上帝？祈求浮士德褻瀆過的上
帝？唉！我的上帝，我想哭，但魔鬼吸乾了我的淚水。
湧流而出的是血水，不是淚水；啊！是生命和靈魂。　25
啊！他箝住了我的舌頭！我想舉起雙手；可是，瞧！他
們抓住了我的手，抓住了我的手。

眾　　　是誰，浮士德？

浮士德　露西弗和魔菲思拖弗利斯。唉！各位！我給了他們靈魂
去換取魔法。　　　　　　　　　　　　　　　　30

眾　　　上帝不許！

浮士德　上帝的確不許，但浮士德已經做了。為了二十四年空
洞的歡樂，浮士德失去了永恆的喜樂和至福。我用鮮
血寫給他們一紙契約書。期限已滿，時刻將至，他就
要把我抓走了。　　　　　　　　　　　　　　　35

碩生甲　浮士德，為何不早告訴我等這樁事，好讓神職人員為
您禱告？

浮士德　我也常想這麼做，但只要我提到上帝之名，魔鬼就以
碎屍萬段要脅；只要我聆聽神音，就要抓走我的軀體
和靈魂。如今，為時已晚。各位，走吧！免得與我同　40
歸於盡。

碩生乙　啊！我等有何辦法可救浮士德？

浮士德　別管我，保命離開吧。

碩生丙　上帝會給我力量，我願意留下來陪浮士德。

碩生甲　（對碩生丙說）不要試探上帝，親愛的朋友；我等且　45
　　　　到隔壁房間去為他禱告吧。

浮士德　對，為我禱告，為我禱告！無論聽到甚麼聲響，都別來
　　　　看我，因為甚麼都救不了我。

碩生乙　您也祈禱，我們將祈請上帝寬恕您。

浮士德　各位，再會了。如果直到早晨我還活著，就會去看你　50
　　　　們；否則浮士德就是下地獄去了。

眾　　　浮士德，再會了。
　　　　眾碩士生下。時鐘①敲十一下。

浮士德　唉！浮士德，
　　　　如今生命僅存一小時，
　　　　然後勢必永沉淪。　　　　　　　　　　　　　　　55
　　　　別動，你們這些運轉不息的眾星體
　　　　務使時間停止午夜永不臨！
　　　　燦爛的自然之眼②，升起再升起，造就

---

①　英譯本《浮士德傳》上原為沙漏（hour glass），馬羅改用watch與clock，
以聲響製造戲劇效果。按：watch與clock皆指鐘面（dial or clock-face），
而非指現代的時計（small pocket chronometer）。按：首座機械鐘於西
元1335年建在米蘭。英國最早的鐘於1386年建在莎莉斯堡（Salisburg）
大教堂，法國盧昂的鐘建在1389年。這些鐘全都屹立至今。莎莉斯堡
的鐘整點敲響，盧昂的鐘每刻鳴響一次。最早的室內鐘出現在14世紀
末期。錶在1500年間由紐倫堡鎮匠亨萊恩（Peter Henlein）發明。戲文
中的watch與clock應屬室內鐘，每逢半點與整點敲響。

永晝；否則就讓這一小時變成
一年、一月、一週、一個自然日，　　　　　　　60
好讓浮士德懺悔救靈魂！
「啊！慢慢跑，慢慢跑，黑夜之馬！」③
星辰運轉不息，光陰飛逝，時鐘將敲響；
魔鬼一到浮士德勢必遭永劫。
啊！我要躍向上帝！是誰把我拉下來？　　　　65
看哪！看哪！基督的血流動在天際！
一滴，只要半滴即可救我魂。啊！我的基督！
啊！呼喚基督之名切勿撕裂我的心！
但我偏要呼求主耶穌。啊！饒我命吧，露西弗！
如今又在哪？消失了；只見上帝　　　　　　　70
張開臂膀蹙眉橫目現怒容！
高山矮丘皆來覆壓我，
讓我躲離上帝的盛怒氣④！

---

② 原文Nature's eye指「太陽」(=the sun)。
③ 原文 *O lente, lente, currite noctis equi!*(=O run slowly, slowy, horses of the night!) 引自羅馬詩人奧維德(Ovid)《情愛》(*Amores*)一詩的一行 (I.xiii.40)，原文作：*lent currite, noctis equi*(=stay night, and run not thus)，意謂：詩人希冀黑夜永不終結，好讓他長擁情人入懷。這是《浮士德博士》全劇最後、也最著名的諷刺。按：馬羅曾譯有奧維德《哀歌》(*Elegies*)，譯文為："Then wouldst thou cry, stay night and runne not thus"(你會喊道：停下吧，黑夜！別這樣跑動)，與此相近。
④ 舊約何西阿書上說：「他們必對大山說：『遮蓋我們』；對小山說：『倒在我們身上』」(第10章第8節)；新約路加福音上說：「那時，人要向大山說：『倒在我們身上』；向小山說：『遮蓋我們』」(第23章第30節)；啟示錄上說：地上的君王等人「向山和巖石說，倒在

不，不！

我將一頭栽進地底裡。　　　　　　　　　　　　　75

大地啊，裂開大口！啊！不！大地不願收容我。

群星在我生時主宰我命運，

註定死亡地獄發揮影響力⑤，

且將浮士德化成濛濛迷霧，

吸進彼處騷動的雲層裡，　　　　　　　　　　　　80

等你吐到空氣中，

我的肢體就從煙霧迷漫口中冒出來，

好讓靈魂上升至天國⑥。

（時鐘敲響）

啊！已過半小時！

不久時間即將全流逝。　　　　　　　　　　　　　85

啊！上帝，

你不垂憐我的魂，

也請看在基督用血救贖我的情份上；

終結痛苦有止境。

就讓浮士德沉淪地獄一千年、　　　　　　　　　　90

我們身上罷，把我們藏起來，躲避坐寶座者的面目和羔羊的忿怒」（第6章第16節）。以上各節似即戲文的依據。可參酌之。

⑤　原文influence指群星流出的乙太液（ethereal fluid），能影響人的個性與命運。

⑥　舊約以賽亞書上說：「明亮之星，早晨之子啊，你何竟從天墜落？……你心裡曾說：『我要升到天上，我要高攀我的寶座在上帝眾星之上，……我要升到高雲之上，我要與至上者同等』」（第14章第12節-第14節）。

十萬年，最後終究獲救贖。

唉！墮落的靈魂無絕期！

爲何你非牲畜無靈魂？

爲何你有靈魂至永恆？

啊！畢達哥拉斯靈魂轉世說⑦若屬實，　　　　　95

這顆靈魂就該離我投生

當畜牲。

畜牲都幸運，只因死臨頭，

靈魂霎時溶解元素中；

偏偏我的靈魂必須永墮地獄受煎熬。　　　　　100

詛咒生身父母親！

不！浮士德，詛咒自己，詛咒露西弗，

是他剝奪你上天國享喜樂。

時鐘敲十二下

啊！敲了！敲了！如今但願軀體變化成空氣，

否則露西弗就要將你活活拖下地獄去。　　　　105

雷電交加

啊！靈魂，化成小水滴，

落入大洋消失無蹤跡⑧！

---

⑦　畢達哥斯拉（Pythagoras, fl. 569-470 B.C.）係薩莫斯（Samos）人，為西元前6世紀的希臘哲學家；其「靈魂轉世說」（metempsychosis）認為：靈魂可由一個體轉到另一個體或其他形式的生命（transmigration of souls）。這種靈魂可投胎轉世的學說對伊莉莎白時代影響甚鉅，經常可在戲本看到；例見莎翁《第十二夜》（*Twelfth Night*）、《如願》（*As You Like It*）等劇。

我的上帝，我的上帝，請別如此相瞪惡狠狠！

（露西弗、魔菲思拖弗利斯與其他）眾魔上。

小毒蛇、大毒蛇，暫且容我喘息片刻間！

醜陋的地獄，別張口。不要過來，露西弗——

我願燒燬書本⑨。啊！魔菲思拖弗利斯！

（眾魔與）浮士德同下⑩

110

---

⑧ 中世紀阿拉伯哲學家認為，心靈宇宙一如大洋，每個人的靈魂只是暫
　離大洋的一滴水；死時則回到世界靈魂的大洋，無影無蹤。

⑨ 原文books指魔法書（books of magic）；魔法師在放棄其魔法時，總要
　誓言拋棄或燒毀其魔法書；參見莎翁《暴風雨》（*The Tempest*, c1611）：
　　　　　I'll break my staff,
　　　　　Bury it certain fadoms in the earth,
　　　　　And deeper than did ever plummet sound
　　　　　I'll drown my book. (V.i.54-57)

⑩ 群魔或係將浮士德拉下「地獄」，然後將其肢體散置在戲台上。不過，
　依英譯本《浮士德傳》上的載述，浮士德的屍體散遍室中，B本第5
　幕第3景拉開內台戲幕露出其肢體，應為所據。

【收場白】

舞歌員上

舞歌員 原可筆直長成的樹枝被砍折，

阿波羅的月桂樹①枝枒遭焚燬，

儘管一度曾在這位飽學之士的心中成長。

已矣乎！浮士德的沉淪誠可悲，

受盡惡魔左右的噩運足資智者勸，　　　　　5

不法之事僅可讓人望之以生畏。

才智之士反遭奧義誘惑而受害，

只因超越上蒼容許的範圍外。

下

時日終須盡，撰者結全劇②。

---

① 月桂樹代表象徵智慧與預言之神阿波羅（Apollo），其神廟在德爾菲
（參見本書頁19，註㉔）；月桂（laurel）象徵「獎賞」、「勝利」、「成
就」、「學識」等。古希臘及以桂冠贈給得勝的英雄或詩人，以示獎
賞或勝利。月桂樹因象徵詩才高超或聲望卓著。由於月桂樹不易燒
燬，因指浮士德若不沉淪，則應有不可磨滅的成就。劇中所用的意象
看似取自古典神話，實則是撰者自己的創發。

② 原文 *Terminat hora diem, terminat author opus*（The hour ends the day, the
author ends his work）一語，評論家咸認為這恐非原作如此，而是印製
A 本者所加；也有可能是馬羅有意顯示：劇本在午夜寫完，正是浮士
德死亡的時刻。

浮士德博士

【B本】

劇中人物表

舞歌員（The Chorus）

約翰・浮士德博士（Doctor John Faustus）　威登堡大學神學博士

華格納（Wagner）　浮士德的僕人、一名工讀生

善天使（Good Angel）

惡天使（Bad Angel）

華爾迪斯（Valdes）

康尼留斯（Cornelius）　魔法師、浮士德的朋友

三名碩士生（Three Scholars）

露西弗（Lucifer）

眾魔（Devils）

魔菲思拖弗利斯（Mephistopheles）　魔鬼

羅賓（Robin）　一名鄉巴佬（the Clown）

一名女魔（A Woman Devil）

狄克（Dick）　一名鄉巴佬

卑爾茲巴柏（Beelzebub）

傲慢（Pride）

貪婪（Covetousness）

嫉妒（Envy）

忿怒（Wrath）　　　　　　　　　　　七死罪（The Seven Deadly Sins）

饕餮（Gluttony）

懶惰（Sloth）

淫蕩（Lechery）

教皇阿德里安（Pope Adrian）

雷蒙德（Raymond）　匈牙利國王（King of Hungary）

卜蘭諾（Bruno）　神聖羅馬帝國皇帝冊立之教皇

法蘭西紅衣主教（The Cardinal of France）

帕都阿紅衣主教（The Cardinal of Padua）

雷姆斯大主教（The Archbishop of Rheims）

洛蘭主教（The Bishop of Lorraine）

眾僧（Monks）

眾修道士（Friars）

客棧老闆（Vintner）

馬提諾（Martino）

菲特烈（Frederick）　朝臣

眾官員（Officers）

眾紳士（Gentlemen）

班華留（Benvolio）

日耳曼皇帝查理五世（The Emperor of Germany, Charles V）

莎克森尼公爵（The Duke of Saxony）

亞歷山大大帝（Alexander the Great）

情婦（His Paramour）　｝陰魂（Spirits）

大流士（Darius）　波斯皇帝

貝利莫斯（Belimoth）

阿吉隆（Argiron）　｝魔鬼

阿西塔羅斯（Ashtaroth）

眾士兵（Soldiers）

一名馬商（A Horse-Courser）

一名馬車伕（A Carter）

一名客棧老闆娘（A Hostess）

萬霍德公爵（The Duke of Vanholt）

萬霍德公爵夫人（The Duchess of Vanholt）

一名僕人（A Servant）

海倫（Helen）　特洛伊美女、陰魂

一名老人（An Old Man）

兩名美少年（Two Cupids）

【開場白】

舞歌員^①上

舞歌員　既非戰神協同迦太基人

　　　　行軍特拉西米尼大戰場^②；

---

① 英國本土戲劇中以《葛柏達克》(*Gorboduc*, 1561)最早模仿古典戲劇
採用舞歌隊，一方面藉以連結劇情，另一方面則藉以評論劇情。不過，
《葛柏達克》中的舞歌隊由4名代表本國民眾的智慧長者組成，而本
劇中的Chorus實際上僅由一名演員（或即浮士德的僕人華格納）擔
任，負責開場白(Prologue)、收場白(Epilogue)以及其間相關部分的告
白(III, IV)，異於古典戲劇中的舞歌隊，而近於道德劇(moralities)中
的醫生（如《每人》(*Everyman*)中者）或評論者(Commentator)，因此
宜譯為「舞歌員」。至伊莉莎白女王(Queen Elizabeth, 在位1558-1603)
統治末年，開場白才漸告式微。本劇中的舞歌員誦唸開場白時，簾幕
垂下；誦畢，簾幕始拉開，露出內台。

② Mars原係羅馬戰神，此處指羅馬軍隊。迦太基人(Carthaginians)居在
北非沿岸，善於航海與經商，曾因爭奪地中海霸權而與羅馬帝國交
惡。雙方發生3次布匿克戰爭(Punic Wars, 264-241 B.C., 218-201 B.C.,
149-146 B.C.)。其中，第2次布匿克戰爭期間，迦太基軍隊在漢尼拔
(Hannibal, 247?-183? B.C.)將軍的領導下，於西元前217年在義大利中
部翁布里亞(Umbria)地區特拉西米諾(Lake Trasimeno)大破羅馬軍
隊。當時，羅馬軍隊在執政官符拉米尼爾斯(Gaius Flaminius, ?-217
B.C.)的率領下，正沿著湖岸南行。漢尼拔在清晨濃霧的掩護下，由
左側與後面襲擊。羅馬軍隊突遭埋伏，幾乎全軍覆沒，死亡人數多達
1萬6千人，符拉米尼爾斯亦兵敗陣亡。馬羅顯然對這樁史實不甚了
然。由於劇情無關漢尼拔在義大利的任何事件，因而引發評論家揣
測，認為此處可能指的是劇團早先演過的一齣英雄劇。

　　　　亦非就在篡位奪權的宮廷裡，

　　　　調情說愛相嬉戲；

　　　　更非傲然無畏誇偉業③，　　　　　　　　　　5

　　　　吾等繆思欲藉神詩④誇示⑤妙無比。

　　　　如今戲台上的搬演將以

　　　　浮士德命運的好壞爲主題⑥，

　　　　懇求諸君耐心評賞下裁決。

　　　　且先述說浮士德的童稚期。　　　　　　　　10

　　　　誕生之時雙親出身皆寒微，

　　　　居住日耳曼羅德⑦小城裡。

　　　　年歲稍長前往威登堡⑧，

---

③　原文dalliance of love 或指《迦太基女王戴朵》(*Dido, Queen of Carthage*)
　　一劇的情節；proud audacious deeds 或指《帖木兒》(*Tamburlaine the*
　　Great)東征西討的偉業而言。但這兩樁事無關本劇劇情。

④　希臘神話中共有九位繆思(Muses)女神，專司文藝、歷史與天文，爲
　　呼求靈感的對象。不過，此處的繆思女神指馬羅本人。又，原文 divine
　　verse 指詩體神妙的「悲劇」而言。

⑤　此處原文vaunt(誇示)A本作daunt(＝control)。由上下文義來看，vaunt
　　似較勝。

⑥　馬羅喜歡在詩行中製造同音反覆(polyptoton)，像此處的perform/form
　　即爲一例；他如第2幕第3景中的terminè／term'd(第40行)等，亦屬此
　　類，旨在取其諧音悅耳，以造成快感。

⑦　羅德(Rhode 即 Roda，1922年以後易名Stadtroda)地在吉納(Jena)附
　　近、威瑪(Weimar)東南，係日耳曼中部薩克斯-阿爾騰堡(Saxe-
　　Altenburg)公國內一城，爲史實上浮士德的出生地。

⑧　威登堡(Wittenberg)係一處大學城，爲宗教改革的發源地，四折本寫
　　成Wertenberg，因常與Württemberg混淆。或謂馬羅有意如此混淆，
　　畢竟宇登堡(Württemberg)提賓耿(Tübingen)正是以改革聞名。按：威
　　登堡爲宗教改革家馬丁‧路德(Martin Luther, 1483-1564)與梅蘭克松

多蒙親族養育相提攜。

鑽研神學多受益，　　　　　　　　　　　　15

旋即獲頒博士名，

辯才無礙立論無人可匹敵

特藉神學論天旨意蓋群倫；

終以炫學恃才忒自負，

拍動蠟翅飛向無邊際，　　　　　　　　　　20

蠟翅熔化慘遭諸天同摒棄[9]。

只因貪迷妖魔鬼技倆，

如今饜足黃金禮物般學識，

飽餐魔法[10]堪詛咒；

（Philipp Melanchthon, 1497-1560）等歷史人物，莎翁筆下的哈姆雷特
（Hamlet）等文學人物的母校，以懷疑論與宗教改革的搖籃聞名於世；
不過，馬羅筆下的這所薩克遜大學（Saxon University）似更接近他自己
的母校劍橋大學。

[9]　狄德勒斯（Daedalus）為希臘神話中的一名巧匠，曾為克里特島（Crete）
國王邁諾斯（Minos）設計一座迷宮。其後因洩露逃出迷宮之法，而遭
邁諾斯將他與兒子艾克魯斯（Icarus）關進迷宮之中。為了脫身，他用
羽毛與蜂蠟製造兩副翅膀，打算由空中飛越大海。不幸的是，在飛行
途中，艾克里亞斯忘卻父親的諄諄告誡，愈飛愈高，高得太近太陽，
致使粘著翅膀於身軀的蠟熔化而摔落愛琴海（the Aegean Sea）溺斃。艾
克里亞斯墜海身亡的神話故事為文藝復興時代歐洲家喻戶曉的象
徵，經常引為學習魔法妖術者誡。

[10]　原文 necromancy 指「交鬼術」、「關亡術」或「通靈術」，源於希臘
文νεκρος（nekros），意為「屍體」（corpse）。通靈術指用咒語召遣亡魂，
藉問答、占卜以預知未來或其他相關訊息之術。此術盛行於古代亞
述、巴比倫、埃及、希臘與羅馬，至文藝復興時代仍相當普遍。荷馬
史詩《奧德賽》（The Odyssey）中，奧德賽（Odysseus）曾下地獄召請預
言家泰瑞西亞斯（Tiresias）詢問未來；希臘半島東北部西莎利

醉心巫術始覺甘如飴，   25
不愛至福愛妖法。
此君正自獨坐書房裡。
（下）

（Thessaly）一代古昔常由祭司或專業通靈師召魂。舊約中，像申命記
（第18章第10節-第11節）曾明文禁止；他如撒母耳記（第28章第7節-第
19節）等，也都曾提及。基督教會對此一向禁止，行通靈術者往往受
到囚禁之類的懲罰。

第一幕

【第一景】

浮士德在書房

浮士德　設定你的研究，浮士德，開始
探測即將專精的學識有多深。
學位既已取得，表面上當個神學家，
但要以每種學科的終極為目標，
終生浸淫在亞里斯多德學說中：
迷人的分析學[1]，是你給我狂喜！

---

[1]　分析學（Analytics）指亞里斯多德（Aristotle, 384-322 B.C.）《前分析篇》
（*Analytica priora*）與《後分析篇》（*Analytica posteriora*）等兩部論邏輯
的專著。亞氏所謂的邏輯，旨在定義一種實體分類與批評的方法。邏
輯並非一門科學，而是一種認識論的程序；藉語言精確描述程序，故
為追求科學研究的基礎。亞氏提出三段論法（syllogism）來處理推論性
問題。由於三段論法只由普通原則推求個別事例，因此亞氏又提出歸
納法（induction），以個別事例推演出一般性原則。

5

（誦讀）「善辯是邏輯最主要的目的。」②

善辯是邏輯最主要的目的嗎？

這門學問沒有更神妙之處嗎？

不必再唸；你的目的已達成。　　　　　　　　　　　10

浮士德的才智宜於研究更深奧的課題。

且向「哲學」③說再會。葛倫④，來吧！

當個醫生吧！浮士德。堆積黃金，

憑藉回春妙手留芳百世。

（誦讀）「醫療的目的在求身體健康」：　　　　　　15

② 原文 *Bene Disserere est finis logices* 引自16世紀哲學家拉穆斯（Pietrus Ramus, 1515-1572）《辯證法》（*Dialecticae*）一書，而非引自亞里斯多德的著作。

③ 原文 *Oeconomy* A本作 *On kai me on*（= Oncaymaeon），引自古希臘懷疑論詭辯學家高嘉斯（Gorgias of Leontini, 483-375 B. C.）的話，意為「實有與虛無」（being and non-being，即哲學）。不過，註解家咸認為 Oeconomy 或指亞氏的家庭管理（domestic management）。

④ 葛倫（Galen, 拉丁文全名 Galenus Claudius, 130?-200?）係紀元後2世紀的一位希臘醫師，生於貝爾嘉蒙（Pergamon, 即今土耳其西部 Bergama）。該地係當時羅馬帝國的醫學重鎮，市區建有醫術神殿、醫學學校及圖書館。葛倫原本接受哲學教育，後因夢見藥神啟示，遂改習醫學。他首先以動物實驗研究生理學，為現代醫學的發展奠基。一生論著3百種，為中世紀的醫學權威，對解剖生理學（anatomico-physiology）的貢獻最大，其思想影響拜占庭與伊斯蘭教文明千餘年，至文藝復興時期仍為西方科學思想的主力。像《論醫學經驗》（*On Medical Experience*）、《論自然機能》（*On the Natural Faculties*）、《論身體各部的運作》（*On the Use of Parts*）、《論呼吸》（*On Respiration*）以及《論醫術》（*On the Art of Healing*）等，都是當時醫界的權威之作。由於他在醫學上的成就，因成為「醫師」的代稱。又，《浮士德博士》首演時，倫敦剛剛遭受瘟疫的蹂躪不久，死者至少1萬1000人。浮士德拒絕醫學，想必給觀眾不小的震撼。

醫療的目的在求身體健康。

喲！浮士德，還未達成此目標嗎？

你的處方不都如紀念碑被供奉？

多少城鎮賴以逃過瘟疫，

千種絕症賴以減輕痛苦？　　　　　　　　20

但你依舊是浮士德，依舊是個人。

能讓人永生不死，

或起死回生，

這種工作才值得敬重。

醫學，再會啦！查士丁尼⑤在哪？　　　　25

（誦讀）「同一物件遺贈給兩人，

則一人得到物件本身，另一人得到等值的物件」

好一樁有關遺產的小案件！

（誦讀）「父親不能剝奪兒子的繼承權，除非──」⑥

這是法典的主旨，　　　　　　　　　　30

也是法律的通則⑦。

---

⑤　查士丁尼一世（Justinian I, 在位527-565）係東羅馬皇帝，在位期間曾造就了古羅馬帝國最後一段輝煌的政治與文化。為了重建羅馬帝國的版圖及其傳統，他先跟波斯和解，然後遠征北非，奪回西西里島和義大利，滅東哥德王國，將西哥德人逐出西班牙南部，使地中海再度成為羅馬帝國的內海，可惜這一切都只是曇花一現。而為了建立帝國的秩序，他派法學家特里波尼安（Tribonian, 475-545）編纂《學說彙編》（*Digest*, or *Pendects*）、《法學原理》（The *Institute*）以及《新律》（*Novellae*）等法典，影響後世歐洲法律既深且遠。文藝復興時代當然並不例外。

⑥　兩句話皆引自《法學原理》一書第2篇；前者在第20節，後者在第13節。

⑦　原文law指依據查士丁尼法典甚深的教會法或寺院法（canon law）。此

這種研究合於唯利是圖的賤役，

只爲了身外的臭銅板——

對我來說，太委屈，太小家子氣了。

神學畢竟最爲珍貴。 35

浮士德，好生唸唸傑羅米本聖經[8]。

（誦讀）「罪的代價就是死」[9]。哈！

「罪的代價」云云。

罪的代價就是死？何其嚴苛。

（誦讀）「我們若說自己無罪，便是自欺， 40

真理就不在我們心裡。」[10]

唔！我們若說自己無罪，

便是自欺，真理就不在我們心裡。

我們多半有罪，

處A本作church，文義較不通順。

[8] 聖·傑羅米(St. Jerome, 331?-420?)生於義大利北部司特萊頓(Stridon)，爲基督教苦行僧(ascetic)及聖經學者，一生爲捍衛天主教信仰而奮鬥，而其一生最大的貢獻則是翻譯拉丁文本聖經(即Vulgate)。這本聖經譯文雖在教會引發爭議，並遭排斥，卻逐漸取代舊本拉丁文譯文，成爲13世紀通俗拉丁文本聖經，也是6世紀至宗教革命(the Reformation)唯一通行的本子。傑羅米本人則因博學而有「教會長老」(Doctor of the Church)的雅稱。本文所據的中譯本聖經爲中華聖經會譯《新舊約全書》(香港：中華聖經會，1951年)，不另註明。

[9] 引見新約羅馬書第6章第23節。同節下文爲：「惟有上帝的恩賜，在我們的主基督耶穌裡，乃是永生」，可惜浮士德沒有唸到。

[10] 引見約翰一書第1章第8節。下文爲：「我們若認自己的罪，上帝是信實的、公義的，必要赦免我們的罪，洗淨我們一切的不義」(第1章第9節)，可惜浮士德也沒有唸到。

故難逃一死。　　　　　　　　　　　　　　45
唉！我們勢必永遠遭詛咒。
你說這是什麼教義？「該當發生的，就會發生」：
該當發生的，就會發生。神學，再會啦！
（拿起一本魔法書）
這些魔法師的魔法
和魔法書，神妙至極，　　　　　　　　　50
線條、圓圈、字母、符咒——
嗯！這些才是浮士德最渴望的。
啊！無數的利益、喜悅、
權力、榮耀和無涯的力量
都許給了勤奮的魔法師！　　　　　　　55
在靜止兩極間移動的一切，
將受我支配。帝王
只在轄境內發號施令，
但精擅法術者的領域
一如人心，無遠弗屆。　　　　　　　　60
完美的魔法師是半神：
我要殫精竭慮學習魔法生神性！
華格納！
華格納上
去向我的至友

日耳曼來的華爾迪斯和康尼留斯⑪致意。　　　　65
懇請他們來相見。

華格納　遵命，主人。

（華格納）下

浮士德　他們的意見會比我傾盡全力
更有助益，否則進步不會如此神速。

（善）天使與惡天使同上

善天使　啊！浮士德，拋開這本可咒的書，　　70
別看！免得迷惑了靈魂，
堆積上帝的盛怒在頭上！
唸！唸聖經去，研讀妖書就是褻瀆神。

惡天使　浮士德，唸下去，這門出名的法術裡
自然界的瑰寶全都在。　　　　75
你在人間，一如神在天上，
主宰掌控諸元素。

兩天使同下

浮士德　魔法怎會充溢滿腦海！
我要差遣鬼靈替我取來心所喜？
替我解除心中惑？　　　　80
替我執行任務忒艱險？
我要命其飛往印度⑫取黃金，

---

⑪　華爾迪斯(Valdes)其人其事不詳,或許為虛構人物;康尼留斯(Cornelius)
不是康尼留斯‧阿格里巴(Cornelius Aggrippa),但在馬羅當時,似已
與魔法相關。

搜尋大洋找來東方大明珠，
遍查新世界的各角落，
尋覓美果與珍饈。 85
我要命其為我講述詭異的哲理，
透露異邦君王的秘密。
我要命其築起銅牆保衛日耳曼，
使得湍急的萊茵河水圍繞美麗的威登堡⑬。
我要命其將大學講堂塞滿絲綢的學位服⑭， 90
讓學生穿得光鮮亮麗。
我要用他們取回的錢幣召募軍隊，
驅逐巴馬親王⑮於國境外，
在我們的領土上唯我獨尊；

---

⑫ 印度(India)指東印度(East Indies, or East India)與西印度(West Indies, or the Indies)兩地。東印度泛指印度、印尼與馬來半島等地，特指印尼群島；西印度包括大安地列斯(Greater Antilles)、小安地列斯(Lesser Antilles)與巴哈馬(Bahamas)等群島。

⑬ 萊茵河岸上的宇登堡(Württtenberg)離威登堡(Wittenberg)甚遠。此處顯然又將兩處相混。

⑭ 西元1578年，劍橋大學的校規規定：「只有博士才可穿著繡有絲綢的學位服」，又說：「外袍概以黑色棕色或其他黯色的毛織品製作。」

⑮ 巴馬親王(Duke of Parma)指法尼斯(Alessandro Farnese, 1545-1592)為西班牙在尼德蘭(the Netherlands,包括今荷比兩國)動亂期間派駐當地的總督(1579-1592)。期間，他憑著外交長才，收買當地貴族，連克布魯塞爾(Brussels)與安特衛普(Antwerp)。他在攻陷兩地前，曾於西元1585年間在席爾德河(Scheldt)上造橋封鎖安特衛普；尼德蘭人則於西元1589年間造火船(fiery keel)摧毀之。其後，法尼斯奉命參與無敵艦隊(the Armada)征英計畫。但因遭荷蘭封鎖，以致未能及時與艦隊取得連繫，無功而返。

對！神奇的攻擊性武器　　　　　　　　　　　　95
勝過對付安特衛普橋的火船
我將命令手下的鬼靈去發明。
來，日耳曼的華爾迪斯和康尼留斯，
讓我從你們叡智的談話中受益！
　　華爾迪斯與康尼留斯同上
華爾迪斯，好華爾迪斯和康尼留斯，　　　　　　100
知道嗎？你們的話終於說服我
去習練魔法和秘術。
哲學可憎而晦澀難懂，
法學和醫學只合無聊之輩學，
唯有魔法，唯有魔法才給我狂喜。　　　　　　　105
和善的朋友，務請助我成此事，
而我用精簡的邏輯論證
難倒日耳曼教會的牧師，
使得威登堡的青年才俊
爭相聽我論辯問題，一如陰魂　　　　　　　　　110
在歌聲甜美的繆西爾斯⑯到地獄時湧集身旁；

---

⑯　繆西爾斯(Musaeus)為希臘神話中音樂怪才奧休斯(Orpheus)之子。奧
　　休斯曾以樂聲引石造城；其子據傳為一名詩人。或謂：繆西爾斯為傳
　　說中荷馬前的希臘詩人，為奧休斯的生徒；奧休斯下地獄營救其妻尤
　　里狄西(Eurydice, 事見Ovid X. 1-68)時，曾在眾魂中看到他的頭和肩。
　　繆西爾斯後曾引導創建羅馬帝國的特洛伊英雄伊尼亞斯(Aeneas)到
　　地獄去見其父安凱西斯(Anchises)。馬羅或將奧休斯和繆西爾斯兩人
　　混為一人。

　　也如亞格利帕[17]以巧妙的本事

　　招魂引魄全歐皆尊崇。

華　　浮士德，這些書、你的才智和我們的經驗，

　　將使萬國奉我等爲神聖。　　　　　　　　　　115

　　一如美洲紅番[18]服從西班牙主子，

　　各種元素[19]的鬼靈

　　也將永遠聽命我等三個人。

　　一如群獅隨時衛護我等。

　　宛似日耳曼騎兵持長矛，　　　　　　　　　　120

---

[17]　亞格利帕（Henry Cornelius Agrippa von Nettesheim, 1486-1535）係一名
　　日耳曼人文學者兼名噪一時的魔法家，據傳有招魂引魄之能，著有《秘
　　術》（De Occulta Philosophia）、《知識空虛論》（De Vanitate Scientiarum）
　　等書；其著作旨在闡述文藝復興時代的魔法。

[18]　摩爾人（Moors）爲巴伯（Berbers）與阿拉伯（Arabs）兩族混血種，居在非
　　洲西北，曾於八世紀期間征服伊比利半島，至11世紀才被逐出，再度
　　定居北非。The Moors當時用來泛指黑膚人種；此處的Indian Moors特
　　指美洲印第安人。

[19]　文藝復興時代的人繼承希臘人的說法，認爲一切物質（matter）皆由
　　土、水、空氣與火等4種元素組成。這種理論首由希臘哲學家殷皮德
　　克里斯（Empedocles, 490-430 B. C.）提出；亞里斯多德後來則指出，一
　　切物質的基礎不外冷熱乾4種特性。4元素配上4特性而成：土，乾
　　冷；水，濕冷；空氣，濕熱；火，乾熱。而依鍊金術的說法，每種元
　　素都由一精靈（spirit）主掌。鍊金術源於西元100年時埃及亞歷山卓
　　（Alexandria）港，其理論由兩種理解的層次組成。顯教（exoteric）層次
　　旨在改變卑金屬的成份與比例，以成貴金屬；秘教（esoteric）層次則在
　　鍊金家本身的修煉。不過，像德國醫師培拉西爾西斯（Paracelsus,
　　1493-1541）則探究自然物質的各種變化，以研發出新的用途。至18世
　　紀末，法國化學家拉瓦錫（Antoine Lavoisier, 1743-1794）創立近代化學
　　理論後，鍊金術才銷聲匿跡。

或如拉普蘭巨無霸^⑳隨侍在身旁，

有時又如婦人或在室女

展現仙姿玉容美無倫，

勝過愛情女王^㉑雪白的酥胸。

他們將從威尼斯拖來大船隊^㉒   125

每年從美洲運回金羊毛

年年填滿老菲力浦的財庫，

只要飽學的浮士德下決心。

浮士德　華爾迪斯，此事我心已定

正如你會堅持活下去，故無庸多慮。   130

康　　魔法顯示的奇蹟

將使你誓不鑽研其他事。

---

⑳　拉普蘭(Lapland)位在挪威、瑞典與芬蘭3國北部以及俄羅斯西北科拉
半島(Kola Peninsula)一帶，地近北極圈，面積廣達50萬平方公里。居
民為拉普人(Lapps)，目前約有5萬人口，靠漁、獵、農耕以及採礦伐
木維生。拉普蘭常與巫術魔法發生關連；原文Lapland giants指該地的
人高頭大馬。

㉑　原文Queen of Love指愛神維納斯(Venus)。

㉒　威尼斯(Venice)由100多個小島組成，島上在西元452年之前不過是些
簡陋貧困的漁村。西元679年間取得共和國的獨立地位後，幾經擴張，
終於在13世紀至15世紀的200年間興盛一時，至16世紀始告沒落。文
藝復興時代的威尼斯風光一時，乃當時全歐最富裕的商港。原文
*argosies*源自希臘英雄傑森(Jason)夥同各路好漢齊往黑海附近柯爾奇
斯(Colchis)討取金羊毛(golden fleece)所搭乘的船名阿戈(Argo)，參
加者為阿戈人(Argonauts)；此處特指西班牙每年用以運送財物返國的
船隻(plate-fleet)。老菲利蒲(old Philip)指西班牙國王菲力蒲二世
(Philip II, 在位 1556-1598)，曾於1588年派遣無敵艦隊征英，不幸鎩
羽而歸。

只要具備占星學的基礎，

精通多種語言，熟諳各種礦物，

即具備學習魔法的各項要件。　　　　　　　　　135

浮士德，請勿多慮，且待名聲傳遐邇，

勤於探求魔法

勝過祈求阿波羅神諭[23]。

鬼靈告訴我，他們能乾涸海水，

取得外國沉船的珍寶——　　　　　　　　　　140

對！我等祖先珍藏一切財富於

廣大無邊的地層下。

浮士德，告訴我，我等三人夫復有何求？

浮士德　別無他求，康尼留斯。啊！我的靈魂好欣喜！

來！向我示範魔法術，　　　　　　　　　　145

讓我能在某處茂密的樹叢施大法

盡情享有這些喜悅。

華　　　速至僻遠處的小樹叢，

攜帶睿智的培根[24]和阿爾班諾斯[25]的書，

---

[23] 德爾菲（Delphi）位在希臘半島中部福西斯（Phocis）境內帕納索斯山（Mt. Parnasus）南坡，距柯林斯灣（Gulf of Corinth）610公里處，為希臘最古的神殿及最著名的神諭領受之地。據考證，德爾菲在邁錫尼時代就已有人跡。該地原為地神吉雅（Gaea）所有，後來才被阿波羅占據。據神話的記載，天神宙斯（Zeus）為定出世界中心，因從世界兩端放出飛鷹，在兩鷹會合處立一卵形石「翁法羅」（Omphalos）為記（現藏阿波羅神殿內）。德爾菲神諭首見於《奧德賽》（The *Odyssey*），求問神諭的過程幾經變革，目前已難確知其原貌。原文Delphian oracle指光明之神阿波羅在德爾菲的神諭，古代時有可聞。

希伯來詩篇和新約聖書㉖去；　　　　　　　　150
還有其他必備之物。
我等會在說完話前告訴你。

康　　華爾迪斯，先教他咒語，
一等學完其他儀式後，
浮士德即可自行試施法。　　　　　　　　　155

華　　先引你入我門徑，
你將青出於藍勝於藍。

浮士德　請來同我吃餐飯，飯後
再行商討各項細節，
今夜睡前且將一試法術多高明，　　　　　160

㉔　培根（Roger Bacon, 1214-1294）為中世紀牛津聖方濟修道會（Franciscan）
　　僧侶，是當代一位重要的科學思想家，以其博學，而有「神奇博士」
　　（Doctor Mirabilis）之稱，著有《大著作》（*Opus Majus*）、《小著作》
　　（*Opus Minus*）以及《勸說集》（*Persuasio*）等書。不過，時人認為他是
　　一名魔法師。

㉕　阿爾班諾斯（Albanus 即 Pietro d'Abano, 1250?-1316?），疑係義大利醫
　　家、哲學家兼鍊金術士。或謂 Abanus 應作 Albertus，即馬葛諾斯
　　（Albertus Magnus, 1103-1280），為日耳曼黑袍教（Dominican）哲學家；
　　由於他對實驗科學的喜好，使他跟早期牛津聖方濟哲學家發生關聯。
　　據傳，馬葛諾斯曾與培根（參見本書頁131，註㉔）合力打造了一個會
　　說話的銅頭，轟動一時。

㉖　舊約聖經用希伯來文寫成，新約聖經用希臘文撰著；至中世紀，舊約
　　與新約皆譯成拉丁文本傑羅米聖經（Jerome's Bible, 參見本書頁124，
　　註⑧）。魔法家因認為這些種寫成聖經的文字本身就是上帝的話語，
　　可用來當魔法巫術之用。通靈的語言常用拉丁文（見第1幕第3景），有
　　時也用希臘文和希伯來文，便是此故。又，舊約詩篇與新約約翰福音
　　起首的章節往往用在咒文之中。

即使送命亦要招鬼靈。

同下

【第二景】

兩名碩士生上

碩生甲 不知浮士德怎麼了？他以前常常使「我如此證明」[1]響
遍校園。

華格納（端酒）上。

碩生乙 這點我們馬上就可見分曉。瞧！他的僕人來了。

碩生甲 唉喲！喂！你的主人呢？

華格納 天曉得。   5

碩生乙 哦！那你是不曉得囉？

華格納 呃！我曉得，但這樣不通嘛。

碩生甲 哎喲！喂！別說笑，告訴我們，他人在哪兒？

華格納 這種話不通。你們都是研究生，就該講道理；所以承認
錯誤吧，用心些。   10

碩生乙 你是不肯告訴我們囉？

華格納 你誤會啦！我終究會告訴你們。但是，你若非多烘先
生[2]，就絕對不會問我這種問題。難道他不是「自然

---

① 原文 *sic probo*（= thus I prove it）為哲學論證的結尾語。

② 原文 dunces 原指英籍教師司遘特（Duns Scotus, 1266?-1308）的門生。
此處或指愛毫分縷析的人（hair-splitter）；但因華格納本身就是這類
人，故應係他藐視對方的話，因取其現代義「傻瓜」（blockhead），或

物體」?「自然物體」不就可以「移動」③嗎?你怎麼
還問我這種問題?若不是我天性遲鈍④,緩於生氣, 15
癖好淫蕩⑤——我是說,愛—— 你不要靠近動手的地方
⑥方圓四十呎內,雖然我不懷疑會看到你們下回庭訊時
遭到問吊。這樣一來,我既然佔了上風,就要擺出清教

冬烘學究。

③ 亞里斯多德將物理學的題材((subject matter)劃定為「自然界中可移動的東西」;繁瑣學派(scholastic philosophy)因取「自然界可移動之整體」(corpus naturale seu mobile)來指物理學。

④ 中世紀的生理學理論認為:人有多血(blood)、黏液(phlegm)、黃膽(yellow bile)與黑膽(black bile)等四種體液(cardinal humours)。這四種體液跟古希臘所謂的空氣、火、水與土等組成一切物質的四元素與一切物質的冷熱乾濕等4種特性密切相關(參見本書頁129,註⑲)。多血如空氣,為熱濕;黃膽如火,為熱乾;粘液如水,為冷濕;黑膽如土,為冷乾。疾病、性情與體質等皆因四種體液造成。多血質者(sanguine)個性開朗、熱情、進取;膽汁質者(choleric)多黃膽,易怒、煩燥、頑固、復仇心重;粘液質者(phlegmatic)遲鈍、膽怯、無力;憂鬱質者(melancholic)好吃、畏縮、沉思、濫情、善感。體液決定脾性,故體液即「性情」(disposition)、「氣性」(mood)或「癖性」。人的健康繫乎體液的均衡與否,行為怪異都是體液失衡的結果。其中,黏液質者容易犯上七死罪(參見本頁註⑤)中的懶惰(sloth or indolence)。

⑤ 七死罪(seven deadly sins)乃據聖‧亞奎納(St. Thomas Acquinas, 1227-1274)等神學家的理論而來,指高傲(pride)、嫉妒(envy,包括惡意)、忿怒(wrath)、好色(lust)、饕餮(gluttony)、貪婪(avarice)與懶惰(sloth)等7種罪惡。這些罪惡有的並不特別嚴重,但因直接違反道德,成為衍生無數過錯的源頭,因而視為致命之罪。七死罪以高傲為首,最為致命;撒旦就是因高傲而永墜地獄。這些罪導致靈魂的死亡,必須透過懺悔或許才能獲得寬恕。

⑥ 原文 place of execution 原指魔法師聚會的內室,此處指「飯廳」。華格納指兩名碩士生很可能在下次庭訊時問吊,則 place of execution 指「刑場」。按:問吊影射當魔法師、術士及學習妖術者的下場。

徒⑦般的嘴臉,開頭就這麼說:真的,我親愛的兄弟,
我家老闆正在裡頭跟華爾迪斯和康尼留斯共進晚餐;要
是這瓶酒能開口說話,也會奉告閣下。呃!上帝賜福 20
你們、保佑你們、護衛你們,我親愛的兄弟。

(華格納)下

碩生甲 唉!浮士德,
我怕我長久以來的疑慮,
你迷上了永劫不復的妖術,   25
他們兩人正是藉此昭彰惡名於世間。

碩生乙 即使他跟我不相識,也沒交情,
他的靈魂處在險境也會叫我哀憐。
唉!走吧!去報告校長。
也許他能嚴詞勸他迷途知返。   30

碩生甲 我怕如今已是執迷不悟了。

碩生乙 我們還是盡力而為吧!
同下

---

⑦ 原文precisian指宗教上言行古板拘謹的人,即清教徒(Puritan)。按:
清教主義(Puritanism)乃16世紀發生在英國新教內部的一種改革運
動,要在嚴格服從神意、回歸基督教的本然面貌,以淨化英國國教。
此一改革運動深受喀爾文(John Calvin, 1509-1564)及其教義的影響。
由於清教徒不滿現狀,又擔心自己的靈性是否足以得救,因時刻反
省,乃致神色憂鬱、感傷而拘謹。又由於清教徒一向堅決而激烈反對
戲劇,因此往往成了劇作家調侃的對象。像莎士比亞(William
Shakespeare, 1564-1616)《第十二夜》(*Twelfth Night*, c1600)、班·蔣
生(Ben Jonson, 1573?-1637)《鍊金術士》(*The Alchemist*, 1610)與《巴
薩羅繆博覽會》(*Bartholomew Fair*, 1614)等劇中都曾藉詞諷刺。

【第三景】

雷鳴聲。露西弗及四魔上[1]。浮士德唸咒招魔上。（拿
著書，並未察覺四魔。）

浮士德　既然陰霾的夜影[2]
　　　　渴見雨濛濛的獵戶座[3]，
　　　　從南極躍上天際，
　　　　以黝黑的氣息晦暗了大穹蒼。
　　　　且試群魔是否聽使喚，　　　　　5
　　　　因為你已祝禱又祭獻。
　　　　劃圈[4]。

---

[1]　四魔（即Lucifer, Beelzebub, Demogorgon 及 Mephistopheles）或係從活
　　版門（trap-door）爬上戲台上方（above）樓座（gallery）。由於群魔隱其
　　形，故浮士德視而未見。
[2]　原文night或解為「大地的陰影」（the shadow of the earth），因為古人
　　相信夜晚乃因太陽下沈到地球的下半部後，由下往上照射而在地表產
　　生的陰影。但亦或謂浮士德是在月虧時分唸咒招魔。按：陰影（shadow）
　　介在明（陽界）暗（冥界）之間，為鬼魅出沒之處。
[3]　獵戶座（Orion, 或稱Giant, Great Hunter）入冬時分出現在北緯，為降雨
　　的先兆；按：這句話呼應羅馬詩人維吉爾（Virgil, 70-19 B.C.）筆下的
　　史詩《伊尼亞德》（The *Aeneid*）中「多雨的獵戶座」（nimbosus Orion）
　　與「多水的」（aquosus）。
[4]　傳統上，魔法師作法前，通常會先在地上畫圈，在圈外畫上黃道十二
　　宮之類的特殊符號，然後在圓圈內施法，以防自己遭到魔鬼侵害。按：

耶和華之名⑤就在魔圈中，

向前向後拆開重拼，

縮寫的聖徒之名、

各個天體的圖象、　　　　　　　　　　　　　　　　10

記號和行星群，

鬼靈因而被迫現身形。

浮士德！切勿驚慌，只管堅定意志，

充分施展魔法到極致。

雷鳴

「懇請地獄眾靈賜我恩寵！再會了，三位一體⑥！火、　15

空氣、水和土的精靈萬歲！東方之君卑爾茲巴柏⑦、烈

圓圈為一理想形式，其無始無終象徵完美、圓滿、無限與永恆。

⑤　姓名（name）用以指稱對象（例見創世記，第2章第19節-第20節）、確
定對象的特質或期盼對象擁有某種特質，同時也往往用來展示生命進
入另一階段（如女子出嫁後另冠夫姓）。姓名另有奇妙的功能；比如，
呼神之名意在召神相助，呼魔之名意在召魔聽命，而把「耶和華」
（Jehovah）一名拆開重拼構成不同的組合，則意在獲取神通。隨後魔
菲思拖弗利斯稱：這是「折騰」（racking）上帝之名。

⑥　三位一體的指涉繁複；戲文先指基督教的聖父、聖靈與聖子，接著指
浮士德、華迪斯與康尼留斯三名術士，隨後指露西弗、卑爾茲巴柏
與德謨萬根等三個魔頭。

⑦　舊約以賽亞書上以露西弗為東方之王（Orientis princeps）、「明亮之
星、早晨之子」（第14章第12節），但撰者將此一頭銜給了卑爾茲巴柏；
有關卑爾茲巴柏的描述可見於以賽亞書（第14章第12節-第15節）。以
賽亞書中用露西弗指巴比倫（第14章第12節），但有時亦指基督，說是
晨星（day star，見彼得後書（第1章第19節）、啟示錄（第22章第16節））。
馬太（第12章第24節-第28節）、馬可（第3章第22節-第26節）與路加（第
11章第15節-第20節）等福音中的撒旦、露西弗及卑爾茲巴柏都指鬼王
（prince of devils），因易引發混淆。

火熊熊的地獄以及閻羅君[8]，懇請諸位允准魔菲思拖弗
利斯[9]現形身！因何還拖延？以耶和華、地獄谷[10]、即
將灑上的聖水和就要劃上的十字記號以及我的誓言，懇
請魔菲思拖弗利斯立刻現身形，聽候我差遣！」　　　20
（灑聖水，劃十字形。）
（魔菲思拖弗利斯形如）妖龍[11]，上。
我命你回去變形相。
醜惡如你，不能服侍我。

---

[8]　Demogorgon（閻羅君）在古代神話中為原始豐饒神。中世紀一變而成
　　土精木妖，形如渾身生苔的老人，住在地底。後又再變成閻羅君，常
　　在夜間以骷髏形出沒於墳場，專咬行人的腹部，為古典神話中最為可
　　怕的原始神。據說，誦其名即可帶來災難與死亡。
[9]　Mephistopheles一名的字源不詳，或指「不愛光明者」（he who loves not
　　the light）；在猶太及基督教傳說中為魔鬼本身或其手下。其拼法有：
　　Mephistophilis, Mephostophilos, Mephostophiles, Mephistopheles,
　　Mephastophilis, Mephostophiles等。A本用Mephastophilis，B本用
　　Mephostophilis，19世紀出版的本子因受歌德《浮士德》的影響而多用
　　Mephistophilis。
[10]　Gehenna源於希伯來文 ge-hinnon，本意為「欣嫩谷」（Valley of Hinnom）
　　或「欣嫩子谷」（Valley of the Son(s) of Hinnom），位在耶路撒冷西南
　　兩方。猶大王亞哈斯（Ahaz）曾在此獻祭燒香，「用火焚燒他的兒女」
　　（歷代志，第28章第3節）；另一位猶大王瑪拿西（Manasseh）也曾在此
　　「使他的兒女經火，又觀兆，用法術，行邪術，立交鬼的，行巫術的」
　　（歷代志下，第33章第6節）。聖經中因常用來指「地獄」、「永詛」
　　或「邪惡之徒最終受罰之地」。
[11]　海軍大臣劇團（Admiral's Men）在西元1598年道具的清單中列有一條
　　龍；1616年的本子上表示此時空中出現一條龍；但或亦只是給道具管
　　理員的指示，表示要為魔鬼現身準備。依據資料來源顯示，「龍」先
　　變成一團「火球」（fiery globe），再變成一個「火人」（fiery man），經
　　過繞圈跑動許久後，終於變成一名灰髮僧出現。

去吧！變成聖方濟⑫老僧再回來；

那神聖的外形最合魔鬼之相。　　　　　　　　　　　25

魔鬼(魔菲思拖弗利斯)下。

看我神咒顯威力。

誰人不願精通此道法？

這個魔菲思拖弗利斯言聽語從，

全然恭順和謙卑！

魔法咒語的力量無可比。　　　　　　　　　　　　30

魔菲思拖弗利斯(形如修道士)重上。

魔　　啊，浮士德，你要我做甚麼⑬？

浮士德　我命你侍奉我終生，

執行浮士德的一切命令，

不論是要月亮脫離軌道

或是要讓大洋淹沒全世界。　　　　　　　　　　35

魔　　我是偉大的露西弗的僕人；

---

⑫　方濟會(Franciscans)係羅馬公教的一支，分成小兄弟會(Friars Minor)、
　　住院小兄弟會(Friars Minor Conventual)與嘉布遣小兄弟會(Friars
　　Minor Capuchin)三個修會。西元1209年間，教皇殷諾森三世(Innocent
　　III,在位1198-1216)同意聖方濟(St. Francis d'Assisi, 1182-1226)依福音
　　替首批弟子設計的傳道、苦修與守貧等三項原則，第一修會於馬成
　　立。聖方濟在1226年過世前，會內就因踐履守貧的問題引發爭端。儘
　　管如此，至1619年嘉布遣小兄弟會成立止，不管爭執如何激烈，也不
　　管派系有多分歧，終究不離簡樸的生活方式。方濟會的種種作為，對
　　羅馬公教內部的改革卓有貢獻。
⑬　據新約使徒行傳的載述，掃羅(Saul)在前往大馬色(Damascus)的路上
　　聽到耶穌對他說：「你所當做的事，必有人告訴你」(第9章第6節)。
　　魔菲思拖弗利斯的疑問似即掃羅原本想問耶穌的話。

<blockquote>
未蒙允准，恕難從命：
唯其旨意，我等才聽從。
</blockquote>

浮士德 不是他命你現身來見我的嗎？

魔 不！是我自動來的。　　　　　　　　　　40

浮士德 不是我的咒語召你來的嗎？說。

魔 那是原因，卻只算「巧合」。

<blockquote>
一旦聽得有人拆扯上帝聖名，
誓絕聖經和救主基督，
我等即飛來，希望攫取他那美麗的靈魂，　　45
我等現身，只在他用的辦法
將使自己瀕臨永劫不復的危險，
因此召魔的最捷徑
乃是毅然誓絕天上神，
誠心求告地獄主。　　　　　　　　　　　　50
</blockquote>

浮士德 此事浮士德

<blockquote>
已經照做，也謹守下面的規矩：
只有卑爾茲巴柏才是主，
浮士德效忠的就是他。
「詛咒」兩字嚇不倒我，　　　　　　　　　55
因為地獄樂土於我無區別；
我的靈魂要與古哲先賢同相處！
人的靈魂這類無聊的事兒暫且擺一邊，
告訴我，你的主人露西弗到底是何方神聖？
</blockquote>

魔 惡靈的最高統治者兼統帥。　　　　　　　60

浮士德	這位露西弗不也曾是天使嗎？
魔	不錯！浮士德，而且最受上帝寵愛。
浮士德	那他怎會成了群魔王呢？
魔	啊！只因狂妄橫霸傲氣盛，
	上帝爲此摔他下天堂。
浮士德	你們這些伴隨露西弗的又是誰？
魔	不幸的群靈隨著露西弗同墮落，
	曾與露西弗聯手背叛神，
	也跟露西弗同樣永遠遭詛咒。
浮士德	詛咒在何處？
魔	在地獄。
浮士德	那你因何出地獄？
魔	喲！這就是地獄，我可沒離開。
	你以爲我親睹過上帝的天顏，
	也嚐過天國的永喜，
	不會因被剝奪永恆的福祐
	不爲萬層地獄所苦嗎？
	啊！浮士德，愚蠢問題莫再提，
	徒使靈魂暈眩又驚恐！
浮士德	甚麼？偉大的魔菲思拖弗利斯如此生懊惱，
	就因被剝奪了天國的喜悅？
	效法浮士德剛毅的氣概，
	藐視不能永恆持有的喜悅。
	將這些訊息帶給偉大的露西弗：

65

70

75

80

由於浮士德招致永死，　　　　　　　　　　　85

以破斧沉舟的念頭拂逆神意

說我情願交出靈魂，

只要給我二十四年⑭的好時光，

讓我享盡淫逸奢靡，

讓你隨時聽我差遣，　　　　　　　　　　　90

我要甚麼給甚麼，

我問甚麼答甚麼，

殺我仇敵，助我友人，

永遵吾意不違拗。

去吧！回去找偉大的露西弗，　　　　　　　95

待午夜書房來相見，

告知主人心中意。

魔　　好的，浮士德。

　　魔菲思拖弗利斯下

浮士德　倘若我的靈魂⑮眾多如繁星，

也願悉數交給魔菲思拖弗利斯！　　　　　100

靠著他，我就成了世間的大皇帝。

---

⑭　傳統上，數字各有其魔力或神聖特質。24代表幸運順遂的數字，像舊
　　約分成24篇（即將撒母耳記、列王記、歷代志、以斯拉記、尼希米記
　　以及12名先知等視同一篇）。不過，戲文中的24只代表一個完整的時
　　間循環。

⑮　一般人相信，靈魂不止一種：植物性（vegetative）靈魂賦予植物生機；
　　感性（sensible）靈魂讓禽獸依本能和感覺行動；理性（rational）靈魂為
　　人所特有，給人理性。當然，說有千個靈魂，畢竟還是誇大之辭。

我要在浮動的空中造橋

橫渡大海洋；我要帶領一隊人馬

連結環繞非洲海岸的群山嶽，

致使那個國度⑯鄰接西班牙，　　　　　　　　105

二者都對我的皇冠進貢禮。

皇帝的生殺由我操控，

日耳曼君侯的命運由我支配。

如今既已達成心所願，

我將勤習魔法求奧義，　　　　　　　　　　110

只等魔菲思拖弗利斯再回來。

（浮士德由下方）下；（露西弗及眾魔由上方同下。）

---

⑯　原文that country指非洲。中隔在西班牙與非洲之間的直布羅陀海峽
　　（Strait of Gibraltar）長58公里，寬13公里至43公里不等，平均深度310
　　公尺，係北非阿特拉斯山脈（the Atlas Mountains）與西班牙高原
　　（plateau）間形成的缺口，為經大西洋通往南歐、北非與西亞的要道。
　　上一行的hills指在直布羅陀海峽兩邊的群嶽。

【第四景】

華格納與鄉巴佬①（羅賓）同上。

華格納 過來！喂！小子。

鄉巴佬 小子？哼！侮辱人嘛！媽的！當面叫我「小子」！我
相信，你見過許多留著尖鬍子的小子吧！

華格納 喂！你沒有「收入」的嗎？

鄉巴佬 欸！也有「輸出」的②；你看得到的，先生。　　　5

華格納 唉！可憐的奴才。瞧他窮開心成這種德行！我看這窮
光蛋沒了頭路，餓得情願拿靈魂跟魔鬼交換一份連肩
帶腿的羊肉，雖然羊肉還沾血帶腥。

鄉巴佬 並非如此。我可以告訴你，要是我付的代價這麼高，
這塊肉就得烤熟、淋上好的醬汁才行。　　　10

華格納 喂！你願意當我的人來侍候我嗎？我會讓你像個「徒
弟」③。

---

① 原文clown在伊莉莎白時代往往指「宮廷弄臣」（court jester or fool），
但此處指鄉間粗漢（boorish rustic），故譯為「鄉巴佬」；又，羅賓（Robin）
為編者所加之名。

② 原文 goings out 係針對前文 comings in（收入）而發；羅賓必定發現華
格納衣衫襤褸，故以 goings out 指他的衣服上（有破洞，可）伸出（頭、
手）。按：goings out 除指「衣上有洞」外，亦指「捉襟見肘」。

③ 原文 *Qui mihi discipulus*（=You who are my pupil）係十六世紀一位名叫

鄉巴佬　甚麼？讓我寫詩？

華格納　不是！奴才！是讓你穿鑲金花緞④、噴飛燕草粉⑤。

鄉巴佬　拿棍子止痛！拿來打殺害蟲倒好。倘若我侍候你，恐 15
　　　　怕會全身長蝨。

華格納　哦！不管願不願意，你都會的；喂！因為要是你不馬
　　　　上發誓聽我差遣七⑥年，我就把你身上的蝨子全都變
　　　　成小妖小魔⑦，叫他們把你碎屍萬段。

鄉巴佬　不！老兄？不勞你費心。我可以告訴你，他們跟我混 20
　　　　得很熟，就像是付錢吃我的肉、喝我的血一樣。

　　　李利（William Lily, 1466-1522）的教師編的文法學校教本《學童健身
　　　歌》（*Addiscipulus camen de moribus*（Songs for Pupils' Body））中的首
　　　句，意在教導學童如何注意身體健康；該書為文藝復興時代學童必讀
　　　課本。浮士德常用拉丁文，其僕亦用拉丁文，以為對照。

④　絲質衣物原本就相當昂貴，若再鑲金，則更昂貴。原文beaten silk 本
　　指鑲金花鍛，但華格納也用此雙關語（pun）指「鞭打」（thrash）。

⑤　Stavesacre（學名 *Delphinium staphisagria*）產於南歐，為一種飛燕草
　　（larkspur）屬植物，種籽從前用做瀉藥或寄生蟲殺除劑，今則為還亮
　　草鹼（delphinine, 一種毒性結晶之植物鹼質，其化學式為 $C34H47O9$
　　N）之原料，可用來當殺蝨藥粉。Stavesacre可拆成 staves 與 acre 兩字。
　　staves 為 staff 的複數，意為「棍」、「棒」、「杖」、「竿」；acre（田
　　畝）與 ache（病痛）音近義異。羅賓先將Stavesacre拆成 staves 與 acre，
　　再扭曲其義，使之指搔長蝨而生「痛癢」的「木棒」。

⑥　「七」也跟「廿四」一樣，象徵意義相當豐富，有完整、圓滿、創造、
　　安全等意涵，常用來指完整的循環（如音階7音、一週7天）。又，上帝
　　寶座下有7級天使；聖母有7種榮耀（7 glories）、7種喜悅（7 joys）與7種
　　悲苦（7 sorrows）。

⑦　原文 familiars 本意為「屬於家庭」，顯示以親密家庭為立足點。此處
　　Wagner 用來指妖僕（attendant demons），但 Robin 轉之為「熟悉」意。
　　按：妖士通常多有獸形妖僕來供差遣。

華格納　（給錢）呃！喂！別再說笑，這些錢[8]拿去。

鄉巴佬　是！喇！先生！也謝謝你啦。

華格納　好！如今魔鬼會馬上隨時隨地[9]找你。

鄉巴佬　哪！錢拿回去，我半毛錢也不要。　　　　　　　　25

　　　　（試圖還錢）

華格納　我不拿，是你被我僱用。準備好，因為我馬上就要招
　　　　來兩個魔鬼把你抓走。——缺德鬼！牢騷鬼[10]！

鄉巴佬　牢騷鬼？牢騷鬼現身，我就對他發點牢騷，我不怕鬼。

　　　　兩名魔鬼上。

華格納　（對羅賓說）如何？老兄！現在願意侍候我了吧？

鄉巴佬　願意，好華格納！把魔鬼叫開吧！　　　　　　　　30

---

⑧　A 本上除 guilders（原為荷蘭錢幣，此處指法國克朗）外，還有下文提
　　到的 gridiron（烤架，古代用為火刑之具）與 French crowns（法國克朗）。
　　有些編纂家認為，匯率與法國克朗貶值等問題發生在1595年間，因此
　　A 本上的這個場面應發生在馬羅死後（即1593年）。不過，這個話題早
　　在1595年前就已有之。B 本發行後，因這已非話題，故在1602年後修
　　改時略去。按：guilder 與 gridiron 因音近產生諧趣。又，crown 為有王
　　冠或戴有王冠人頭的錢幣，由於 crown 易遭偽造價值降低。而「法國
　　克朗」在文藝復興時代的英國係得性病而禿頭者的代稱，因而成為取
　　笑他人的代詞。

⑨　原文 an hour's warning 指死亡驟臨及面對死亡所需的無瑕的一生。新
　　約啟示錄上說：「一時之間你的刑罰來到了」（第18章第10節）；又見
　　馬太（第24章第36、42、44、50等節）、馬可（第13章第32節）以及路加
　　（第12章第40、46等節）。死亡驟臨的場面屢見於《每人》等道德劇中。

⑩　Beliol 疑係 Belial 的變體。按：Belial 為聖經中的惡魔（撒姆耳前書第10
　　章第27節），係 Satan 的通稱，希伯來文本義為「缺德的」（wickedness），
　　因譯為「缺德鬼」。Belcher 意為「愛發牢騷的人」，因譯為「牢騷鬼」。
　　戲文中的 Balio 與 Banio 可視為 Belial 的變體，Belcheos 則應係 Belcher 的
　　變體。

華格納　魔鬼！走開！

　　　　兩名魔鬼同下。

　　　　喂！現在就跟我來。

鄉巴佬　遵命！先生。可是，呃！師傅，您教我這套招魔的本
　　　　事好嗎？

華格納　好，喂！我教你變成狗、貓、小老鼠、大老鼠或別的　35
　　　　甚麼。

鄉巴佬　狗、貓、小老鼠或大老鼠? 啊！好妙！華格納！

華格納　壞蛋，叫我華格納師傅。走路務必小心，右眼隨時盯
　　　　著我的左腳跟，這樣才算「跟著我的腳步」。

鄉巴佬　呃！師傅，一定一定。　　　　　　　　　　　　　40

　　　　同下

第二幕

【第一景】

浮士德在書房

浮士德　浮士德啊！如今你必遭詛咒？
　　　　無法得救贖？
　　　　那眷戀上帝或天國有何用？
　　　　甩掉這些徒勞的空想和絕望！
　　　　絕望於上帝、信賴卑爾茲巴柏　　　　　　　　5
　　　　浮士德，如今別退卻，要堅定。
　　　　爲何猶豫？哦！耳裡響起甚麼聲音：
　　　　「棄絕魔法，回歸上帝去！」
　　　　哼！上帝不愛你，
　　　　你奉侍的神是你自己的胃口，　　　　　　　　10
　　　　裡面堅定了卑爾茲巴柏的愛。
　　　　我要爲他設祭壇、蓋教堂，

獻上新生嬰兒的溫血①。

　　兩名天使同上

惡天使　浮士德，繼續研讀這有名的法術。

善天使　浮士德，放棄那可憎的妖術。　　　　　　　　15

浮士德　悔罪、禱告、懺悔——這些算甚麼？

善天使　啊！這些都是引你進入天堂的憑藉。

惡天使　不過是妄想、精神錯亂的產物，

　　　　　　誰最依賴，誰就愚蠢。

善天使　好浮士德，以天國及其種種為念。　　　　　　20

惡天使　不！浮士德，以榮耀和財富②為念吧！

　　天使同下

浮士德　財富！

　　啊！恩登③的管轄權全歸我。

　　只要魔菲思拖弗利斯隨侍在身旁，

---

① 以嬰兒之血祭鬼為死人彌撒（black mass）的做法，或因異教神摩洛（Moloch或Molek；見舊約列王紀上〔第11章第7節〕及列王紀下〔第23章第10節〕）要求這種祭儀而起；舊約利未記上載述耶和華對摩西的話，說：「我也要向那人變臉，把他從民中剪除，因為他把兒女獻給摩洛，玷污我的聖所，褻瀆我的聖名」（第20章第3節）。不過，祭嬰血似為流基督之血的翻版。

② 榮耀與財富為「貪婪」（avarice）的對象，是人所難以抗拒的七死罪之一；於此亦顯示善天使必敗的緣故。

③ 恩登（Emden）為今德國西北部東扶利斯蘭省（East Friesland）的首要城市，位在埃姆斯（Ems）河出海口，可出埃姆斯灣，經北海（North Sea）通向大西洋。恩登的歷史可追溯到西元800年左右，至16世紀已發展成歐洲最大的商船總部，與當時伊莉莎白女王統治下的英國貿易頻繁。不過，浮士德以恩登的財富無限，未免短視。

有何力量還能傷及我？浮士德，你的安全無虞；　　25
勿再多慮。魔菲思拖弗利斯，來吧！
從偉大的露西弗那裡帶來好消息。
不是午夜了嗎？來吧！魔菲思拖弗利斯！
「來吧！來吧！魔菲思拖弗利斯！」
魔菲思拖弗利斯上
呃！告訴我，你的主人露西弗怎麼說？　　30
魔　　　他說我要侍候浮士德終其生，
只要你用靈魂換取就可差遣我。
浮士德　浮士德已經為你賭運氣。
魔　　　不過，贈與必須要正式，
必須用血寫下贈與書，　　35
就因露西弗要保證。
你拒絕，我就必須回地獄。
浮士德　慢著，魔菲思拖弗利斯，告訴我，
我的靈魂對你的主人有何用？
魔　　　擴大他的王國。　　40
浮士德　誘惑我等僅僅就為此？
魔　　　「痛苦喜歡有伴。」④

④　引自羅馬詩人塞拉斯（Publius Syrus, fl. 1st century B. C.）《箴言集》（Sententia），No. 995，其意為：我痛苦，也要別人都痛苦。日耳曼神學家托馬斯（Thomas à Kempis, 1380?-1471）在所著《谷中百合》（Vallis Liliorum）中亦曾引用。按：托馬斯為中世紀晚期「現代虔誠」（Devotio Moderna）宗教運動的健將。

浮士德　哦！折磨別人的同時，自己也痛苦？

魔　　　痛苦大得如同人的靈魂感受的一般。

　　　　呃！告訴我，浮士德，靈魂給不給？　　　　　　45

　　　　我情願充當奴隸侍候你，

　　　　給你的遠遠超過你所期。

浮士德　好，魔菲思拖弗利斯，我給他。

魔　　　浮士德，勇敢地刺破手臂，

　　　　約定你的靈魂何時　　　　　　　　　　　　　　50

　　　　偉大的露西弗即可納爲己有，

　　　　然後你將偉大一如露西弗。

浮士德　（割其臂）

　　　　喏！魔菲思拖弗利斯，看在你的愛份上，

　　　　浮士德割破了手臂，用自己的鮮血

　　　　保證靈魂歸給偉大的露西弗。　　　　　　　　　55

　　　　永夜的主宰兼統治者，

　　　　瞧！鮮血從我的手臂滴下，

　　　　讓我順利⑤達成心願。

魔　　　可是，浮士德，

　　　　還得寫成贈與書。　　　　　　　　　　　　　　60

浮士德　好，我寫。（寫著）呃！魔菲思拖弗利斯，

---

⑤　血有生命、救贖、犧牲、殉道、盟誓以及聖約等象徵意涵。基督流血
　　除上述意涵外，更為萬民洗除罪惡；而浮士德刺臂取血卻只是為了滿
　　足一己之欲。相形之下，他的行徑顯然褻瀆神明，二者不可同日而語。
　　原文propitious（順利的）正顯示他的自私。

　　　　　鮮血凝結，無法寫下去。

魔　　　我立刻取火來熔開。

　　　　（魔菲思拖弗利斯）下

浮士德　鮮血凝結預示何種徵兆？

　　　　難道不該心甘情願寫下這紙契約書？　　　　　65

　　　　為何不再流出讓我重新再寫過？

　　　　「浮士德給你靈魂。」──啊，又停住了！

　　　　為何不該給？難道靈魂不歸你所有⑥？

　　　　再寫：「浮士德給你靈魂。」

　　　　魔菲思拖弗利斯攜一爐火上。

魔　　　浮士德，瞧！火來啦！血盂擺上去。　　　　　70

浮士德　哪！如今鮮血又熔開。

　　　　現在我要立刻快寫好。

　　　　（寫著）

魔　　　（旁白）他的靈魂我會無所不用其極去取得？

浮士德　「成了。」⑦合同寫好啦，

　　　　浮士德已將靈魂贈給露西弗。　　　　　　　　75

---

⑥　路加福音上說：財主積存財物與田產，然後對自己的靈魂說：「靈魂
　　哪！你有許多財物積存，可作多年的費用，只管安安逸逸的喫喝快樂
　　罷」；但上帝卻對他說：「無知的人哪！今夜必要你的靈魂，你所豫
　　備的要歸誰呢？」（第12章第19節～第20節）由此可見，依聖經的說
　　法，靈魂並不屬於個人，而為上帝所有。

⑦　約翰福音上說：「耶穌嘗了那醋，就說：『成了。』便低下頭，將靈
　　魂交付上帝了」（第19章第30節）。拉丁文 Consummatum est（= It is
　　finished「成了」）是耶穌在十字架上最後說的話，浮士德如此濫用，
　　顯然褻瀆神明。

	咦！手臂上刻了甚麼？	
	「人哪！逃吧！」[8]我該逃往何處去？	
	逃上天，上帝勢必扔我下地獄。——	
	我看走了眼；這兒甚麼都沒寫。——	
	啊！有的，一清二楚，明明白白寫著：	80
	「人哪！逃吧！」但浮士德就是不逃。	

魔　　　　（旁白）我去找點甚麼讓他開開心。

（魔菲思拖弗利斯）下。眾魔上，送給浮士德錢幣與華
服；眾魔舞蹈後，同下。魔菲思拖弗利斯上。

浮士德　這場表演有何用意？說！魔菲思拖弗利斯。

魔　　　　沒甚麼，浮士德，只是叫你開心，
　　　　　並且讓你知道魔法妙處多。　　　　　　　　　85

浮士德　可是，我可以隨興招來鬼靈嗎？

魔　　　　欸！浮士德，可做的事情還比這些更偉大。

浮士德　魔菲思拖弗利斯，收下這份卷軸，
　　　　　就是贈予靈肉的契約書——
　　　　　但你務必依約履行　　　　　　　　　　　　90
　　　　　我倆之間約定的各條款。

魔　　　　浮士德，我指著地獄和露西弗發誓言，

---

⑧　原文 *Homo fuse!*（= Flee, O man!）似典出新約提摩太前書：「但你這屬
上帝的人，要逃避這些事」（第6章第11節）的說法；下文「我該逃往
何處？」（Whither should I fly?）一語見舊約詩篇上描述上帝無所不在
的現象：「我往那裡去躲避你的靈？我往那裡去躲避你的面？我若升
到天上，你在那裡；我若在陰間下榻，你也在那裡」（第139章第7節
～第8節）。

你我之間許下的諾言我將全信守。

浮士德　那就聽我唸吧！魔菲思拖弗利斯。

「茲立約如下：　　　　　　　　　　　　　　　　　95

第一、浮士德的形質都可變成鬼靈。

第二、魔菲思拖弗利斯當他僕從、聽他差遣。

第三、魔菲思拖弗利斯幫他為所欲為、給他滿足一切。

第四、魔菲思拖弗利斯隱形在房裡或屋內。

最後，魔菲思拖弗利斯隨時以該約翰・浮士德喜歡的100
模樣與形狀現身。

本人，威登堡約翰・浮士德，博士，願依本契約將靈
肉兩者贈與東方之君⑨露西弗和他的使者魔菲思拖弗
利斯；本人並同意廿四年屆滿，上開條款未遭違背，
彼等即可全權取走該約翰・浮士德的身體、靈魂、血105
肉至其居所。

　　　　　　　　　　　　立約人約翰・浮士德謹識」

魔　　　說！浮士德，你交出這份合同做為贈與書嗎？

浮士德　（遞交贈與書）是呀！拿去！但願魔鬼給你好處。

魔　　　好！呃！浮士德，要問什麼儘管問。　　　　　110

浮士德　首先，我問你有關地獄事。

　　　　告訴我，人們所謂的地獄到底在哪兒？

---

⑨　西方為黑暗與死亡的國度所在，因常與邪惡有關；舊約耶利米書上就
　經常如此指稱。又，日出東方，故東方主「生」；日落西方，故西方
　主「死」。耶穌與東方有關，但因Lucifer也是黎明時在東方出現的「晨
　星」（Venus），故稱之為「東方之君」（Prince of the East）。

魔	在天底下。
浮士德	哦！萬物莫不如此。到底在哪兒？
魔	在這些元素⑩的中心，　　　　　　　　　115
	亦即我等受盡折磨、萬劫不復之處。
	地獄無範界，也不囿於
	某定點，我等所在之處即地獄，
	地獄所在之處我等只好永遠在。
	總的說，整個世界分解時，　　　　　　120
	萬物都會被淨化，
	所有的地方若非天堂全都歸地獄。
浮士德	我看地獄是個鬼扯淡⑪。
魔	呃！就這麼想吧，且待經驗改變你的看法。
浮士德	甚麼？你以爲浮士德準會萬劫不復？　　125
魔	是呀！必然的，因爲你在卷軸上
	載明要把靈魂交給露西弗。

---

⑩ 原文 these elements 指火、空氣、土與水等四元素（參見本書頁129，
　　註⑲、本書頁134，註④），都存在於月球底下。萬物與地球同樣由四
　　元素構成。準此，則四元素指的是整個宇宙（cosmos）。此世結束時，
　　一切由四元素構成的生命不再混合，勢將經過精鍊而成純粹的質
　　（substance），不是全善，就是全惡。

⑪ 魔菲思拖弗利斯的意思是說，地獄雖然位在地球中心（亦即宇宙中
　　心），卻只是一種狀況或心境，而沒有特定範圍；但浮士德認爲地獄
　　是無稽之談（fable）。按：文藝復興時代的人文學者認爲聖經是上帝給
　　選民的啓示，因此從字面了解就行；而神話傳說給異教徒眾，故須透
　　過詮釋才能了解。換言之，聖經直接顯示眞理，而神話傳說間接表白
　　眞理。浮士德的話顯然牴觸了人文學者的看法。

浮士德　沒錯，身體也給，但這又怎樣？

　　　　你想浮士德會蠢得以爲

　　　　來生還有任何痛苦嗎？　　　　　　　　　　　130

　　　　不！這些都是無聊事兒，都是婆婆經。

魔　　　但我是個實例，可以當反證，

　　　　告訴你，我被打入地獄，如今就在地獄裡。

浮士德　不！這是地獄的話，我倒甘願萬劫不復。

　　　　甚麼？睡、吃、散步和論辯？　　　　　　　135

　　　　呃！不說這個啦。給我妻子，給我日耳曼最美的閨

　　　　女，因爲我淫蕩好色，沒有妻子，活不下去。

魔　　　好吧！浮士德，給你妻子[12]。

　　　　魔菲思拖弗利斯帶一女魔重上

浮士德　這是甚麼景象？

魔　　　哦！浮士德，你還要妻子嗎？　　　　　　　140

浮士德　好個淫娼婦！不，我不要妻子。

魔　　　婚禮不過是個無聊的儀式。

　　　　你愛我，就別再多想。

　　　　（魔鬼下）

　　　　我會爲你精挑細選最漂亮的婊子，

---

[12]　婚配禮（Holy Matrimony）係基督教七聖禮（Seven Sacraments）之一，魔
　　菲思拖弗利斯當然不能代爲舉行。同時，婚配禮是上帝爲人而設的儀
　　式；浮士德既然已成惡靈，就不能娶妻。何況，婚配禮不爲「淫蕩好
　　色」（wanton and lascivious）之徒而設，也絕非「無聊的儀式」（ceremonial
　　toy），而是神聖莊嚴的；魔菲思拖弗利斯固然不能代爲舉行，浮士德
　　也不夠格要求。

每天早晨送到你床上。　　　　　　　　　　145
你看了喜歡的，心上就會有，
不管她是否堅貞宛似潘妮洛琵⑬？
智慧是否大得像沙巴⑭？或亮麗
是否一如露西弗在墮落前那麼神采煥發？
（給書）
哪，這本書拿去唸熟。　　　　　　　　　　150
覆誦這幾行，就帶來黃金；
劃這個圈圈在地上，
則會雷電交加風雨暴；
誠心對著自己唸三遍，
金甲武士就會出現在眼前，　　　　　　　　155

⑬　潘妮洛琵(Penelope)係希臘英雄奧德賽(Odysseus)之妻。奧德賽出征
　　特洛伊城(Troy)10年；戰爭結束後，又流落在外10年，才得返家。期
　　間，求婚者揚言：除非她下嫁，否則盤踞王宮不去。她則佯稱待其公
　　公的壽衣織完，就可決定。實則她白天紡紗夜裡拆線，以為拖延。由
　　於她始終守貞不渝，因在西洋文學上成為守貞的楷模(model wife)。
　　按：Penelope本意為「織布者」(= bobbin weaver)。
⑭　沙巴(Saba, 拉丁文聖經Vulgate上作Sheba〔示巴〕)係阿拉伯南方一地
　　區，確實地點不詳。據舊約上的載述，示巴是個富裕的國度，特以出
　　產黃金、乳香、寶石等聞名遐邇(見以賽亞書〔第60章第6節〕、耶利米
　　書〔第6章第20節〕、以西結書〔第27章第22節～第25節〕)。戲文中的沙
　　芭即示巴(Sheba)女王。又據舊約列王紀上的載述，由於久聞所羅門
　　王(King Solomon, 在位961～922 B.C.)之名，示巴女王因以「難解的
　　話」問難，而所羅門王則對答如流。示巴在折服之餘，始知所羅門王
　　委實大有智慧與福分(第10章第1節-第13節)。另據阿拉伯傳說指稱，
　　示巴女王後來下嫁所羅門王。不過，舊約對於這段婚事隻字未提，只
　　說她在問難後，逕自返國而已。

準備銜命執行你所求。

浮士德　魔菲思拖弗利斯，多謝這本好書。

我會小心珍藏如同愛惜這條命。

同下⑮。

---

⑮　依照伊莉莎白時代劇場的慣例，戲台上不會讓相同的兩個人物下場
後，又立刻同時上場；因此，第一景與第二景之間的戲台說明後面應
另有一個場景才對。本譯文因依劇情發展，參酌各家的安排，在AB
兩本第一幕第一景後面插入一個喜劇場景。又，B本在「同下」(Exeunt)
後面另有下面這段話(中譯文見本書，頁65-66)：

　　　　　Enter Wagner *solus*

Wag.　Learnèd Faustus,

To know the secrets of Astronomy

Graven in the booke of Jove's high firmament,

Did mount himself to scale Olympus' top,

Being seated in a chariot burning bright

Drawn by the strength of yoky dragon's necks.

He now is gone to prove cosmography,

And, as I guess, will first arrive at Rome

To see the Pope and manner of his court

And take some part of holy Peter's feast

That to this day is highly solemnized.

（Exit Wagner.）

為顧及劇情的合理起見，以上這段話已移到A本，成為該本第3幕舞歌
員的台詞。

【第二景】

鄉巴佬（羅賓攜一魔咒書）上

羅賓 （在戲臺外喚著）喂，狄克，看好馬兒，等我回來。——
我拿到浮士德博士的一本魔咒書，如今我們來搞這種勝
過一切的混帳事。

狄克上

狄克 喂！羅賓，你得去溜馬兒。

羅賓 我去溜馬兒？我不屑，說真的。我手上還有別的事兒　5
要幹。馬兒要溜，就自己溜去。（誦讀）「A唸作 a；t,h,e
唸作the；o唸作o；deny orgon唸作gorgon」①。——離
我遠一點；哼！你這不識字、沒唸書的客棧笨馬伕。

狄克 哎唷②！你拿的甚麼東西，一本書？哼！上頭的字你
絕對一個也不認得。　　　　　　　　　　　　　　　10

羅賓 馬上就可分曉。（畫圈）③喂！離開圈圈，省得我詛咒你

---

① 原文 'A' *per se*(＝ by itself)為教學童練習拼字的方法。Robin不識字，
　故如學童般拼字；他想學浮士德念咒招來Demogorgon（第1幕第3景，
　第15行～第17行），但因不會唸，以致拼成deny orgon。

② 原文 'Snails(＝ God's nails（on the Cross）)，為一賭誓用語。

③ 原文circles指魔法書中的符咒(magical circles)，但亦含性暗示。按：
　circle象徵完整、無限與永恆。魔法師往往在魔圈周遭寫上神名及符
　咒，在魔圈內劃好五角星形(pentagram)；站在圈內可得福佑，並防妖

進客棧。

狄克 那倒沒機會，老實說！你最好別做傻事，因爲等我家主人來，他會對你施法，真的。

羅賓 我家主人對我施法？告訴你，我家主人來的話，我就 15
在他頭上按上一對漂亮的角④，就像你平時看到的那樣。

狄克 不勞你操心，因爲我家老闆娘已經叫他長角啦。

羅賓 對，如果別人對這椿事能夠想說就說，就可以透露他們把角「插入」多「深」啦。 20

狄克 該死的東西！我還以爲你平白無故鬼鬼祟祟尾隨著她呢。不過，老實告訴我，羅賓，這是一本魔法書嗎？

羅賓 說出你要我做甚麼，我就照做。你要裸舞，就剝光衣服，我馬上對你施法。否則，如果你只想跟我到客棧去，我就給你白酒、紅酒、淡紅葡萄酒、莎克酒、麝 25
香葡萄酒、甜葡萄酒和香料葡萄酒⑤灌滿肚皮，半毛

魔侵害(參見本書頁132，註④)。

④ 原文horns指cuckold's horns；依伊莉莎白時代的説法，妻子有婚外情者，其男人頭上會生角。按：cuckold指妻子外遇的説法至少有三。(1)布穀鳥常將蛋下在別的鳥巢内；(2)取自呼叫聲「穀-穀」(ku-ku)以警示姦夫將至，後來才直接指丈夫本人；(3)因阿克提恩(Actaeon, 即the betrayed stag-king, 參見本書頁208，註③)被自己豢養的狗追逐而有此一説。無論如何，當烏龜的丈夫往往長角(A cuckold frequently is shown with antlers)。

⑤ claret wine爲法國波爾多(Bordeaux)出產的一種淡紅色葡萄酒(法文作clair)，其釀造期短(約5年至25年)，以風味佳聞名；sack爲一種由西班牙及其非洲西北岸外屬地嘉拿利群島(Canary Islands, 西班牙文作Islas Canarias)出口的淡色葡萄烈酒；muscadine(=muscatel或muscadel)

　　　錢也不必付。

狄克　啊！太棒了！拜託，我們馬上就去，因為我口乾得很。

羅賓　喂！那我們走吧。

　　　（同下）

為一種用麝香葡萄（muscat）釀造的酒，產於地中海地區，別具風味；
malmsey也是一種甜葡萄烈酒；whippincrus應作hippocras，為一種香
料葡萄烈酒。

【第三景】

浮士德與魔菲思拖弗利斯同在書房

浮士德 當我仰望天空，不禁就懺悔，
並且詛咒你，邪惡的魔菲思拖弗利斯，
因為你剝奪了我這些喜悅。

魔 是你自找的，浮士德。謝謝自己吧！
可是，你以為天國是個光彩燦爛的玩意兒嗎？ 5
告訴你，浮士德，天國還不及
你或活在世間的人一半美麗。

浮士德 你怎麼證明？

魔 天國既然為人而造，可見人高過天國一等。

浮士德 若是天國為人而造，亦即為我而造。 10
我要放棄魔法去懺悔。

兩名天使同上

善天使 浮士德，懺悔吧！上帝仍會憐憫你。

惡天使 你是個鬼靈，上帝不能憐憫你。

浮士德 誰在我耳邊嘀咕道：我是鬼靈？
即使是鬼靈，上帝也能憐憫我。 15
沒錯！我懺悔，上帝就會憐憫我。

惡天使 不會的，浮士德斷然不懺悔。

天使同下

浮士德 我的心腸堅硬，無法懺悔。

　　　　只要提到救贖、信心或天國，

　　　　鎗、毒藥、絞索和沾毒鋼刃　　　　　　　　20

　　　　就橫置在面前，想要我了結；

　　　　若非甜美的歡樂征服了深沉的絕望，

　　　　我早已自行了斷。

　　　　我不是叫雙目失明的荷馬^①為我吟唱過

　　　　亞歷山大的愛和伊諾妮的死^②嗎？　　　　25

---

① 荷馬(Homer)據傳係西洋文學史上兩部史詩《伊里亞德》(The *Iliad*) 與《奧德賽》(The *Odyssey*)的作者，但其人其事不詳。或謂他是西元前12世紀(一說前7世紀)生在今土耳其西岸愛琴海上的凱歐斯 (Chios)島(一說在土耳其西岸的斯默納(Smyrna)港)，為一名目盲的 吟唱詩人(bard)。但有些當代學者完全否認他的存在；他們認為「荷馬」一名本義為「集零為整之人」(piecer together)，只是用來指稱兩部史詩的方便之詞。為此，學界引發了史詩源起的問題，是即所謂的「荷馬問題」(Homeric Question)。

② 原文Alexander係巴里斯(Paris)之名。巴里斯為特洛伊(Troy)國王普萊姆(Priam)之子，只因神諭說他長大後會給國家帶來災難，故送至艾達山(Mt. Ida)山上看羊。期間，他雖與山林女神伊諾妮(Oenone)相戀，卻始亂終棄，在出使希臘時誘拐海倫(Helen)，引發了10年的特洛伊戰爭(Trojan War)。伊諾妮有預言與治病之能，知道巴里斯終有一天會回來找她療傷。果然，巴里斯在戰場上受創。但伊諾妮不願替他治療，只是眼睜睜看著他死在她的懷中。事後，伊諾妮以淚洗其屍體，並在悔恨交加之餘自戕。事見Ovid's *Heroides*, Chapter V。文藝復興時代歐陸的基督教人文學者多以譬喻(allegory)的眼光看待羅馬史詩；像巴里斯的死，便詮釋為悔罪的表現。按：查普曼(George Chapman, 1559-1634)譯的《伊利亞德》(The *Iliad*)馬羅未及看到。馬羅所知道的特洛伊戰爭可能是赫爾(Arthur Hall, fl. 1581)譯自法國詩人薩雷爾(Hugues Salel, 1504-1553)的法文本。習班納斯(Pindarus

而築起提比斯城牆的這個人^③，

不也用悅耳的豎琴

與魔菲思拖弗利斯合奏出銷魂的樂聲嗎？

那我爲何就該死，爲何就該絕望得如此卑賤？

我的心意已決，浮士德不會懺悔。　　　　　　　　30

來！魔菲思拖弗利斯，我們再來論辯，

並且探究神聖的占星術。

說，月亮之上還有許多星球嗎？

所有的星球都和位在天體中心的地球一樣，

實質上都不過是個球體^④嗎？　　　　　　　　35

　　Thebanus)的拉丁文本《伊利亞德》(*Ilias Latina*)為16世紀通用的教本。

③　原文he指希臘天神宙斯(Zeus)與安泰奧琵(Antiope)所生的雙胞胎之一安菲庸(Amphion)。傳說中的安菲庸善彈七絃琴(lyre)，曾以琴聲引石建造提比斯(Thebes)城。又，原文ravishing sound of his melodious harp應指奧休斯(Orpheus)才對；奧休斯的父親為色雷斯(Thrace)國王，母親是一名繆思女神，其音樂方面的天分得自母親，能以信差神赫密斯(Hermes)所贈的七弦琴(lyre)移石動樹、改變河道，又曾恃其琴藝下地獄救妻。文藝復興時代的人認為，安菲庸的琴聲有化蠻夷為文明人之功；而其所以能以琴聲引石，乃因受神靈感動而得以展現創發力(creative power of divinely-inspired harmony)。

④　浮士德的問題是：各自運行的星體是否如地球一般，實僅一球體？按：當時仍採托勒密天動說(Ptolemaic system or astronomy)，認為宇宙為一同心圓天體，地球就在同心圓天體的中心。四元素相互包圍：水包土，土包空氣，空氣包火；每個星體也被其外面的星體圍繞，而整個天體則圍著共軸環繞。按：托勒密(Ptolemy（全名Claudius Ptolemaeus), A. D. 139-161)係2世紀在北非亞力山卓(Alexandria)活躍的希臘天文學家、數學家與地理學家，其天動說主張地球為宇宙的中心，其他星體皆環繞地球運轉。天動說至16世紀始為波蘭天文學家哥

魔	天體與元素一樣，
	從月亮到最高天，
	層層相疊軌道上，
	同在共軸上運轉⑤，
	終端稱爲宇宙大廣極。

40

土星、火星或木星的名稱
亦非杜撰，都只算行星。

浮士德　呃！這些都在同一「時空」運轉嗎？

魔　　都是二十四小時內同在宇宙的共軸上由東往西運轉，
但在黃道帶共軸上的運轉並不相同⑥。

45

浮士德　這些小疑難，華格納就能解決。
難道魔菲思拖弗利斯沒有更大的本事？
有誰不知行星的雙重運轉？
第一重在一個自然日內完成；

白尼（Nicholas Copernicus, 1473-1543）的地動說（Copernican system）取
代。按：天文學（astronomy）與星象學（astrology）至17世紀末才分家；
浮士德的問題除下文的智慧天使（參見本書頁167，註⑧）外，都屬天
文學的範疇。

⑤ 各個星體在各自的軌道上依各自的速度運轉；同時，由於天體形成同
心圓，從最近地球的月亮到離地球最遠的土星，各個星體同在共軸（也
是地球之軸）上運轉（相合）。7大行星都在運轉，有別於恆星，故稱行
星或繞動星（erring or wandering stars）。

⑥ 黃道（zodiac）係月球與太陽系主要行星（除冥王星外）運行的軌道。行
星依兩個相反的方向運轉。一方面每天繞著地球由東向西運轉，受不
動天（primum mobile）操控，速度較快；另一方面則穿過恆星天由西向
東運轉，速度較慢。由於黃道與前者不同，致使各行星運轉的速度也
不同。

第二重是這樣的：土星三十年， 　　50

木星十二年，火星四年，太陽、金星和水星各一年，月

球二十八天⑦。這些都是給大學部新生的問題。呃！告

訴我，每個星體都有一位領域天使或「智慧天使」⑧嗎？

魔　　　沒錯。

浮士德　天或星體共幾層？ 　　55

魔　　　共九層：七大行星、恆星天和最高天⑨。

浮士德　可是，不是有「火天」和「水晶星體」⑩嗎？

---

⑦　在天動說的理論下，地球為宇宙的中心，行星繞著地球運轉。行星的
　　運轉離地球愈近，所需時間愈短；離地球愈遠，所需時間愈長。各個
　　行星繞轉地球一圈所需的時間通常是：土星(Saturn)29.5年，木星
　　(Jupiter)11又4分之3年，火星(Mars)1年11個月，太陽(the Sun)1年，
　　金星(Venus)7.5個月，水星(Mercury)3個月。

⑧　5世紀基督教新柏拉圖主義者(Neo-Platonist)戴奧尼西斯(Dionysius
　　the Areopagite, c500A.D.)曾在所著《天體階層論》(On the Heavenly
　　Hierarchy)一書中將天使分成3類9級。最高類為六翼天使(Seraphs)、知
　　識天使(Cherubs)、寶座天使(Thrones)；次高類為權天使(Dominations)、
　　力天使(Virtues)、能天使(Powers)；最低類為首天使(Principalities)、
　　大天使(Archangels)、小天使(Angels)。這3類天使分別操控不動天
　　(primum mobile)、恆星天(the fixed stars)及7行星(Saturn, Jupiter, Mars,
　　the Sun, Venus, Mercury, the Moon)。原文dominion(領域)與
　　intelligentia(智慧)都指操控星體運轉的天使。這方面的說法首由柏拉
　　圖提出，中世紀神學家更細分成9個階層的天使，只是一般科學家並
　　不以嚴肅的態度視之。

⑨　托勒密天動說的天體系統包括7行星、恆星天、火天與水晶天體以及
　　最高天(empyreal heaven)等10個天體。最高天是最外圍的天體，為上
　　帝的寶座所在；四折本將empyreal拼成imperiall，以顯示其莊嚴神聖。
　　馬羅似以最高天取代火天與水晶天體。

⑩　火天與水晶星體原係亞里斯多德的天文觀念，後為托勒密天動說中存
　　在於7大行星與恆星天之間的星體，用來解釋歲差(precession of the

魔　　　沒有的，浮士德，這些都只是杜撰的。

浮士德　那就替我解答這個問題：星球之間的合、衝、位、蝕⑪ 60
　　　　為何不每年在固定的時間發生，而有些年多、有些
　　　　年少？

魔　　　「因為它們在整個系統中運轉的速度不等。」

浮士德　呃！我得到答案了。告訴我，誰創造了世界？

魔　　　我不說。

浮士德　好魔菲思拖弗利斯，告訴我嘛。 65

魔　　　別惹我生氣，浮士德。

浮士德　壞蛋，你不是約定好要告訴我一切的嗎？

魔　　　沒錯，那是指在不傷害我們王國的原則下，
　　　　這個問題傷害了。你已受詛咒，想想地獄吧。

浮士德　浮士德就偏要想創造世界的上帝。 70

魔　　　給我記住！

　　　　（魔菲思拖弗利斯）下

---

equinoxes)或黃道的震動(trepidation of the spheres)，但並未廣獲接
受。魔菲思拖弗利斯否認火天的存在，主張運轉的星體只有8個，跟
文藝復興時代某些天文學家的說法吻合。

⑪　合(conjunctions)、衝(oppositions)、位(aspects)、與蝕(eclipses)都是
　　天文學術語。「合」指兩星體處在同一黃經度(celestial longitude)；
　　像月球運行於地球與太陽之間而成新月，即處於合。「衝」指兩星體
　　處在黃經度180°的相對位置；日月在地球相反的兩邊成一直線，月
　　球適在望時，就與太陽相衝。「位」或「位相」指的盈虧乃因它與
　　地日的位置不同所致，故有新月、滿月、上弦月、下弦月的差別。「蝕」
　　指一星體被另一星體遮掩的現象，通常用來指日、月或行星的衛星；
　　蝕依種類分有日蝕、月蝕，依現象分有全蝕、偏蝕、環蝕、全環蝕、
　　半影月蝕以及中心蝕等。

浮士德　哼！滾！可咒的惡魔，滾下醜陋的地獄去！

　　　　是你叫浮士德憂傷的靈魂受詛咒。

　　　　不是太遲了麼？

　　　　兩名天使同上

惡天使　太遲了。　　　　　　　　　　　　　　　　　　75

善天使　只要浮士德肯⑫懺悔，永遠不嫌遲。

惡天使　你懺悔，眾魔就把你碎屍萬段。

善天使　懺悔吧！他們絕對搔不到你的皮。

　　　　天使同下

浮士德　啊！基督，我的救世主，我的救世主，

　　　　懇請⑬救救浮士德憂傷的靈魂吧。　　　　　　　80

　　　　露西弗、卑爾茲巴柏與魔菲思拖弗利斯同上。

露西弗　基督救不了你的靈魂，因為基督是公正的。

　　　　這樁事只有我才關心。

浮士德　啊！你是誰，面目如此可怖？

露西弗　我就是露西弗，

　　　　這位與我同為地獄王。　　　　　　　　　　　　85

浮士德　啊！浮士德，他們來取你的靈魂了！

卑　　　我們同來告訴你，你傷害了我們。

露西弗　你呼求基督，背離了你的承諾。

---

⑫　原文will（肯、願）A本作can（能）。will更能表達浮士德期望獲得救贖的意願，意似較勝。

⑬　原文help，A本作seek。help重在懇請上帝救贖，求助的意味較強；seek強調救贖之道在基督，也不無懇求之意。

卑	你不該想上帝。	
露西弗	應該想魔鬼⑭。	90
卑	也該想鬼婆。	

浮士德　此後不會再想。這回請見諒，浮士德發誓絕對不再抬
　　　　頭仰望天。

露西弗　你表現得像個聽話的僕人，我等將會厚厚報償你。

卑　　　浮士德，我等親自從地獄來讓你看些消遣。坐下來，95
　　　　你會看到七死罪⑮的本來面目。

浮士德　此情此景我的喜悅會像亞當頭一天被創造出來看到樂
　　　　園的心情一樣。

露西弗　別談樂園或創造，注意看表演。魔菲思拖弗利斯，去帶
　　　　他們進來。　　　　　　　　　　　　　　　　　100

　　　　（浮士德坐下，魔菲思拖弗利斯引進七死罪。）七死罪

---

⑭　魔鬼(devil)指露西弗(Lucifer)。據傳露西弗跟許多女巫有染，或亦相
　　傳他有一固定配偶(dam = consort)；所謂「鬼王鬼婆」為家喻户曉的
　　傳言。又，原文 dame(或作dam)的發音與 damn(詛咒)相近，則 the devil
　　and his dam(n) 或指惡魔及其給人的詛咒。

⑮　七死罪（參見本書頁134，註⑤）的概念源於泛希臘時代(Hellenistic
　　period, 約在4th Century B. C.)，後成為中世紀基督教思想。在馬羅前，
　　像喬叟(Geoffrey Chaucer, 1340-1400)〈牧師的故事〉(Parson's Tale)、
　　藍蘭德(William Langland, 1332?-1400)《比爾農夫》(Piers Plowman,
　　1362?-1387?)以及史賓塞(Edmund Spencer, 1552-1599)《仙后》(The
　　Faerie Queene, 1590-1596)等都曾述及。而其所以致命(deadly)，乃因
　　其所造成的罪愆深重，足以致靈魂於永死。七死罪常見於《堅忍堡》
　　(The Castle of Perseverance, 1405-1425)、梅德華爾(Henry Medwall, fl.
　　1486)《自然》(Nature, c1490)等中世紀的道德劇中，其角色幾乎都是
　　抽象的質，七死罪也不例外。

上。

卑　　哪！浮士德，問問他們的名姓和個性。

浮士德　馬上就問。——第一位叫甚麼？

傲慢　　我叫傲慢，我不屑有任何父母。我像奧維德筆下的跳
　　　　蚤⑯：能爬進姑娘身上的每個部位。有時像假髮覆蓋在
　　　　她的眉頭上；又如項鍊懸在她的脖子上；接著就像　　105
　　　　羽毛扇親吻她雙唇；然後變成刺過繡的襯裙為所欲為。
　　　　呃！呸！是甚麼怪味道！除非地板灑香水、鋪花氈⑰，
　　　　否則我絕對不再多開口。

浮士德　的確是個傲慢的傢伙。——第二位叫甚麼？

貪婪　　我叫貪婪，由一個老吝嗇鬼生在皮包裡。願望若能成　110
　　　　真，就把這棟房子、你和一切都變成黃金，才好安心把
　　　　你們鎖進櫃子裡。啊！我甜蜜蜜的黃金！

浮士德　第三位叫甚麼？

嫉妒　　我叫嫉妒，是煙囪工和牡蠣嫂生的。我不識字，所以希

---

⑯　〈跳蚤歌〉（Carmen de Pulice〔The Song of the Flea〕）為流傳於中世紀
　　的一首拉丁文淫詩，寫作時間不詳；據傳為羅馬詩人奧維德（Ovid, 43
　　B.C.-A.D. 18）的作品。詩人曾在詩中以嫉妒的口氣對跳蚤說：「野蠻
　　的東西，你想到那裡就到那裡，沒甚麼不讓你看到。」（"*Is quocumque
　　placet; nil tibi, saeve, latet*"〔You go wherever you wish; nothing, savage,
　　is hidden from you〕.）

⑰　阿拉斯（Arras）在今法國里耳（Lier）西南40公里處，為卡萊海峽（Pas-
　　de-Calais）省省會，中世紀期間以出產手工編織品聞名遐邇，而特以
　　掛氈最獲口碑，arras因成掛氈的代稱。當地出產的掛氈係用一種華麗
　　而昂貴的布料織成，質美價昂。傲慢要把掛氈當踩腳布，未免過於豪
　　奢。

望書本全部燒光光。我看別人吃東西，自己就消瘦。115
啊！只望人間降臨饑荒，全都死光光，只有我活著！到
那時節，你就會看到我有多肥胖。可是，爲什麼你非坐
著不可，而我就得站著？下來，媽的！

浮士德　滾開，嫉妒的傢伙！——呃，第四位叫甚麼？

憤怒　　我叫憤怒。我無父無母。生下一個鐘頭不到，就從獅120
　　　　子嘴裡跳出來；此後，就拿著這對匕首⑱來去天涯海
　　　　角，無人可撕殺，就砍傷自己。我生在地獄。留心啊，
　　　　因爲你們當中說不定有一個就是我的生身之父。

浮士德　第五位叫甚麼？

饕餮　　我叫饕餮，父母雙亡；沒留下半毛錢，只留下一小筆125
　　　　養老金，每天給我買三十餐飯和十份點心——小錢要
　　　　填飽肚皮。我出身皇室：父親是醃腿肉，母親是大桶紅
　　　　葡萄酒。教父⑲是：彼德・醃鯡魚和馬丁・醃牛肉⑳。

---

⑱　原文these case of rapiers應作this case(=pair)of rapiers, 亦即單指一對匕
　　首。

⑲　教父(godfather)與教母（godmother)合稱為教父母（godparents)或代父
　　母，其正式名稱為sponsors；受洗者則稱教子或教女(godchild)。教父
　　母指基督教洗禮儀式中受洗者的保證人。在進行洗禮時，代替未成年
　　的受洗者申明信仰；平日則在生父生母無法履行義務時，扮演屬靈父
　　母的角色來代為施行宗教教育，並負起監督之責。成年人受洗時，教
　　父母只當進入教會的見證人，而不代其宣誓。教父母制度源於猶太教
　　會的割禮。早期基督教會由親友保證受洗者受過適當教導、品行優
　　良、虔信教義，並因而引介其接受洗禮，以示皈依。在人數方面，教
　　會通常規定教父教母各1人，也有只需教父或教母1人，英國國教則要
　　求3人。

⑳　歐俗通常在11月11日聖・馬丁節(Martinmas)當天宰牛後，將醃好的

　　可是，我的教母，啊！她是個年老的貴婦人，名叫瑪吉
　　莉·三月啤酒㉑。呃！浮士德，如今你聽我說了祖宗八
　　代，你肯請我吃頓晚餐嗎？　　　　　　　　　　　　130

浮士德　不請。

饕餮　　那就叫惡魔掐死你！

浮士德　掐死自己吧，饕餮！——第六位叫甚麼？

懶惰　　嗨嗃！我叫懶惰，生在一個陽光普照的河岸上。嗨　　135
　　嗃！就算給我一筆鉅款，我也不再開口了。

浮士德　第七位、也是最後一位，叫甚麼？小騷包！

淫蕩　　誰？我嗎？先生！我喜歡一吋長的生羊肉㉒甚於四十
　　五吋長的鱈魚乾㉓。我的名字由「淫」字開頭。

　　肉掛起，以備冬日食用。Martlemas-beef就是指這種醃好掛起的牛肉。
　　聖·馬丁節也是吃喝的時節，一如「尾牙」。按：聖·馬丁節係紀念
　　聖·馬丁(St. Martin of Tours, ?-397)的節日。聖·馬丁在世時，以其
　　慈悲與謙遜為人稱道；後來成為乞丐、葡萄農與客棧老闆的守護神。
　　在英倫及歐陸，11月11日指穀物收藏完畢、過冬用的牲畜業經宰殺以
　　及新酒開罈品嚐之日；同時，節慶與酒皆已備妥、債務還清、僕人可
　　自由更換主人。據民間傳說，當日天晴或枝葉茂密，則為寒冬之兆；
　　若在當日之前下霜，則將有暖冬。
㉑　三月啤酒(March-beer)為一種精釀的烈啤酒，通常在3月間釀好後放置
　　2年，才能飲用。
㉒　原文 mutton 在伊莉莎白時代的英文中，常指「娼妓」(prostitute)或「蕩
　　婦」(loose woman)；但淫蕩為女性，因此應指「男妓」(male prostitute)
　　或「淫夫」(loose man)。而「一吋長的生羊肉」(an inch of raw mutton)
　　則指陽具或陰莖。
㉓　厄爾(ell＝(英格蘭) 45 inches或 (蘇格蘭) 37 inches)為古尺名，與吋
　　(inch)相對，如俗話 "Give him an inch, and he'll take all ell"（得寸進尺），
　　便是用法一例。stockfish 本義為「乾鱈魚」(dried cod)。按：鱈魚又
　　指陰囊(scrotum)，此處指「性無能」。淫蕩的意思是：寧可一次真刀

露西弗　走開！下地獄去，走開！開步走，吹笛的[24]！　　　　140
　　　　七死罪同下

浮士德　啊！這幅景象真叫我的靈魂好歡喜！

露西弗　呃！浮士德，地獄裡面儘是歡樂。

浮士德　啊！能去看看地獄，再安然回來，我會有多快樂啊！

露西弗　浮士德，會的。午夜時分我會接你去。(給書)在這同時，
　　　　熟讀這本書，徹底看完，你就會隨意變化形體了。　　145

浮士德　(接下書)謝啦，偉大的露西弗。這本書我將如珍惜生命
　　　　般小心保存。

露西弗　哪！浮士德，再會了。

浮士德　再會啦！偉大的露西弗。來吧！魔菲思拖弗利斯。　　150
　　　　眾下

　　眞鎗成功，也不願多次性交失敗。

[24]　吹笛手帶隊進場，如今露西弗又命吹笛手帶隊出場。不過，吹笛手也
　　　可能是七死罪中的一個。

第三幕

（舞歌員）

舞歌員上[1]

舞歌員 學識淵博浮士德，

　　　　 為求解開天文大奧秘

　　　　 刻在神書最高天，

　　　　 登上奧林帕斯[2]山巔尋尋覓，

　　　　 乘坐飛車耀眼如燄燃　　　　　　　5

　　　　 前有龍頸加軛奮力曳，

　　　　 察視層雲、行星與繁星，

　　　　 南北歸線、地球五帶、天空分四域[3]，

---

① A 本在此處的戲台說明作 Enter Wagner，評論家因據此認為舞歌員的
　 台詞皆由華格納所為；若非他本人，也是他以某種喬裝的形式出現。

② 奧林帕斯山（Olympus），橫亙希臘半島東北部西沙里（Thessaly），靠近
　 莎隆尼卡灣（Gulf of Salonika）；在希臘神話中，這座山是眾神的居所，
　 其上天清氣爽、陽光普照、無風無雨，是個至福之地。浮士德登巔尋
　 覓意在探索古典希臘文明的奧秘。

起自彎彎新月光輪亮

甚或高達至極大穹蒼④；   10

順著地球周圍繞圈行⑤，

就在穹蒼兩極範圍裡⑥，

龍車由東向西滑翔疾，

八天之內再度抵家門。

待在靜室不耐久，   15

只為跋涉疲累筋骨得休憩，

探險促他再起程，

再次登上龍脊去遨遊

展翅撥開空氣忒稀薄，

如今已去堪察天與地，   20

丈量海岸人間各王國，

首先將抵羅馬可猜臆

去看教皇還有宮廷好形勢

也將分享神聖的彼得大宴席⑦，

---

③　南（Capricorn）北（Cancer）回歸線（tropics）與地表分成5帶，天則分成4帶。

④　在托勒密天體系統（Ptolemaic astronomy）中，月球的軌道是9大行星中最低的一個；不動天（*Primum Mobile*），為最外圈的星體，在24小時繞行地球一周的同時，帶動行星與恆星繞著地球運轉；魔菲思拖弗利斯以不動天為最高天（empyrean）。

⑤　原文circumference指圓周外圈，亦即最高天；浮士德除上帝所在的居處外，其他地方似乎皆已去過。

⑥　圍繞宇宙之軸運轉的天極範圍內，從地球的立場看，成拱形（concave）。

當天正待隆重開宴禮。⑦   25

下

---

⑦　聖・彼得宴(St. Peter's Feast)在每年6月29日舉行。彼得(Peter, 10 B.C.-
　　A.D. 66)為耶穌12門徒之首,為加利利(Galilee)人,本名西門(Simon or
　　Simeon);彼得為耶穌所賜,意為「磐石」(rock)。彼得本業捕魚,
　　後捨棄一切追隨耶穌四處傳道。耶穌受審時,曾兩度否認自己為其門
　　徒。耶穌死後,似又重操舊業。耶穌復活時,他曾親見,之後便負起
　　耶路撒冷教會的重任。約在64歲時,在羅馬遭羅馬皇帝尼祿(Nero,
　　54-68)迫害殉道。彼得以耶穌的大弟子及耶穌復活的見證人被追封為
　　首位任教皇。保羅(Paul, 2-66)原名掃羅(Saul of Tarsus),早先曾對基
　　督徒迫害甚烈,後在赴大馬士革途中見基督顯靈而改信,與彼得並稱
　　為基督教早期發展過程中舉足輕重的兩大支柱(pillars)。保羅跟彼得
　　同樣在羅馬遭尼祿處死:彼得被頭下腳上釘在十字架上,保羅則遭斬
　　首。聖・彼得的紀念日在每年6月29日,聖・保羅的紀念日在6月30日;
　　但彼得受囚日在8月1日收穫節(Lammas Day)。

【第一景】

浮士德與魔菲思拖弗利斯同上

浮士德 我的好魔菲思拖弗利斯，

如今我們已經以喜悅的心情遊過大城特里爾①。

這座城四周環繞著巍巍的山巔、

堅強的城牆和深掘的壕溝，

任何善戰的君王都無法攻克；　　　　　5

接著從巴黎沿著法蘭西邊境，

我們看到美茵河注入萊茵河，

沿岸盡是結實纍纍的葡萄藤叢。

---

① 特里爾（Trier，法文作Trèves）為德西萊茵地-巴拉丁納特區（Rhineland-
Palatinate）莫索河（Mosel 或作 Moselle）畔的一座日耳曼古城，為艾佛
爾（Eifel）群峰環繞，曾為戰略要衝。該地距今盧森堡邊境93公里，在
今德國邁茵茨（Mainz）西南12公里；屬地中海型氣候，景色優美，為
古代羅馬達官貴胄常去之地，主要產物有酒、橄欖、柑橘與穀類。西
元前15年，羅馬皇帝奧古斯都（Augustus, 在位27 B.C.-A.D. 14）曾在當
地建城，名為奧古斯達‧特里維羅隆（Augusta Trevirorum），16世紀期
間發展成政教、商業與文化中心，至17世紀末才告沒落。據傳當地藏
有聖袍（the Holy Coat of Trier），是即耶穌的無縫袍（seamless robe），
曾在1844、1891、1933等年間展出，吸引了大批朝聖者前來。浮士德
由特里爾經巴黎往東來到美茵河（the Main）與萊茵河（the Rhine）交口
處（在今法蘭克福與邁茵茨附近），然後往南赴義大利，似乎在從事所
謂的大旅行（Grand Tour）。

富庶的康巴尼亞區②拿不勒斯，
只見建築亮麗而璀燦奪目、　　　　　　　　　　　　10
街道筆直又鋪著上等好磚石，
我們看到學識淵博的馬若③有座黃金墓，
由他挖出的路徑長達一哩
一夜之間鑿穿大巖窟。
由此通往威尼斯、帕都阿等各地④，　　　　　　15
沿途矗立著一座璀璨的教堂⑤在其間，
高聳的塔尖捫眾星，
塔架砌成五彩石，

---

② 康巴尼亞(Campania，或作Campagna)區內有維蘇威火山(Mt. Vesuvius)
　聞名於世，為今義大利南部一處山區，拿不勒斯(Naples)為區內首府
　與最大的港市。
③ 馬若(Maro)即羅馬詩人維吉爾(Virgil, 全名Publius Vergilius Maro,
　70-19 B.C.)。他死後葬在今義大利半島西南拿不勒斯與波特磋里
　(Pozzuoli)兩個海港之間的博希里柏(Posilipo)岬端上，其墓有如一處
　神廟(shrine)。中世紀與文藝復興時代對他的看法有二：(1)認為其牧
　歌〈給波里歐〉(Eclogue to Pollio)預示耶穌誕生，其史詩《伊尼亞德》
　(The Aeneid)中伊尼亞斯(Aeneas)下地獄之舉有如人的天路歷程；(2)
　將他視為魔法師。據傳博希里柏山(Mt. Posilipo)隧道就是由他在一夜
　之間以魔法鑿穿的。戲文指這處鑿穿「巖窟」(rock of stone，即grotto)
　的隧道「全長一哩」，實則只有0.43哩(即2,264呎)。
④ 原文the rest或作the east(= eastern Italy)，亦即：浮士德由義大利拿
　不勒斯往東行，才能抵達威尼斯、帕都阿與羅馬等地。
⑤ 指威尼斯聖・馬可教堂(St. Mark's)及其鐘塔(campanile)。聖・馬可
　教堂鐘塔高99公尺，建於西元888年，內有斜坡通往塔頂，塔頂為金
　字塔形塔尖。塔尖及塔基於16世紀期間由桑索維諾(Jacopo Tatti
　Sansovino, 1477-1570)加蓋上去。整座鐘塔曾於西元1902年間倒塌，
　至1908年才依原有建築圖重建。

　　　　塔頂精雕細琢用黃金。

　　　　迄今浮士德如此度時日。　　　　　　　　　　　20

　　　　現在告訴我，這休憩之處何所在？

　　　　你是照著我早先的吩咐

　　　　引我來到羅馬⑥的城內嗎？

魔　　　沒錯，我的浮士德，為證明我的話，

　　　　這就是教皇的王宮；　　　　　　　　　　　　25

　　　　由於我等並非尋常客，

　　　　所以我選用了他的私人寓所。

浮士德　我希望教皇會歡迎我等。

魔　　　都一樣，因為我等行將放膽取用他的肉。

　　　　呃！浮士德，如今你可將　　　　　　　　　30

　　　　羅馬的勝景盡收眼底。

　　　　要知道，這個城位在七座山丘上；

　　　　山丘支撐著全城的根基地。

　　　　台伯河水滔滔流過市中心，

　　　　蜿蜒的河岸分割城區為兩半，　　　　　　　35

　　　　宏偉的大橋兩座橫跨在河上，

　　　　使人得以安然通往羅馬各地區。

　　　　取名安吉羅⑦的大橋上

---

⑥　西元1598年間，海軍大臣劇團（Admiral's Men）的道具中有一背景幕
　　（backcloth），想即用來標示羅馬的幕景（the sittie of Rome）。

⑦　安吉羅橋（Ponte Angelo）為伊里亞橋（Ponte Aelius）的前身，係羅馬皇
　　帝哈德里安（Hadrian〔或做Adrian，全名Publius Aelius Hadrianus〕，在

建有城堡一座忒堅固，

裡面庫藏的鎗械難罄計，　　　　　　　　　　　　　　40

像是雙管銅砲⑧

總數吻合

全年的天數無差遲——

旁邊的橋門和高高的方尖塔⑨

皆由朱利阿斯・凱撒遠從非洲帶回國。　　　　　　　45

浮士德　呃！我以地獄眾王國的統治權、

　　　　恨河、陰陽河以及永遠

　　　　熾燃著的火河⑩爲誓，

　　位117-138)於西元135年間所建，以連接其靈廟(mausoleum)和 (the
　　Campus Martius)；靈廟即今安吉羅城堡(the Castello di s. Angelo)。按：
　　城堡建在橋通往台伯河的河岸上，而非建在橋上。

⑧　原文double cannons或指1砲7彈，或僅指大口徑大砲而言。西元1536
　　年間，歐文兄弟(John和Robert Owen)曾在卡萊(Calais)鑄造「雙管大
　　砲」，引發亨利八世(Henry VIII, 在位 1509-1547)的興趣。這門大砲
　　本擬在1537年間運抵西敏寺展示，但因鎗砲專家詹森(Harry Johnson)
　　沒有適時提供砲軸，以致無法運達。

⑨　凱撒(Julius Caesar, 100-44 B.C.)於西元前48年間追殺龐沛(Pompey
　　〔全名Gnaeus Pompeius Magnus〕, 106-48 B.C.)至埃及，直到西元前47
　　年才返回羅馬。城內有11道城門，聖・彼得教堂(St. Peter's Church)、
　　桑托營(Campo Santo)及其教堂墓園(Churchyard)，方尖高塔(piramides)
　　即在其內。按：此方尖高塔迄今仍在。一說是由羅馬皇帝卡里古拉
　　(Caligula, 在位37-41)由赫留波里(Heliopol)運回羅馬，後於1586年間
　　送往聖・彼耶楚廣場(Piazza San Pietro)；另一說則認爲是由羅馬皇帝
　　康斯坦丁一世(Constantine I, 在位327-337)於4世紀期間從埃及運回。
　　但無論如何都不是由凱撒帶回。原文piramides爲多數形用作單數義，
　　爲的是要多一音節以使詩行成五音步(pentameter)；piramides即聖・
　　彼得大教堂前的方尖石塔(obelisk)。

　　　　　　我的確渴望去見識
　　　　　　璀璨壯麗的羅馬城紀念碑和山川形勢。　　　　　　　50
　　　　　　哪！來！動身吧。

魔　　　　不！慢著，我的浮士德。我知道你想瞻仰教皇、
　　　　　　參與神聖的彼得大慶宴。
　　　　　　今天全羅馬和義大利
　　　　　　都在舉行莊嚴隆重的慶典，　　　　　　　　　　　55
　　　　　　慶賀教皇凱旋歸⑪。

浮士德　　好心的魔菲思拖弗利斯，你真會取悅我。
　　　　　　在我有生之年，讓我饜足
　　　　　　愉悅人心的佳餚美味。
　　　　　　二十四年自由歲月　　　　　　　　　　　　　　60
　　　　　　我要花在玩樂和嬉戲上，
　　　　　　有生之年讓浮士德之名，
　　　　　　遐邇都稱羨。

魔　　　　說得好，浮士德。來，站在我旁邊，
　　　　　　你馬上就可看到他們來。　　　　　　　　　　　65

浮士德　　不！慢著，我溫柔的魔菲思拖弗利斯，

---

⑩　希臘神話中的地獄共有5條河：恨河（Styx）為一條爛泥河，眾神都指
　　著此河起誓，以示決不反悔；陰陽河（Acheron）又深又黑，陰魂必須
　　渡過此河，才能進入冥府；火河（Phlegethon）即戲文中的火湖（fiery
　　lake），波浪皆火；忘河（Lethe）的河水讓陰魂喝過以後，忘記一切。
　　劇中不曾提到的哀河（Cocytus）中，及時傳來陣陣哀號之聲。
⑪　日耳曼皇帝查理五世（Charles V, 在位 1519-1556）冊立卜蘭諾（Bruno）
　　為教皇，但為羅馬教廷所敗；戲文所謂的victory即指此事。

答應我的要求，我就走。
你知道，我們在八天之內
見識過天堂、人間和地獄。
我們騎龍遨翔在高空，　　　　　　　　　　　　70
騁目俯瞰，只見地面
大小如手掌。
我們看過全世界的王國，
凡是愉悅我雙眼者皆已目睹，
如今這個場面就由我來當演員，　　　　　　　　75
讓這位高傲的教皇見識浮士德的本事。

魔　就這麼辦，我的浮士德。不過，且先停下
看看他們行經此處時的隊伍到底多壯觀，
再設想最合你心意的辦法，
用你的本事來阻礙教皇　　　　　　　　　　　　80
或對這位不可一世的教皇殺威風——
使他的僧侶和方丈站著像猿猴，
一如丑角般指著三重冠冕，
或打在僧侶頭上的念珠，
或拍拍紅衣主教腦袋上的大角，　　　　　　　　85
或你想得出來的任何惡作劇，
我就去做，浮士德。聽！他們來啦！
今天你會在羅馬受人讚歎。
（兩人站開一旁。法蘭西與帕都阿）紅衣主教與（洛蘭與

萊茵)主教同上，或攜牧杖[12]，或舉標柱[13]；僧侶與修道
士在行進中詠唱。之後，教皇(阿德里安)與匈牙利國王
雷蒙德[14]同上，卜蘭諾[15]腳鐐手銬被押上。(教皇的寶座
與卜蘭諾的皇冠送入。)

教皇　放下腳凳。

雷蒙德　薩克遜・卜蘭諾，彎身，　　　　　　　　　　　90
　　　　教皇陛下要踏著你的背登上
　　　　聖・彼得的坐椅和教皇的寶座。

卜蘭諾　高傲的露西弗，寶座原本屬於我！
　　　　哼！我彎身只對彼得不對你。

教皇　對我對彼得都得屈膝，　　　　　　　　　　　　95
　　　　在教皇的威儀前臣服。
　　　　奏花腔[16]，聖・彼得的傳人
　　　　要踏著卜蘭諾的背登上聖・彼得的寶座。
　　　　奏花腔，教皇登位。

---

⑫　牧杖(crosiers)或十字杖舉在教長、主教與高階教士之前用以顯示地位
　　與身分。
⑬　(銀製)標柱(pillars)實則僅烏爾昔(Wolsey)與波爾(Pole)兩位英國紅
　　衣主教用過，惟似以一對鎚矛狀職杖(mace)取代，為紅衣主教職權的
　　表徵。
⑭　Raymond 未見於史實。
⑮　Bruno亦屬虛構人物。
⑯　原文sennet(喇叭信號)一詞原指小喇叭上的按鈕，此處為一戲臺說明
　　(stage directions)術語。伊莉莎白時代戲臺搬演時，通常以吹奏喇叭為
　　信號，來表示重要人物或隊伍的進出，即奏花腔(fanfare)。按：奏花
　　腔原本用在戰鬥、狩獵與宮廷儀節，旋律簡短、遒亮而輝煌。馬羅率
　　先用在本劇中，以示教皇駕到。

眾神早在使用鐵腕懲罰人類前，

就已未經預警悄然到人間[17]；　　　　　　　　　　　　100

如今，朕沉睡中的復仇之心一旦喚起，

也以死亡擊潰你這可憎的野心。

法蘭西和帕都阿兩位紅衣主教閣下

逕赴神聖的審議廳

查閱敕令，　　　　　　　　　　　　　　　　　　105

看看依據特蘭特會議[18]

對膽敢未經選舉與確認

而僭取教皇政權的狂徒

該當何罪。

去吧，火速回話。　　　　　　　　　　　　　　　110

---

[17] 原文 feet of wool（羊毛腳）指靠近時無聲無息，也無預警。教皇的話似由下面這句格言而來："God comes with leaden (woolen) feet, but strikes with iron hands."

[18] 特蘭特（Trent）位在義大利北部阿迪亞河（the Adije）上一郡，羅馬公教曾於西元1545年12月13日起至1563年間多次在該地舉行大公會議（Council of Trent），以期改革羅馬教會。特蘭特會議原本針對路德（Martin Luther, 1483-1546）的言論而發，於1520年間就打算召開，但因政教等各種因素的困擾，延宕了23年才得以舉行。會議先由教皇保祿三世（Paul III，在位1534-1539）召開，歷經教皇猶利三世（Julius III，在位1550-1555）、碧岳四世（Pius IV，在位1559-1565）等。會期雖僅4年半左右，會議卻在紛擾爭議中斷斷續續開了18年之久。其間分成（1）1545年12月13日至1549年9月13日、（2）1551年5月1日至1552年4月28日以及（3）1562年1月18日至1563年12月11日等3個階段進行。但不久宗教改革即風起雲湧，其勢不可遏抑，對羅馬教會造成空前的衝擊。不過，戲文所指的時間晚於史實上浮士德（1480?-1538）在世的時間。

紅衣甲 遵命，陛下。

　　兩名紅衣主教同下

教皇 雷蒙德閣下——

　　（*教皇阿德里安與雷蒙德私下交談*）

浮士德 （旁白）去！快去！好魔菲思拖弗利斯。

　　尾隨紅衣主教到宗教法庭，

　　趁著他們在翻閱宗教法典的當間，　　　　　　　115

　　讓他們突覺慵懶昏沉沉，

　　使他們沉睡不醒，

　　而你我就變成他們的形相，去會會

　　這位傲然對抗皇帝的教皇談話，

　　不管他有多莊嚴神聖，　　　　　　　　　　　120

　　恢復這位卜蘭諾的自由之身，

　　帶他回日耳曼的國度去。

魔 浮士德，我去。

浮士德 火速去辦好。

　　教皇勢將詛咒浮士德來羅馬。　　　　　　　　125

　　浮士德與魔菲思拖弗利斯同下

卜蘭諾 阿德里安教皇[19]，容我也有主張法律的權利。

---

[19]　教皇阿德里安（Pope Adrian）應即阿德里安四世（Adrian VI，在位 1522-1523），跟史實上的浮士德約在同時；不過，也可能是教皇哈德里安（Pope Hadrian IV，在位1154-1159）教皇哈德里安曾與神聖羅馬帝國皇帝紅鬍子菲特烈（Frederick Barbarossa 發生嚴重衝突，但終於迫使皇帝臣服。

我是皇帝選出的。

教皇　朕將爲這種行爲罷黜皇帝，

　　　並且詛咒臣服於他的人民。

　　　他和你都將被逐出教會[20]、　　　　　　　　　　130

　　　停止教會權

　　　不准交接神職人員。

　　　他恃權驕矜太猖狂，

　　　傲慢的頭凸出雲層上，

　　　有如俯視教堂的高尖塔。　　　　　　　　　　　135

　　　朕將壓平這種不可一世的狂妄。

　　　就如前任教皇亞歷山大

　　　踩在日耳曼王菲特烈[21]的脖子上，

---

[20]　早在1570年間，教皇派爾斯五世(Pius V，在位 1566-1572)就曾頒訓
　　　諭，咒逐伊利莎白女王(Elizabeth I，在位1588-1603)、開除她的教籍，
　　　並命英人不得服從於她。按：派爾斯五世曾在宗教改革浪潮中發動反
　　　改革攻勢，可惜未能挽回大局。

[21]　據史籍的載述，教皇亞歷山大三世(Pope Alexander III，在位1159-
　　　1181)繼教皇哈德里安四世(Hadrian IV)後，跟神聖羅馬帝國皇帝菲特
　　　烈一世(Frederick I，在位1152-1190；綽號紅鬍子菲特烈〔Frederick
　　　Barbarossa〕)交惡；菲特烈因另立教皇維篤四世(Victor IV，在位1162-
　　　1177)跟亞歷山大對抗，因引發教會分立。最後，亞歷山大俘獲菲特
　　　烈之子，終於迫使菲特烈屈膝，承認其在義大利卡諾莎古堡(Canossa)
　　　至尊的地位。教皇在足踏其背時說：*Super aspidem et basiliscum
　　　ambulabis, et conculcabis leonem et draconem* (= Thou shalt walk upon
　　　the adder and on the basilisk, and salt tread down the lion and the dragon).
　　　皇帝答稱：*Non tibi sed Petro* (= Not to thee, but to Peter). 皇帝又說：
　　　Et mihi et Petro (= Both to me and to Peter). 這段對白顯然為戲文引
　　　用。但亞歷山大四世似與教皇阿德里安四世(Pope Adrian IV，在位

也把這句金言加到朕的讚美上，

「彼得的傳人理當踩在皇帝的身體上，　　　　140

走在可怕的毒蛇背上，

踐踏獅與龍，

無畏致人於死的蛇怪㉒」，

朕將滅絕這傲然分裂教廷的叛徒，

憑著教皇的權威，　　　　145

罷黜他的王位。

卜蘭諾　朱利安教皇向尊貴的西吉斯蒙德國王㉓發誓，

要爲他和繼任的羅馬教皇

維持教皇成爲合法的主上。

教皇　朱利安教皇濫用教權，　　　　150

所以他的敕令一概無效。

世間的權力不都授與朕一人？

因此，朕即使存心犯錯也不能。

且看這條銀帶上牢牢繫著

蓋好七個戳印的七把金鑰匙㉔，　　　　155

1154-1159)的事相混。

㉒　原文basilisk係古代神話中的蛇怪，長相兇惡、妖法廣大，據傳一叫或
　　一瞪，就能致人於死。今指王蜥，棲居熱帶美洲，看似古怪兇惡，實
　　則溫馴無害。

㉓　此係不符史實的陳述。三位教皇在位的時間分別為：朱立安(Julian, 4th
　　century)、朱立安二世(Julian II, 在位1503-1513)、與朱立安三世(Julian
　　III, 在位1550-1555)。日耳曼皇帝西吉斯蒙德(Sigismond, 在位1368-
　　1437)並不跟三位教皇同時；他曾在西元1414年間召開康思坦斯大公
　　會議(Council of Constance)，以終結教會的分立(the Great Schism)。

這就證明朕的七重權柄源於天，

儘可綑綁、釋放、牢鎖、定罪、審判、

拆封或禁閉，或其他朕想做的一切事。

他跟你和全世界都將屈膝跪在地，

否則朕的毒咒，　　　　　　　　　　　　　　160

重如地獄的苦痛，必然降臨汝身。

浮士德與魔菲思拖弗利斯(衣著)如紅衣主教，上。

魔　　（對浮士德旁白）告訴我，浮士德，我們不是準備妥當了嗎？

浮士德　（對魔菲思拖弗利斯旁白）

不錯，魔菲思拖弗利斯，還不曾有過兩位紅衣主教要像

我們這樣去侍奉教皇。　　　　　　　　　165

呃！趁著他們還在審議廳內沉睡的時刻，

我們且去向教皇致敬。

雷蒙德　（對教皇說）瞧！陛下，紅衣主教回來了。

教皇　　歡迎，神情嚴肅的神父。馬上回答：

宗教會議上的敕令　　　　　　　　　　　170

對於卜蘭諾和皇帝

如何懲處彼等最近

謀叛教皇國與教皇權的行逕？

浮士德　羅馬教會最神聖的守護者，

㉔　原文seven golden keys(of St. Peter's)指聖‧彼得的七把金鑰匙，可開啟天國之門。

會議上全體教士　　　　　　　　　　　　175
高階低階一致決議：
卜蘭諾和日耳曼皇帝
皆應視同異端㉕，凡膽大分裂教會者
以及騷擾教會安寧的狂徒應予處置。
如果卜蘭諾出於一己之私，　　　　　　180
而非遭受日耳曼君臣的脅迫，
妄想戴上三層皇冠，
因陛下之死而登上聖·彼得的寶座，
敕令是這樣寫的：
立即判爲異端分子，　　　　　　　　　185
在柴火堆上燒死㉖。

教皇　夠了。好，就交由你負責，
　　　　立刻押到安吉羅橋上，
　　　　牢牢關在最堅固的塔獄裡。

㉕　原文羅拉德派教徒(Lollards)原指宣揚英國宗教史上十四世紀期間蘇
　　格蘭神學家、哲學家兼宗教改革家威克利夫(John Wyclif, 1330?-1384)
　　論點的教徒。威氏認爲，羅馬公教教會應當放棄資產，交由國家取回。
　　他抨擊教會的作爲與信仰，成爲羅馬公教的眼中釘，而視之爲異端
　　(hectic)。羅拉德派教徒既然宣揚其論點，因此也是異端分子。

㉖　依史實，火刑係加在義大利哲學家、作家兼詩人卜魯諾(Giordano
　　Bruno, 1548-1600)身上，而非如劇中所述。按：卜魯諾爲文藝復興時
　　期的一位傑出思想家，因反對教會權威，認同波蘭天文學家哥白尼
　　(Nicholaus Copernicus, 1473-1543)的太陽中心論與德國神學家尼古拉
　　斯(Nicholas of Cusa, 1401-1464)的宇宙無涯論而遭羅馬教會宗教法庭
　　判處火刑。他雖曾任神職，卻終因爭取學術自由而犧牲性命。

且待明日，朕將在宗教法庭上　　　　　　　　190
與所有神情嚴肅的紅衣主教
決定他的生死。
哪！也把他這頂三重皇冠帶走，
放在教會寶庫內保管。
（將卜蘭諾的皇冠交給浮士德與魔菲思拖弗利斯）
速去速回，我的好紅衣主教閣下，　　　　195
領受朕的福佑。

魔　　（旁白）好，好。魔鬼還不曾如此受福佑！

浮士德　（旁白）走，好魔菲思拖弗利斯，走吧。
紅衣主教行將為此傷腦筋。
浮士德與魔菲思拖弗利斯（押著卜蘭諾）同下

教皇　　立刻辦好宴會，　　　　　　　　　　　200
讓朕能隆重舉行聖·彼得大餐宴，
跟匈牙利國王雷蒙德閣下
為朕近日大獲全勝舉杯同慶。
同下

【第二景】

準備宴會時，奏花腔。（宴會上擺好座位。僕役同下）。

之後，浮士德與魔菲思拖弗利斯以本相上。

魔　　　呃！浮士德，來，準備樂一樂。

　　　　昏睡中的紅衣主教行將

　　　　給予卜蘭諾定死罪；卜蘭諾卻已騎

　　　　在高視闊步的駿馬上，疾行如意念，

　　　　越過了阿爾卑斯山，前往富庶的日耳曼，　　　5

　　　　去向憂傷的皇帝致敬。

浮士德　今天教皇可要詛咒他們的懶惰，

　　　　竟然睡得丟了卜蘭諾和他的皇冠。

　　　　呃！如今浮士德可以喜悅心情

　　　　因彼等的愚蠢而暢意，　　　　　　　　　　　10

　　　　好心的魔菲思拖弗利斯，施法讓我

　　　　隱身走向眾人，

　　　　為所欲為而不使人看見。

魔　　　浮士德，就讓你隱形。立刻跪下，

　　　　（浮士德跪下）

　　　　且待我將一手按在你的頭頂上，　　　　　　　15

　　　　施展法術就憑此魔杖。

（給一魔法帶）

先將這條腰帶繫腰間，

在場眾人無一能看見。

七大行星穹蒼全鬱暗，

陰森地獄蛇髮復仇神①，　　　　　　　　　20

一魔三名②陰府硫磺燄，

魔咒圍繞上下四周邊，

眾目睽睽汝軀無人見。

（浮士德起身）

哪！浮士德，如今不管他們有多神聖，

安心任意而為，也不會被人察見。　　　　25

浮士德　謝啦！魔菲思拖弗利斯。各位修道士，請留神，

浮士德管叫你們剃光的頭顱流鮮血。

魔　浮士德，別多話。你看兩位紅衣主教來啦。

教皇與全體王公貴族：（匈牙利國王雷蒙德、雷姆斯③

---

① 復仇女神（Furies，希臘文作Erinyes或Eumenides；拉丁文作Furies或
　Dirae）係地神蓋雅（Gaea）的女兒，從天王神優蘭諾斯（Uranus）被肢解
　的血中生出，屬相當原始的神，不受天神宙斯（Zeus）管轄，而眾神則
　皆恪遵其律法。荷馬等人雖然不曾指出其數目，但爾後的作家則分其
　為血腥復仇女神狄西鳳（Tisiphone）、宿怨女神亞莉克托（Alecto）與嫉
　恨女神密格菈（Megaera）。其形相為：頂生蛇髮、兩眼淌血、口中噴
　火；所謂"forked hair"係指開叉的蛇信。

② Hecate為魔法師與巫術師的守護神，似乎並無甚麼「樹」為其聖樹；
　劇中的tree或指絞架（gallows），或為three 的舛誤，因為Hecate（讀如
　hec-at）的名號有三：在天為Diana，在地為Artimes，在地獄為Hecate。

③ 雷姆斯（Rheims或作Reims）係高盧東北部一城，為一交通樞紐。雷姆
　斯主教區建於西元3世紀後半期，其大教堂聖·克理蒙（St. Clement）

　　　　　大主教、修道士以及隨從等)同上。(兩位法蘭西與帕都
　　　　　阿紅衣主教)攜一書同上。

教皇　　歡迎，紅衣主教閣下。來，坐下。

　　　　　雷蒙德閣下，請坐。　　　　　　　　　　　　　　　30

　　　　　(坐下)

　　　　　各位修道士，注意

　　　　　瀏覽諸事是否都已準備妥當，

　　　　　以便配合宴會的嚴肅氣氛。

紅衣甲　可否請陛下

　　　　　御覽跟卜蘭諾和皇帝　　　　　　　　　　　　　　35

　　　　　有關的判決？

教皇　　還需要問嗎？朕不是告訴過你等，

　　　　　明天朕將在宗教法庭上升堂

　　　　　決定如何懲處嗎？

　　　　　剛才你等回話說，依據敕令，　　　　　　　　　40

　　　　　卜蘭諾和可咒的皇帝

　　　　　依據宗教會議的決議，兩人宣告有罪

　　　　　都因可憎的異端和分裂教會的卑鄙之徒。

　　　　　因何還要朕過目這本書？

紅衣甲　陛下所言差矣，陛下不曾如此吩咐。　　　　　　45

　　　約建於西元300年，成為里昂大主教聖‧雷米(St. Remigius, 即St.
　　　Remi, ?-875)的會堂(basilica)。聖‧雷米為主教區的政治與宗教勢力
　　　奠基，據傳並曾在此為法蘭克國王克羅維一世(Clovis I, 在位465-511)
　　　施洗，因而成為爾後法蘭西國王加冕之地。

雷蒙德　別否認。我們全都親眼看到
　　　　剛才才將卜蘭諾交付兩位，
　　　　連同貴重的三層皇冠都要
　　　　收入教會的寶庫裡保管。

兩紅衣　以聖‧保羅為誓，臣不曾見到。　　　　　　　50

教皇　　以聖‧彼得為誓，兩位該當死罪，
　　　　除非立刻交出。——
　　　　全都押赴監牢去。手腳全都上鐐銬！——
　　　　虛偽的教士，膽敢背叛得如此可憎，
　　　　詛咒汝等靈魂入地獄悲慘受苦難。　　　　　　55
　　　　（隨從押兩名紅衣主教同下）

浮士德　（旁白）他們都處理好啦。呃！浮士德，參加宴會去吧；
　　　　教皇還不曾請過如此會嬉鬧的客人。

教皇　　雷姆斯大主教閣下，來跟朕同坐。

大主教　（坐下）多謝皇上。

浮士德　吃呀！不吃飽，就讓惡魔掐死你。　　　　　　60

教皇　　咦！是誰在說話？各位修道士，查查看。
　　　　（有些修道士試圖搜尋）
　　　　雷明德閣下，請用餐。朕蒙
　　　　米蘭主教厚贈如此稀世珍饈，心甚感激。

浮士德　（將肉抓走）多謝啦，皇上。

教皇　　咦！怎會這樣？是誰抓走朕的肉？　　　　　　65
　　　　壞蛋，你為何不說話——
　　　　大主教閣下，這道美味

是法蘭西一位紅衣主教所贈。

浮士德　（抓走美味）我也要嚐嚐。

教皇　　何方異端，膽敢造次，　　　　　　　　　　70
　　　　　讓朕遭此奇恥大辱？
　　　　　拿酒來。

　　　　　（酒端上）

浮士德　（旁白）好，請拿來，浮士德渴得很。

教皇　　雷蒙德閣下，向閣下敬酒。

浮士德　（抓走酒杯）我敬皇上。　　　　　　　　　　75

教皇　　朕的酒杯也不見了？笨手笨腳的東西，四下看看，
　　　　　是誰膽敢如此胡鬧，
　　　　　否則以朕神聖的地位，汝等合當死罪！——

　　　　　（有些修道士四下搜尋）

　　　　　眾卿，請以耐心面對這多事的宴會。

大主教　稟告皇上，臣以為可能是有什麼陰魂爬出煉獄④，如　80
　　　　　今來懇求皇上赦罪⑤。

---

④　依據羅馬公教教義，人在生前犯有未經寬恕的小過輕罪或已蒙寬恕的大
　過重罪，則亡靈在上天堂前，必先經淨化才行。煉獄（purgatory）即為施
　以淨化的場所。至中世紀，這一信條經里昂、佛羅倫斯以及特倫特等多
　次會議才告確定。公教還認為，信徒可藉由禱告、彌撒、施捨、禁食、
　獻祭、苦行以及購買赦罪券（參見本頁註⑤）來救援煉獄中的亡靈。

⑤　赦罪（pardon）指赦罪券（Papal indulgence）。中世紀神學家提出「教會
　寶庫」（treasury of the church）的觀念，認為教會可藉由大赦從耶穌與
　聖徒積累其苦難與功德而成的「功德庫」中取出部分功德，來抵消個
　人罪愆。1343年間，教皇通諭（Papal Bull）宣告販售赦罪券；1476年間，
　教皇思道四世（Sixtus IV，在位1414-1484）首先准許大赦適用於煉獄中

教皇　　恐怕是吧。

傳旨下去，命眾教士詠唱安魂歌⑥

以平撫這名搗蛋鬼的怒氣。

（一名修道士下。教皇在胸前劃十字。）

浮士德　怎麼這樣！每吃一口都得攙雜十字的味道？　85

（教皇又在胸前劃十字）

哼！看招！

（浮士德給教皇當頭一擊）

教皇　　唉喲！殺人囉！救命，眾卿。

喔！來扶朕離開。

願搗蛋鬼爲這行徑永劫不復！

（教皇及侍從同下）

魔　　　呃！浮士德，如今你想幹甚麼？我可以告訴你，他們　90
　　　　會用鐘、書和蠟燭⑦詛咒你。

的靈魂。而黑袍教佈道師台徹爾(Johann Tetzel, 1460-1519)則進而認
定赦罪券可當靈魂上天國的入場券，因而引發爭議。這種以獻金抵罪
的做法終於引起馬丁‧路德(Martin Luthur, 1483-1546)的不滿，於1517
年間提出異議，從而掀起宗教革命的浪潮。

⑥　原文dirge源自對唱(antiphon)：「引導我們吧！啊！主」(*Dirige Domine
Deus* = Direct, O Lord God)，係替死者安魂的晨禱(Matins)，引伸為
安魂彌撒(requiem mass)；不過劇中僧侶的詠唱不在安魂，而在咒魂。

⑦　逐出教會(excommunication)或稱破門，旨在剝奪信徒接受聖事的權利，
又分小破門(minor excommunication)與大破門(major excommunication)。遭
小破門處分者禁止參加聖餐；一旦受到大破門懲罰，則完全逐出教
會。由於事關重大，因此必須在蓄意違逆教規與反抗教會命令等重大
情節的狀況下，才能執行。鐘、書與蠟燭就是傳統詛咒並逐出教會時
儀式上的用品；通常在儀式結尾，以敲喪鐘、闔上書、滅燭光，來表

浮士德　燭書鐘，鐘書燭，

　　　　順著唸，倒著讀，咒詛浮士德下地府。

　　　　修道士攜鐘、書與蠟燭同上，以備頌安魂歌。

眾修士　來吧，弟兄們，且以至誠辦此事。

　　　　（眾修道士）唱：

　　　　誰從教皇桌上偷肉吃，誰就受詛咒。　　　　　　　　　95

　　　　「願主詛咒他！」

　　　　誰在教皇臉上摑一掌，誰就受詛咒。

　　　　　「願主詛咒他！」

　　　　誰向桑德羅⑧弟兄當頭揮一拳，誰就受詛咒。

　　　　　「願主詛咒他！」　　　　　　　　　　　　　　100

　　　　誰對神聖的安魂歌生騷擾，誰就受詛咒。

　　　　　「願主詛咒他！」

　　　　誰抓走教皇端起的酒，誰就受詛咒。

　　　　　「願主詛咒他！」

　　　　（浮士德與魔菲思拖弗利斯）打眾修道士，並在他們中間

　　　　投下花炮後，同下。

　　示教會跟當事人斷絕關係。

⑧　原文Sandelo一名顯然是因僧侶所穿的便鞋（sandals）得名；不過，此處
　　的Sandelo或即在唱安魂彌撒時被打的一名僧侶。

【第三景】

鄉巴佬(羅賓)與狄克攜一酒杯同上

狄克 喂！羅賓，我們最好留心要你的鬼靈交代得了偷這只杯子的指控，因為客棧老闆的伙計緊跟在後。

羅賓 沒關係，讓他來。如果他尾隨不放，我保證以他一輩子不曾被人施的法去對付他。杯子給我看看。

客棧老闆上

狄克 (將杯子給羅賓)哪！他從那邊來啦。呃！羅賓，你的 5
本事現在不施展，以後就別施展啦。

老闆 哦！你在這兒？找到你，我挺高興的。你們真是一對難兄難弟！說，你從客棧偷來的杯子在哪？

羅賓 怎麼啦？怎麼啦？我們偷杯子？說話要當心。告訴你，
我們可不像偷東西的賊呵。 10

老闆 別耍賴，我知道你偷了，我要搜你。

羅賓 搜我？好，儘管搜。(對狄克旁白，並將杯子丟給他)
杯子拿著，狄克。(對客棧老闆說)來呀，來呀；搜呀，
搜呀。

(客棧老闆搜查羅賓)

老闆 (對狄克說)好啊！喂！現在搜你。 15

狄克 好，好，搜，搜。(對羅賓旁白，並將杯子丟給他)杯子

　　　　拿著，羅賓。(對客棧老闆說)我不怕你搜。告訴你，我
　　　　們不屑偷你的杯子。
　　　　(客棧老闆搜查狄克)
老闆　　別厚著臉皮幹糗事，杯子肯定是在你們倆身上。　　　20
羅賓　　(揮動杯子)不！你撒謊。就在我面前。
老闆　　該死的傢伙！我還以為是你們耍賴拿走的。喂！還我。
羅賓　　呵！哦！好，就還？狄克，幫我劃個圈圈，緊靠在我的
　　　　背後，千萬別動。(狄克畫圈)老闆，你馬上就可取回杯
　　　　子啦。別出聲，狄克。O唸作O，閻羅君、牢騷鬼和　25
　　　　魔菲思拖弗利斯！
　　　　魔菲思拖弗利斯上。(客棧老闆奔逃，下。)
魔　　　統治地獄的眾君王，
　　　　這些惡棍的咒語令我生懊惱！
　　　　我遠從君士坦丁堡奉召趕來，
　　　　只為這些可咒的奴才尋開心。　　　　　　　　　　　30
羅賓　　先生，我以聖母為誓，你這趟路趕得怪敏捷的。請你拿
　　　　一塊帶肩的羊肉回去當晚餐，拿六便士放進口袋，再回
　　　　去好嗎？
狄克　　好啊！我衷心懇求你，先生；告訴你，召你來只為開玩
　　　　笑。　　　　　　　　　　　　　　　　　　　　　　35
魔　　　為了肅清這種魯莽可咒的行徑，
　　　　且先(對狄克說)把你變成醜模樣，
　　　　猿樣的行徑乾脆變成猿。
　　　　(狄克變成猴形)

羅賓　　好棒啊！猿猴！先生，請讓我帶他四處演把戲去。

魔　　　你也變。變成狗背他。滾，滾開！　　　　　　　　　　40

　　　　（羅賓變成狗形）

羅賓　　狗？好極啦。女傭可要留神粥鍋，因為我馬上就要溜進
　　　　廚房去。來呀，狄克，來呀。

　　　　（羅賓背著狄克）兩名鄉巴佬同下

魔　　　如今我將在一團永遠燃燒的熾燄中
　　　　展翅全速飛回
　　　　浮士德身邊，前往偉大的土耳其宮殿去。　　　　　　　　45
　　　　下

第四幕

【第一景】

馬提諾與菲特烈各由不同的入口，上。

馬提諾　喂！文武百官！

　　　　速至大殿參見皇上。

　　　　好菲特烈！立刻騰出大殿來；

　　　　皇上即將升殿。

　　　　回去，看看皇座是否已備妥。　　　　　　5

菲特烈　朕挑選的教皇卜蘭諾

　　　　不是從羅馬全速趕回了嗎？

　　　　他不前來陪朕嗎？

馬提諾　啊！陪啊！日耳曼魔法師陪他一起來，

　　　　浮士德的學識淵博，是威登堡的榮耀，　　10

　　　　以魔法締造人間奇蹟；

　　　　他打算在偉大的卡羅勒斯面前展示

全體堅毅無畏的先祖輩，
召來皇上御前
神態高貴而威武的   15
亞歷山大和他美麗的愛妃①。

菲特烈　班華留呢？

馬提諾　我擔保，他睡得正甜；
　　　　昨夜連敬卜蘭諾，
　　　　喝了好多滿杯的萊茵酒，   20
　　　　以致鎮日懶睡仍在床。

菲特烈　看哪！看哪！他的窗打開了，且待朕呼叫他。

馬提諾　喂！班華留！

　　　　班華留戴著睡帽、扣著衣扣出現在上頭窗口。

班華留　你們倆搞甚麼鬼？

---

① 亞歷山大大帝(Alexander the Great, 356-323 B.C.)即馬其頓國王亞歷
山大三世(Alexander III, 在位 356-323 B.C.)，paramour指其妻羅莎娜
(Roxana, ?-311 B.C.)，或亦指其情婦泰伊思(Thaïs, fl. 4th B.C.)。泰伊
思係當時的希臘名妓，據說曾說服亞歷山大大帝於西元前330年間燒
燬波思城(Persepolis)。英國詩人德萊登(John Dryden, 1631-1700)《亞
歷山大之宴》(*Alexander's Feast*, 1697)一劇即以此為題材。西元前323
年間，亞歷山大大帝死後，泰伊思據傳成為埃及國王托勒密一世
(Ptolomy I Soter, 在位323-283 B.C.)的情婦。又，像亞歷山大這類歷
史、傳說與神話中的英雄事蹟為當時傀儡戲的題材。宮廷裡的假面戲
(masque)則常以九傑(Nine Worthies or Nine Nobles)的事蹟為題材；
九傑即古代及中世紀9位豪俊之士，包括約書亞(Joshua)、大衛
(David, ?-c962 B.C.)與麥克比(Judas Maccabaeus, ?-161 B.C.)等3名猶
太人；郝克特(Hector)、亞歷山大與凱撒(Julius Caesar, 100-44 B.C.)
等3名異邦人；亞瑟(Arthur, fl. 6th century)、查理曼(Charlemagne, c742-
814)與葛弗烈(Godfrey of Bouillon, 1060-1100)等3名基督徒。

馬提諾　輕聲點，老兄，免得惡魔偷聽到；　　　　　　　25
　　　　只因浮士德最近來到宮中，
　　　　其後緊隨著成千的冤魂聽候
　　　　這位博士差遣達心願。

班華留　這又怎樣？

馬提諾　來，先離開房間，你就會看到　　　　　　　　30
　　　　這位魔法師在教皇和皇上
　　　　御前表演日耳曼
　　　　前所未見的希罕事。

班華留　教皇不是受夠了魔法嗎？
　　　　他最近在魔鬼的背上停留甚久；　　　　　　　35
　　　　如果他這麼喜歡魔鬼，
　　　　我願他再火速回到羅馬去。

菲特烈　說，你來看這場表演嗎？

班華留　不啦。

馬提諾　你會站在窗口看嗎？　　　　　　　　　　　　40

班華留　嗯！如果我在這期間沒睡著。

馬提諾　皇上即將御駕親臨一睹
　　　　魔咒所能顯示的奇蹟。

班華留　呃！你去侍候皇上。這一回我把頭探出窗外就行啦，因
　　　　為據說一個宿酒的人，魔鬼不能在早晨傷害他。果真　45
　　　　如此，我向你保證，我的腦袋裡也有法力剋他，也剋魔
　　　　法師。

　　　　（菲特烈與馬提諾）同下。（班華留留在窗口。）奏花腔。

日耳曼皇帝查理士、卜蘭諾、莎克森尼（公爵）、浮士德、
魔菲思拖弗利斯、菲特烈、馬提諾以及侍從，上。（皇
帝坐在寶座，上。）[2]

皇帝　人中奇才、著名的魔法師、

學識淵博的浮士德，歡迎光臨宮廷。

你從公然與朕作對的敵人手中　　　　　　　　　50

解救了卜蘭諾，

以這種表現彰顯法術

勝過你用強大的魔咒

制伏此世。

永遠受卡羅勒斯寵愛。　　　　　　　　　　　55

如果你最近解救的這位卜蘭諾

安然戴著三層皇冠

儘管霉運當頭，仍能坐在彼得的寶座上，

你的聲名將響遍整個義大利，

也將受到日耳曼皇帝的敬重。　　　　　　　60

浮士德　最尊貴的卡羅勒斯，溢美之辭

將使浮士德竭盡全力

向日耳曼皇帝表示敬愛與效忠，

---

[2]　A本此處的戲台說明並無動詞，菲特烈與馬提諾都已在戲台上，班華
留也留在窗口，第一景就不算終結，無需另起一景。不過，這或許意
指皇帝及其隨從並非進場，而是已先在戲台上；就像第1幕第1景開頭
處舞歌隊拉開戲幕時，浮士德已在戲台上，而無進場的動作。但由於
本譯文所據的版本係遵照已有的版本編排，故依例另起一景。

　　　　　將生命呈獻在神聖的卜蘭諾御前。

　　　　　爲證明此心，只要皇上願意，　　　　　　　　65

　　　　　微臣準備展現法力

　　　　　以法術穿透

　　　　　烈燄永熾的地獄黑門，

　　　　　從洞窟中拖出頑強的冤魂來

　　　　　達成皇上交託的使命。　　　　　　　　　　　70

班華留　（在窗口旁白）媽的！他說得忒恐怖的。儘管如此，我還
　　　　　是不太相信。他看來像個魔法師，就如同教皇看來像個
　　　　　叫賣蔬果生鮮的小販一樣。

皇帝　　那浮士德！誠如你最近答應過的，

　　　　　朕倒想看看那名垂青史的征服者　　　　　　75

　　　　　偉大的亞歷山大和他的情婦，

　　　　　看看彼等真正的形相和莊嚴的模樣，

　　　　　見識彼等卓越之處。

浮士德　皇上立刻就可見到他們。——

　　　　　（對魔菲思拖弗利斯旁白）魔菲思拖弗利斯，去吧，　　80

　　　　　以莊嚴的喇叭聲

　　　　　招來皇上御前

　　　　　偉大的亞歷山大和他美麗的情婦。

魔　　　（對浮士德旁白）浮士德，遵命。

　　　　　（魔菲思拖弗利斯下）

班華留　（在窗口）哼！博士大師，如果你的魔鬼不快快離去，　　85
　　　　　你會令我馬上睡著的。媽的！我也能氣得吃下飯，認爲

我自己這陣子一直當驢頭，渴望看到有能力御魔驅鬼的
人，卻又一無可見。

浮士德　（旁白）我的法術靈光的話，我很快就會讓你有感覺。——
（對皇帝說）皇上，臣必須事先稟明，　　　　　　　　90
我的鬼靈把亞歷山大和他情婦
的陰魂招來御前，
皇上不可向他提出問題，
只能讓他們默默來去。

皇帝　　就照浮士德的意思。朕已心滿意足。　　　　　　　95

班華留　（在窗口）對，對，我也心滿意足。如果你把亞歷山大和
他的情婦招來皇上御前，我就當阿克提恩③，變成公
鹿。

浮士德　（旁白）我就當戴安娜，馬上送你鹿角。
（魔菲思拖弗利斯上。）奏花腔。亞歷山大皇帝由一（門）
上，大流士④由另一門上。雙方相遇；大流士被摔倒在

---

③　阿克提恩（Actaeon）係希臘神話中提比斯（Thebes）城創建者卡德默斯
（Cadmus）的孫兒，為一名獵戶，因無意中闖見女獵神戴安娜（Diana）
洗浴（一說他向她挑戰打獵的本事）而遭變成公鹿，被他自己所飼養的
獵犬追捕，咬成碎段；事見奧維德（Ovid），《變形記》（*Metamorphoses*），
第三篇。文藝復興時代的道德家認為阿克提恩象徵（1）暴橫之人，遭
自己的慾望摧毀；（2）追求禁知（forbidden knowledge）者；（3）有眼不
識救主耶穌者。

④　大流士（Darius III，在位 336-330 B.C.）為波斯阿契莫尼德王朝
（Achaemenid dynasty）的末代皇帝，曾在登基後不久即征服埃及。西
元前334年間，馬其頓王亞歷山大（Alexander，356-323 B.C.）越過赫勒
斯磅（Hellespont）海峽，佔領西亞。亞歷山大先於西元前333年10月間
敗大流士於伊蘇斯（Issus）；旋又於西元前331年間破波斯軍於美索不

地。亞歷山大殺了他，奪下皇冠，正要離去，碰到情婦。
亞歷山大擁抱她，將大流士的皇冠戴在她的頭上。兩人
隨即返身向（日耳曼）皇帝致意；皇帝離座，意欲擁抱他
們。浮士德見狀，急起阻止。之後，花腔驟止，樂聲響
起。

浮士德　皇上，您忘情了。　　　　　　　　　　　　　　　100
　　　　這些只是幻影，並非實體。

皇帝　　啊！恕朕失態。朕心思恍惚，
　　　　一見這位大名鼎鼎的皇帝，
　　　　就不由得想擁抱入懷。
　　　　呃！浮士德，朕既然不能跟他們說話　　　　　　105
　　　　以充分滿足渴望之情，
　　　　請讓朕告訴你這樁事：據說
　　　　這位美婦人在世的時候，
　　　　頸上長有一顆小疣或黑痣。
　　　　朕要如何證明傳言屬實？　　　　　　　　　　　110

浮士德　皇上大可放膽去看。

皇帝　　（仔細檢視）浮士德，朕看得真確。
　　　　這幅景象，卿家給朕的喜悅
　　　　勝過朕另外得到一個皇位。

浮士德　（對陰魂說）去，退下！　　　　　　　　　　　115

達米亞。大流士潰往大夏，不為總督培蘇斯（Bessus, ?-329 B.C.）所容，
後遭難民所殺。史家對大流士的評價為：懦弱無能。

表演下

瞧！瞧！皇上，那是甚麼怪獸把頭探出窗外！

（班華留頭上長角）

皇帝 啊，好妙的景象！你瞧，莎克森尼公爵，
兩只伸張開來的角
長在年輕的班華留頭上，好奇怪。

莎 甚麼？他是睡著了？還是死了？　　　　　　　　120

浮士德 睡著了，皇上，但沒有夢見雙角。

皇帝 這種玩笑太棒了。且待朕喚醒他。——
嘿！嚇！班華留！

班華留 該死的東西！讓我睡一會兒。

皇帝 有這樣的腦袋，朕不很怪你貪睡。　　　　　　125

莎 抬頭，班華留，是皇上在叫你。

班華留 皇上？在哪？哎喲，該死的，我的頭！

皇帝 嘿，如果你的角長得牢靠，你的頭就沒關係，因為頭的
武裝就很夠了。

浮士德 甚麼？怎麼啦？騎士閣下？甚麼，被角卡住？好可　　130
怕。呸！呸！把頭縮進去，丟臉啊！別讓全世界對你嘆
為觀止。

班華留 該死的，博士，是你搞的鬼吧？

浮士德 啊！別這麼說，先生。我這博士沒本事、
沒法術、沒能耐招來這些冤魂，　　　　　　　135
或把亞歷山大這位偉大而威武的君王
招來皇上御前。

倘若浮士德辦得到，你就決定立刻
像莽撞的阿克提恩變成公鹿。——
所以，閣下，只要皇上高興， 140
我就招來一群獵犬追捕他，
讓他的腳程幾乎逃不過
血腥的犬牙撕裂屍骨。
喂！貝利默特、阿吉隆、阿斯特羅特⑤！

班華留　　且慢！且慢！該死的。我看他馬上就要招來一夥魔 145
　　　　　鬼。皇上，替我求求情吧。該死的，我斷斷受不了這種
　　　　　煎熬。

皇帝　　　好博士大師，
　　　　　且容朕懇求你除掉他的角。
　　　　　如今他所受的懲罰已足夠。 150

浮士德　　皇上，為了他對我造成的傷害，也為了討皇上喜歡，浮
　　　　　士德才給這位侮慢的騎士適當的懲罰；這些既然已如我
　　　　　意，我也樂於取下他的角。——魔菲思拖弗利斯，把他
　　　　　回復原樣。先生，此後務請說學者的好話。
　　　　　（魔菲思拖弗利斯除去其角）

班華留　　說你的好話？該死的，如果學者都是些替人家戴綠帽 155
　　　　　的，給老實人頭上長角成這等模樣，我斷斷不再信任白

⑤　原文Belimote, Argiron, Astgerote三個名字中，Asterote在下一景中以
　　Asterote或Asteroth的形式出現，顯然就是腓尼基的Ashtaroth或Astarte；
　　Belimote或Belimoth也許源自Belemoth，而Argiron或係Acheron的訛
　　誤。

淨臉和小縐領⑥了。哼！此仇不報，就讓我變成一隻張
口的牡蠣，只喝鹽水。

（班華留從後窗口下）

皇帝　好啦！浮士德。在朕有生之年，

爲了獎賞你的偉績，　　　　　　　　　　　　160

你將統御日耳曼，

受偉大的卡羅勒斯寵愛。

同下。

---

⑥　指年輕學者（academics）的形相。學者通常刮淨鬍鬚，穿小縐領一服（大
　縐領爲朝臣所穿）；不過，浮士德留有鬍鬚（見下景）。

【第二景】

班華留、馬提諾、菲特烈與士兵同上

馬提諾 啊！好班華留，聽我的話，打消
對付魔法師的念頭吧。

班華留 走開！你不愛我，才會這樣勸我。
連卑微的下人都笑我被欺負，
用鄉下粗話得意洋洋地說：　　　　　　　　5
「今天班華留的頭上長了角！」
這麼大的傷害我還能坐視不管嗎？
哼！不手刃魔法師，
死不瞑目！
如果你願意助我一臂之力，　　　　　　　　10
就亮出武器，別再猶豫。
否則就走開，班華留不惜一死；
只有浮士德死才能洗刷奇恥大辱。

菲特烈 好，我等願意跟你同站一邊，不管發生甚麼事，
只要博士往這邊過來，就幹掉他。　　　　　15

班華留 好菲特烈，快到矮樹叢，
部署隨從和手下，
埋伏藏身樹林後。

　　　　我知道此刻魔法師即將到來；
　　　　我看見他跪著親吻皇上御手，　　　　　　　　　20
　　　　帶著豐厚的賞賜拜別。
　　　　士兵們，奮勇一戰。浮士德一死，
　　　　你們就取走財富，只要留下勝利給我們。

菲特烈　來吧！士兵們，隨我到矮樹叢去。
　　　　誰殺了他，誰就可得黃金和無限的愛。　　　　25

　　　　（菲特烈帶領士兵下）

班華留　我的頭比先前有角時輕鬆得多，
　　　　而心卻要等眼見魔法師死了才不會比頭沉重，
　　　　也才不會猛然跳動個不停。

馬提諾　我等要在哪兒部署呢？班華留！

班華留　就在此地伺機發動突擊。　　　　　　　　　30
　　　　啊！只望這頭該死的地獄之犬就在眼前，
　　　　你會很快就看到我湔辱雪奇恥。

　　　　菲特烈上

菲特烈　別動，別動！魔法師就快到，
　　　　獨自身著長袍走過來。
　　　　準備動手，打倒這無賴。　　　　　　　　　35

班華留　給我這份榮耀。啊！寶劍啊！一擊中的！
　　　　他讓我長角，我要立刻取下他的頭。

　　　　浮士德戴著假頭上

馬提諾　瞧！瞧！他來了。

班華留　別作聲。只要一擊一切就結束。

　　　　讓他的靈魂下地獄！他的身軀必須就此倒在地。　　40
　　　　（劍擊浮士德）

浮士德　（倒下）哎喲！

菲特烈　你呻吟嗎，博士大爺？

班華留　願他的心隨著呻吟聲撕碎！親愛的菲特烈，瞧！
　　　　我將立刻就此結束他的傷痛。

馬提諾　我的手應命一擊。　　　　　　　　　　　　　45
　　　　（班華留砍下浮士德的假頭）
　　　　頭顱已砍下！

班華留　魔頭已死，如今冤魂可以笑了。

菲特烈　叫管轄地獄眾魂的冷面魔王
　　　　對於威風八面的魔咒戰慄惶恐的
　　　　就是這張鐵面惡像嗎？　　　　　　　　　　50

馬提諾　就是這顆該死的頭顱用法術[①]
　　　　在皇上御前羞辱班華留嗎？

班華留　沒錯，就是這顆頭，屍體躺在此地，
　　　　正是惡貫滿盈的報應。

菲特烈　好，我們來商量如何給他添些恥辱　　　　　55
　　　　在昭彰的惡名上。

班華留　首先，為了報復他對我的傷害，我要在他的頭
　　　　釘上分叉的大角，掛在
　　　　他先前把我卡住的窗口內，

---

① 原文 art（法術）或作 heart（心術）解。

好讓世人看到我已報大仇。　　　　　　　　　　60

馬提諾　他的鬍子如何處理？

班華留　賣給煙囱工，保證可以編成十把樺木帚。

菲特烈　他的眼睛如何處理？

班華留　挖出來當嘴唇的鈕扣，免得他的舌頭著涼。

馬提諾　好主意。呃！各位！這些都分派好了，屍體又將如何　65
　　　　　處理？

（浮士德站起身軀）

班華留　媽的，魔鬼又活了起來！

菲特烈　把頭給他，看在老天份上！

浮士德　不！留著。浮士德會有頭有手，
　　　　　也會取各位的心，讓你們這種行為付出代價。　　　70
　　　　　毛賊，你們不知道我可在
　　　　　此世存活二十四年嗎？
　　　　　即便你們用劍砍我軀體，
　　　　　或將血肉骨頭剁得細碎如沙粒，
　　　　　我的靈魂轉瞬回軀殼，　　　　　　　　　　　　75
　　　　　我的呼吸如常人，毫髮皆無傷。
　　　　　哼！我因何拖延報仇怨？
　　　　　阿思特羅斯、貝利莫斯、魔菲思拖弗利斯！
　　　　　魔菲思拖弗利斯與（貝利莫斯與阿斯特羅斯等）其他魔
　　　　　鬼同上
　　　　　去，把這些毛賊背在你們那熾燃著的背上，
　　　　　帶著彼等飛得與天同高；　　　　　　　　　　　80

　　然後把彼等頭下腳上摔到地獄的最底層。

　　但且慢，先讓世人看看彼等的慘狀，

　　然後再由地獄折磨彼等的叛逆。

　　去吧！貝利莫斯，帶走這卑鄙的東西，

　　扔進泥濘污濁的湖泊中。　　　　　　　　　　　　85

　　（對阿斯特羅斯說）

　　你帶另外這個，拖著他穿過樹林，

　　穿過銳利刺人的荊棘叢林。

　　既然這名毛賊存心將我分屍，

　　就跟我的好魔菲思拖弗利斯，

　　將他投進陡峭的岩石滾下去粉身碎骨。　　　　　90

　　去吧！火速依命行事。

菲特烈　可憐我們吧，仁慈的浮士德。饒命呀！

浮士德　去吧！

菲特烈　魔鬼怎麼驅策，他只好照著做。

　　　魔鬼（背著）眾騎士下

　　　伏兵上

士兵甲　來吧！各位！準備就緒；　　　　　　　　　95

　　火速去救援這些高貴的人。

　　我聽到他們在跟魔法師討價還價。

士兵乙　瞧！他來了。快動手，殺了這狗奴才！

浮士德　怎麼啦？伏兵想要謀害我性命？

　　浮士德，試試你的本事。卑鄙小人，站住！　　　100

　　瞧！這些樹聽命移動，

就像屏障擋在你我之間，
保護我不爲你們這些奸險的叛逆所趁。
但爲了對付你們這種不堪一擊的企圖，
且看軍隊立刻到。
浮士德擊門②，一魔鬼擊鼓上；後面跟著另一魔鬼撐
旗，其他數名魔鬼各執兵器；魔菲思拖弗利斯拿著花
炮。群魔合擊士兵，並驅退之。（浮士德下。）

---

② 　戲台的背景爲樹林，原文 door 指戲台上的門（stage door）。

【第三景】

班華留、菲特烈與馬提諾各從一門上,頭臉血漬班班、
泥污滿身,頭上皆長角。

馬提諾　喂!班華留!

班華留　在這兒。唉!菲特烈,嚇!

菲特烈　啊!救救我,好朋友。馬提諾在哪?

馬提諾　親愛的菲特烈,在這兒,
　　　　冤魂拖著我的腳跟穿過
　　　　滿是泥污的湖泊中,把我悶成半條命。　　　　5

菲特烈　馬提諾,瞧!班華留又長了角。

馬提諾　呃!好慘!怎麼啦,班華留?

班華留　保護我吧!天哪。我還要被糾纏①嗎?

馬提諾　不!別怕!各位!我等沒有殺人的能耐②。

班華留　我的朋友全都變成這模樣!啊!惡毒的冤氣!　　　　10
　　　　你們頭上全都長了角。

菲特烈　說中了。

---

① 原文haunted以諧音之故,或作hunted(被追捕),因為班華留已變成公
　鹿。

② 原文we have no power to kill意謂:班華留雖已變成公鹿,但馬提諾等
　人並未變成獵犬,故「沒有咬死人的能耐」。

你是指自己的，摸摸你的頭。

班華留 （摸摸頭）媽的！又長角了！

馬提諾 不，別煩燥，唉！我們都完啦。

班華留 到底是甚麼魔鬼在聽命於這該死的魔法師，　　　　15

　　　　不管我等如何賣力，受到的傷害卻加倍？

菲特烈 我們要怎樣才能隱藏羞恥？

班華留 倘若我等跟他一般見識去報仇，

　　　　他可會把長長的驢耳接到大角上，

　　　　使得我等成爲世人的笑柄。　　　　　　　　20

馬提諾 親愛的班華留，我們怎麼辦？

班華留 我有座城堡就在樹林不遠處，

　　　　我等且到那兒去隱姓埋名，

　　　　且待時間改變這種獸形。

　　　　奇恥大辱既然叫我等聲名掃地，　　　　　25

　　　　我等與其忍辱偷生，不如悲傷而死。

　　　　同下

【第四景】

　　　　浮士德、馬商①與魔菲思拖弗利斯同上

馬商　　（給錢）懇請閣下收下這四十塊錢吧。

浮士德　朋友，你不可能花這麼低的價錢買到這麼好的馬兒。我
　　　　不太需要賣，但你喜歡，就加個十塊錢牽走，因爲我看
　　　　得出你有心買下。

馬商　　先生，我懇求您，收下這筆錢。我是個很窮的人，最　　5
　　　　近賣馬肉②損失不貲，這椿買賣將使我東山再起。

浮士德　呃！我不跟你討價還價了，錢給我。（拿錢）呃！喂！我
　　　　得告訴你，你騎著馬兒躍過樹籬、跨過壕溝，都沒問題。
　　　　不過，你聽著沒？無論如何，千萬別下水③。

馬商　　先生，怎麼別下水？爲甚麼，馬兒不是到處都去得　　10
　　　　嗎④？

---

① 馬商（horse-courser）一如現在的舊車商，素有佔人便宜的惡名，故遭
　　浮士德戲弄，當能討劇院正廳販夫走卒區觀眾（groundlings）的喜歡。

② 由下文set me up（勃起）、買賣（bargain）與stand（持久）等語，此處的
　　horseflesh或亦以音近指whore's flesh（娼婦的肉體）。

③ 水有破解巫咒魔法之功；關於這點，德萊登（John Dryden, 1631-1700）
　　也在《一夜之愛》（*An Evening's Love*, III.i.）中說：「你知道吧！巫婆
　　的馬一旦下水就又變回一捆乾草。」（"A witch's horse, you know, when
　　he enters into water, returns into a bottle of hay again."）

④ 原文drink of all waters（= go anywhere, or ready for anything）爲當時俗

浮士德　沒錯，哪兒都去得，可就是別下水。躍過樹籬、跨過壕
　　　　溝，隨便哪兒都去得，就是別下水。去叫馬伕牽馬給你，
　　　　記住我的話。

馬商　　我向您保證，先生。——啊，好快活的一天！如今　　15
　　　　我又是個發了財的人兒啦。

　　　　（馬商）下

浮士德　浮士德，你不過是個註定要永死的人嗎？
　　　　大限之日終將臨。
　　　　絕望總將疑慮驅進腦海中。
　　　　安睡方能驅散擾人的壞心情。　　　　　　　　　　　20
　　　　啐！十字架上基督也讓盜賊得永生⑤；
　　　　浮士德，休息好讓心頭生寧靜。

　　　　坐著睡在椅上。馬商全身濕淋淋上。

馬商　　哼！好個騙人的博士！我騎著馬兒下水，以為馬兒身上
　　　　藏著不為人知的秘密，底下卻只剩一小束稻草，還費了
　　　　好大的勁兒才沒被溺死。哼！我去喚他醒來，叫他　　25
　　　　還我四十塊錢。——嘿！喂！博士，你這騙人的無賴！
　　　　博士大爺，醒醒，起來，還我錢，因為你的馬兒變成了
　　　　一束乾草。博士大爺！(扯下其腿)哎喲！我完了！我該

　　　語，意為「到處去得」；作「喝水」解，可參見舊約出埃及記(第1章
　　　第23節)、箴言(第5章第15節)與耶利米書(第2章第18節)。
　⑤　據路加福音上的載述，耶穌曾答應跟一道被釘在十字架上的一名盜賊
　　　上天堂，說：「我實在告訴你，今日你要同我在樂園裡了」(第23章
　　　第39節～第43節)。

怎麼辦？他的腿給扯斷了。

浮士德 喲！救命！救命！這惡棍謀害我啦！ 30

馬商 管他謀不謀害，反正他只剩一條腿，跑不贏我，且把這條腿扔進溝裡或別處去。（馬商攜腿下）

浮士德 攔住他，攔住他，攔住他！——哈，哈，哈！浮士德又長出腿啦，馬商拿四十塊錢只換了一束乾草。

華格納上

怎麼啦？華格納，有甚麼消息？ 35

華格納 萬霍德⑥公爵竭誠相邀，還派了一些手下送來旅途上所需的一切。

浮士德 萬霍德公爵是個令人敬重的紳士，我不好吝於展現本事。好！走吧。

同下

---

⑥ 原文Vanholt或作Anhalt，地在今德國中部，有易北河（Elbe River）及其支流薩雷河（the Saale）與穆爾河（the Mulde）流經境內，係當時日耳曼中部的一處公國，離威登堡不遠。萬霍德當地盛產小麥、玉米、亞麻、酒花（haps）、馬鈴薯、蔬菜、褐煤及鹽，因萬霍德城堡（Castle of Vanhalt，約建於1100年）而得名。

【第五景】

　　鄉巴佬（羅賓）、狄克、馬商與一名馬車伕同上

馬車伕　唶，大爺，俺帶你們去嚐嚐歐洲最棒的啤酒。——嘿，
　　　　頭家娘①！——娘兒們呢？

　　老闆娘上

老闆娘　噯喲！你們要甚麼？唔，我的老主顧，歡迎歡迎！

羅賓　（對狄克旁白）喂，狄克，你可知道我爲甚麼站著不吭聲
　　　　嗎？　　　　　　　　　　　　　　　　　　　　　　　　5

狄克　（對羅賓旁白）不知道，羅賓，爲甚麼？

羅賓　（對狄克旁白）我欠了十八便士的帳，甚麼都不說，看看
　　　　她是不是忘了我。

老闆娘　（看見羅賓）一個人板著臉站著的這位是誰呀？
　　　　（對羅賓說）哎喲！我的老主顧？　　　　　　　　　　10

羅賓　啊，老闆娘，你可好？希望我賒的帳沒有加多②。

老闆娘　沒錯，當然還是不多不少，因爲我看您並不急著還清。

---

①　原文whores爲粗話，有「好色」（lust）、「娛興」（entertainment）等指
　　涉，戲文中用以呼叫老闆娘及其手下的女服務生。

②　原文my score（＝debt）stands still（＝does not go higher）指欠的債沒有
　　加增；但still亦可作always解，則意指「欠債不還」；老闆娘似取此
　　義，才會接著說：「他不急著還債」（或「欠的債仍在帳冊上」）。

狄克	哎喲！老闆娘！喂喂！給咱們拿些啤酒來。
老闆娘	馬上就來。——廳堂看座。喂！嘿！

（老闆娘）下

羅賓	嘮喲！各位；老闆娘回來之前，咱們要幹嘛？ 15
馬車伕	哎呀！大爺，俺來告訴各位最棒的故事，說說有個魔法師騙俺的故事。各位都認得浮士德博士吧？
馬商	認得，該咒的東西！我們當中有人認得他是有原因的，他也對你施法嗎？
馬車伕	俺來告訴各位他到底是怎麼騙俺的。前個日子，俺趕 20 著一車乾草要到威登堡去。他碰到俺，問俺說：他該付多少，才能將乾草吃個夠。呃！大爺，俺以為一點點就夠他吃；就叫他給了三個銅板，隨他吃去。於是，他馬上給了俺錢，就吃將起來。俺以基督徒③的名義起誓，他竟然把俺整車乾草吃個精光才罷休。 25
眾	啊！恐怖！整車乾草吃光！
羅賓	沒錯！沒錯！這很可能，因為我聽說有人吃光一車木頭④。
馬商	呃！各位，你們聽聽看他騙我騙得多邪惡。昨天我去找他買一匹馬，他斷然不肯以低於四十塊錢的價碼賣掉。所以嘛，大爺，因為我知道那匹馬躍過樹籬、跨過 30 壕溝，絕對不累，我就給了他錢。於是，等我買了馬，

---

③ 原文cursen為俗寫的 christen，即Christian的訛誤。

④ 原文a load of logs（＝being drunk, carry a jag（or load）of logs）作「醉酒」解。

浮士德博士就要我日夜都騎，別讓馬兒閒下來；「不
過」，他說，「無論如何，別騎下水。」呃，大爺，我
以為馬兒有甚麼特異功能他不肯讓我知道，就騎下一條
大河去。等我騎到河的正中央，馬兒竟然不見了，我只
跨坐在一束乾草上。   35

眾　　哇塞！好棒的博士！

馬商　　不過，你們也得聽聽我是怎麼找他好生報仇的。我回到
他的住處，發現他正在睡覺。我在他耳邊高聲叫嚷，都
沒能吵醒他。於是，就拉他的腿，不停的拉，把的他   40
腿拉斷了，如今腿就在客棧裡⑤。

狄克　　那博士只剩一條腿囉？好極了，因為他手下一名魔鬼把
我的面孔變得貌似猴臉。

馬車伕　再來些酒，頭家娘！

羅賓　　聽著，咱們到另一個房間再喝一會兒酒，然後去找博   45
士。

　　　　眾下

---

⑤　馬商既然已將浮士德的腿帶回客棧(hostry, or hostelry)，顯然未如他
　　早先所言要將浮士德的腿扔進溝中或棄置他處。而前頭魔菲思拖弗利
　　斯逮過他，似已將腿取回。

【第六景】

> 萬霍德公爵、（懷有身孕的）公爵夫人、浮士德、魔菲思拖弗利斯（以及僕人）同上①。

公爵　博士大師，多謝你這些賞心悅目的美景。你在空中建立了迷人的樓閣，我不知道要怎麼做，才夠報償你的大功大德。這幅美景令我十分高興，世上再也沒有甚麼東西能取悅我了。

浮士德　大人，在下以為，大人能賞識浮士德所做所為，就是　5
最大的報償了。——呃，尊貴的夫人，或許您並不喜歡這些景象。所以請夫人明示，您最渴望得到的東西；只要世間有的，夫人您就會得償所願。我聽說，大腹便便的女人都渴望獲得罕品奇珍。

夫人　沒錯，博士大師，既然我覺得你這麼好，我也願意說　10
出心中最渴望的東西。現在是正月隆冬時節，果真是夏日，我倒想要一盤熟葡萄這類食物。

浮士德　小事一樁。（對魔菲思拖弗利斯旁白）去吧，魔菲思拖弗利斯，走！

> 魔菲思拖弗利斯下

---

①　A本並未在此景中攙入鄉巴佬鬧場的事。

夫人，為了讓您滿意，在下願意更加賣力。   15

魔菲思拖弗利斯攜葡萄重上

哪！嚐嚐看，應該不錯。稟告夫人，這些都是從遙遠的
國度取來的。

（公爵夫人品嚐葡萄）

公爵　這倒叫我訝異無比，每年的這個時節，每棵樹都已不結
果子，你是從哪兒弄來這些熟葡萄的？

浮士德　回稟大人，整個世界的一年分成兩個半球②，所以我　20
們冬天的時候，對面半球他們正好是夏天，像是在印
度、沙巴以及遠東諸國，一年水果兩熟。您看到的葡萄，
就是在下命手下的魔鬼從那兒快速取來的。

夫人　說真的，這些都是我嚐過的葡萄中最甜的。

鄉巴佬（等）在內重重敲門③

公爵　何方亂民膽敢在本府門前騷擾？   25
去平息彼等火氣，打開大門，
詢問彼等有何索求。

鄉巴佬（等）再敲門，高呼欲與浮士德說話。

---

②　原文circles（＝hemispheres）指南北兩半球氣候帶，但浮士德卻用以指
　　東西兩半球：西半球即歐洲等地，東半球指印度等遠東諸國。按：沙
　　巴（Saba或作Sheba，參見本書頁158，註⑭）即今葉門（the Yemen），當
　　時以出產香料聞名。

③　本景演出似有困難。或許浮士德、公爵與公爵夫人都在戲台內側，鄉
　　巴佬等人則從正廳後排（pit）登上戲台，在戲台外側敲著側門，而僕人
　　則由內側走到外側詢問緣由。但戲台說明中的「內」（within）就難以
　　解釋，因為「內」通常指戲台內側而言。

僕	（在戲臺外叫喊）呔！怎麼啦？各位大爺！
	何故在此喧譁吵鬧？
	何故無端騷擾公爵？ 30
狄克	（在戲臺外）咱們沒啥理由，所以也沒啥了不起④！
僕	哼！大膽狂徒，竟敢如此撒野？
馬商	（在戲臺外）大爺，我倒希望咱們與其受人歡迎，不如以
	咱們的聰明撒撒野。
僕	看來如此。請到別處撒野，切勿騷擾公爵大人。 35
公爵	（問僕人說）彼等有何索求？
僕	彼等喧鬧要找浮士德博士說話。
馬車伕	（在戲臺外）沒錯，咱們要找他說話。
公爵	要找，先生？——把一干亂民通通打入大牢⑤。
狄克	（在戲臺外）跟咱們通通？他跟他老爹「通通」，和 40
	跟咱們「通通」都一樣。
浮士德	懇請大人恩准他們進來。
	他們都是逗樂的好材料。
公爵	任由尊意，浮士德，聽憑處置。

---

④ 原文reason（理由）讀如raisin（葡萄乾），以與下行的fig呼應成雙關語（quibble）。按：a fig for him為一種表示猥褻、藐視的手勢：握緊的手中，姆指突出於食指與中指之間，使姆指狀如無花果的莖（stem），看似陽具。

⑤ 原文commit，公爵意指「關進監牢」，但狄克則轉指「通姦」（adultery, fornification），頓使「打入監牢」衍生性暗示。按：通姦一事，見舊約出埃及記（第20章第14節）「十誡」（Ten Commandments）中的第二誡：「不可姦淫」。

浮士德　多謝大人恩典。

　　　　（僕人開門。）鄉巴佬（羅賓）、狄克、馬車伕與馬商同上。

　　　　喲！怎麼啦？我的好朋友？　　　　　　　　　　　　　45

　　　　說真的，你們也太放肆了。呃！進來吧！

　　　　我已經替你們求得恩典。歡迎！歡迎！

羅賓　　不，大爺！受歡迎的是咱們的錢，咱們付錢消費。

　　　　——喂！給咱們半打啤酒，媽的。

浮士德　不行，聽著，你們能告訴我身在何處⑥嗎？　　　　　　50

馬車伕　當然，噯喲！能的，咱們在天底下。

僕　　　能？哼！冒失的東西，知道身在何處？

馬商　　知道，知道，這個房間喝酒夠好的。該死的，給咱們裝

　　　　些啤酒來，否則咱們就把屋裡的桶子全數哂破，用你們

　　　　的酒瓶敲破你們的腦袋。　　　　　　　　　　　　　55

浮士德　火氣別這麼旺。好啦，啤酒會給的。——

　　　　大人，請允准在下告退片刻。

　　　　在下以信譽保證讓大人稱心滿意。

公爵　　樂意之至，好心的博士，悉聽尊便。

　　　　本爵的臣僕和官廷任憑差遣。　　　　　　　　　　　　60

浮士德　多謝大人厚愛。——取些酒來。

馬商　　好，噯喲！這才像個博士說的話嘛。說真的，我要爲這

　　　　句話敬你的木腿。

---

⑥　鄉巴佬在第4幕第5景結尾時，羅賓說要「到另一個房間喝酒」，大家
　　也以為是到了另一個房間；實則浮士德已在他們渾然不覺的狀況中，
　　將他們送到公爵的宮庭來。

浮士德　我的木腿！你這話甚麼意思？

馬車伕　哈，哈，哈！聽到他的話沒，狄克？腿的事，他給忘 65
了。

馬商　是呀，是呀。他並不很依賴那條腿站立⑦。

浮士德　沒錯，說真的，不很靠木腿。

馬車伕　好大爺，閣下的記性這麼差！你賣過一匹馬給一名馬
商，不記得了嗎？ 70

浮士德　記得，我記得賣了一匹馬給他。

馬車伕　那你還記得吩咐過他不得騎馬下水嗎？

浮士德　記得，記得一清二楚。

馬車伕　那腿的事，你一點都不記得了？

浮士德　不記得了，真的。 75

馬車伕　那俺倒要請你記得彎個腿⑧。

浮士德　（彎腿）謝啦，老兄。

馬車伕　沒甚麼腿不腿的。請告訴俺一樁事。

浮士德　甚麼事？

馬車伕　你的兩條腿每晚都睡在一起嗎？ 80

浮士德　你問這樣的問題是要替我打造兩腿叉開的巨像⑨？

---

⑦　馬商所說的stand much upon作「看重」(＝〔1〕attach much importance to,
make much of;〔2〕have a leg to stand on)，而浮士德所說的much upon
則為字面意，作「很依賴」解。

⑧　原文courtsy(curtesie)在伊莉莎白時代通指「腿」(cursy, leg)或「屈膝」
(obeisance)，呼應馬車伕先前講的leg，為一雙關語；但亦作 courtesy(or
curtsy)解，指請安時，左腳退後，微微一彎膝頭與腰身而行的禮。

⑨　原文Colossus係指Colossus of Rhodes。按：羅德島(Rhodes)為愛琴海

馬車伕	不是,說真的,先生。俺不會替你打造甚麼,但俺樂於
	知道。
	老闆娘端酒上
浮士德	那我向你保證:確實睡在一起。
馬車伕	多謝啦!俺完全滿意啦。 85
浮士德	可是,你為何問起?
馬車伕	不為甚麼,先生!俺只是覺得你應該只有一條木腿同
	睡。
馬商	喲,先生,你聽到嗎?你睡著的時候,我不是扯斷了你
	的一條腿嗎? 90
浮士德	可是,如今醒了,腿又有啦。你看,老兄。
	(示其腿)
眾	哇塞!恐怖!難道博士有三條腿?
馬車伕	你記得嗎,先生。你是怎麼騙俺,吃光俺的一車——
	浮士德施法使他不能言語
狄克	你記得你使我變成猴——
	(浮士德施法使他不能言語)
馬商	你這婊子養的、賣弄妖術的小人,你記得當時怎麼騙 95
	我一匹馬——

(the Aegean)上多德康群島(the Dodecanese)中的一島,也是群島的首府,面積545平方英哩;古代的羅德島入港處立有一尊巨型阿波羅(Apollo)銅像,兩腿叉開,分跨入港要衝,為船隻必經之路,約造於西元前285年,為世界七大奇觀之一。浮士德說的make a colossus of me 為譬喻義,而馬車伕則取字面義,意指 belittle, make light of(輕忽)。

（浮士德施法使他不能言語）

羅賓 你忘了我嗎？你想用妖術「嘿」「哈」的伎倆⑩瞞人耳目。你記得狗臉——

（浮士德施法使他不能言語）眾鄉巴佬下

老闆娘 酒錢誰付呢？聽著，博士大爺，如今你送走了我的客人，請問誰要付我——　　　　　　　　　100

（浮士德施法使她不能言語）老闆娘下

夫人 （對公爵說）公爵，

我們非常感激這位飽學之士。

公爵 本爵亦有同感，夫人。本爵的報答

理當竭盡所有的關愛和善意。

神奇的法術驅散了一切愁緒。　　　　　　　105

同下

⑩　原文hey-pass and re-pass皆為變戲法或魔法師呼叫對象移動的用語。

第五幕

【第一景】

雷電交加。眾魔端著加蓋的盤子上。魔菲思拖弗利斯帶領眾魔進入浮士德的書房。華格納隨後上。

華格納 主人頗有辭世意，
他立下了遺囑，給了我錢財：
房子、財物、許許多多的金盤，
外加兩千個現成的金幣。
不知是何用意？果真將近死期，
當不會這樣痛飲狂歡。如今他在
同學生一道晚餐，狼吞虎嚥之狀，
華格納就不曾看過。
呃！他們來啦。看來餐宴已經結束。

(華格納)下。浮士德、魔菲思拖弗利斯與兩三名碩士生同上。

5

碩生甲 浮士德博士，自從我們討論美女以來——說起天底下 10
究竟誰最美麗——我們全都公認希臘的海倫①才是有
史以來最叫人愛慕的。爲此，博士大師，若蒙惠允，讓
我等看到這位舉世稱羨的希臘絕世美人，我等都將感激
不盡。

浮士德 各位，　　　　　　　　　　　　　　　　　　　15
深知友誼之真誠，
而浮士德又不慣於拒絕
真誠相待者之合理要求，
你們會看到這位希臘的絕世美女；
雍容華貴有如　　　　　　　　　　　　　　　　　20
當年巴里斯爵士②跟她一同渡海
帶著戰利品③到富裕的達達尼亞④去時一樣。

---

① 海倫(Helen)為麗達(Leda)與天神宙斯(Zeus)的女兒，嫁給斯巴達國
王曼尼勞斯(Menelaus)。後來，在埃達山(Mt. Ida)上牧羊的特洛伊城
王子巴里斯(Paris)為天后席拉(Hera)、雅典守護神雅典娜(Athena)與
愛神雅符羅戴緹(Aphrodite)仲裁金蘋果誰屬的爭議；巴里斯裁定金蘋
果應屬愛神，愛神也讓天下第一美女海倫跟他私奔，因而引發了10年
的特洛伊戰爭(Trojan War)。
② 戲文中給巴里斯冠上 Sir 的稱號，似將他當做中世紀浪漫傳奇
(romance)中的英雄看待，而成為海倫的情人。這種將古典神話中世
紀化的做法，當時常有可見。
③ 此處所謂的「戰利品」(spoils)指巴里斯在希臘所獲得的一切，包括
海倫在內。
④ 達達尼亞(Dardania)原本為達旦諾斯(Dardanus)在赫勒斯旁海峽(the
Hellespont)南端的亞洲一側所建的城，後來成為特洛伊城(Troy)的一
部分。雅典娜成為特洛伊城的守護神，一說是因達旦諾斯把雅典娜的
神像(Palladium)安置在城內之故。詩人因往往以達達尼亞(Dardania)

且請肅靜,多言招禍⑤。

（魔菲思拖弗利斯走向門邊。）樂聲響起。魔菲思拖弗利

斯帶著海倫上。海倫橫過戲台⑥。

碩生乙 就是爲了這位人人稱羨的美后海倫

希臘人才興動十年干戈去征討特洛伊嗎？ 25

碩生丙 舉世愛慕她的雍容華貴；

我卻因才智平庸，無法多讚一辭。

碩生甲 如今我等已經見識過自然界的傑作，

就此告辭。爲感謝這樁光彩的作爲，

謹祝浮士德永遠幸運。 30

浮士德 各位，再會！我也祝福各位永遠幸運。

眾碩士生下。一老人⑦上。

老人 唉！好浮士德，放棄這種可咒的妖術吧；

稱特洛伊城。又，古典神話中以達旦諾斯為羅馬開國英雄伊尼亞斯
（Aeneas）的祖先；赫勒斯旁海峽即今達達尼爾海峽（the Dardanelles）。

⑤ 原文danger is in words指陰魂出現時，只能靜觀，不許多言，否則必
然招禍；早先亞歷山大大帝的陰魂出現時（第4幕第1景），浮士德也如
此提醒觀者（第90行～第94行）。

⑥ 這種說明常見於伊莉莎白時代戲台說明中。海倫或從庭院進場，橫過
戲台，再由另一邊的庭院出場；不過，此處海倫只是由一門進，由另
一門出而已。

⑦ 老人雖為具體人物，但其能勝過魔法，似又如中世紀道德劇中的智慧
老人（wise old counsellor）或善天使，能「飛向上帝」。我們不知老人
的信心是否使他免除身體受害，或只是殉道的精神勝利。無論如何，
由他勸誡的話中顯示浮士德自願放棄救贖，而他則戰勝地獄；據英譯
本《浮士德傳》上的載述，老人的身體不受傷害，適與浮士德成一對
比。

這種魔法會誘使你的靈魂下地獄，
奪走你得救的好機會！
此刻雖如凡人般犯錯，　　　　　　　　　　35
切勿像魔鬼般執迷不悟。
唉！唉！你的靈魂仍可蒙受神恩，
只要習以爲常的罪過不深植本性。
屆時浮士德懺悔就嫌太遲；
屆時你將被逐離天堂的美景。　　　　　　40
地獄的痛苦無人可描述。
也許我這番規勸的話
聽來刺耳不愉快。別這麼覺得，
年輕人啊，我不是說氣話，
也不是對你存惡意，而是出於溫柔的關愛，　45
不忍見你日後遭悲苦。
希望這番善意的勸誡，
讓你反躬自省，也讓你的靈魂離罪愆⑧。

浮士德　你到底在哪？浮士德！可憐的人哪，你幹了什麼好事？
地獄主張其權利，以咆哮聲　　　　　　　50
吼道⑨：「浮士德，過來！時刻已近。」

---

⑧　老人的話，A本寫成（中譯文請見本書，頁94，第33行～第44行）：
Old Man. Ah Doctor Faustus, that I might prevail
　　　　　To guide thy steps unto the way of life,
　　　　　By which sweet path thou may'st attain the goal
　　　　　That shall conduct thee to celestial rest.
　　　　　Break heart, drop blood, and mingle it with tears,

魔菲思拖弗利斯給他一把匕首⑩

如今，浮士德必將自食其果了。

（正待自戕）

老人 啊！且慢！善良的浮士德，停下絕望的腳步！

我看見天使就在你的頭上盤旋，

拿著滿滿一瓶珍貴的神恩， 55

正待注入你的靈魂裡。

祈求憐憫，避開絕望吧。

浮士德 啊！朋友，我覺得您這番話撫慰了我悲苦的靈魂。

且暫離片刻，容我仔細思己過。

老人 浮士德，我滿懷著哀戚的心情離開你， 60

只怕你那無望的靈魂遭敵害。

Tears falling from repentant heaviness

Of thy most vile and loathsome filthiness,

The stench whereof corrupts the inward soul

With such flagitious crimes of heinous sins

As no commiseration may expel,

But mercy, Faustus, of thy saviour sweet,

Whose blood alone must wash away thy guilt.

（V.i. 33-44）

⑨ 地獄口在中世紀畫像與戲劇中通常形如獸口。舊約中的邪惡之聲如獅吼（見詩篇（第22篇第13節）、以西結書（第22章第25節）等）；不過，上帝的聲音也如獅吼（例見何西阿書，第11章第10節）。

⑩ 在都鐸王朝（Tudor dynasty, 1485-1603）時代的戲劇中，給人匕首（dagger）就是要對方自殺，亦即要對方絕望；《倫敦之鏡》（A Looking-Glass for London）中，惡天使拿一把刀與一條繩索給放高利貸者（usurer）便是一例。中國古代像吳王夫差賜吳子胥死，也賜劍令其自戕。

下

浮士德　被詛咒的浮士德，可憐的人哪！你幹了甚麼好事？

　　　　我由衷懺悔，亦真心絕望。

　　　　地獄與神恩在我胸中相持不下。

　　　　我當如何自處，才能避開死亡陷阱？　　　　　　　　　65

魔　　　你這叛徒，浮士德！我要逮捕你的靈魂，

　　　　只因你違抗我主上。

　　　　背叛上帝，否則將你碎屍萬段。

浮士德　我的確後悔冒犯了他。

　　　　親愛的魔菲思拖弗利斯，懇請你的主人　　　　　　　70

　　　　饒恕我的狂妄無禮，

　　　　我願意再以鮮血堅定

　　　　先前對露西弗發過的誓言⑪。

魔　　　那就以至誠之心悔過，

　　　　以免猶豫招致更大的危險。　　　　　　　　　　　　75

浮士德　親愛的朋友，這名卑鄙的老頭子

　　　　膽敢慫恿我背叛露西弗，

　　　　且以地獄能給的最大痛苦煎熬他。

魔　　　他的信心堅定，我無法碰觸他的靈魂。

　　　　但只要有辦法折磨他的肉體，　　　　　　　　　　　80

　　　　我就會試著去做，只是這無濟於事。

---

⑪　英譯本《浮士德傳》第49章中的載述，浮士德係在首次契約書寫成後
　　17年的7月25日在威登堡再度被迫以鮮血寫下契約書，內容與首次寫
　　的完全相同。

浮士德　好心的僕人，容我求你一樁事

　　　　以滿足我內心的渴望：

　　　　我最近見過貌若天仙的海倫，

　　　　欲以她爲情婦。　　　　　　　　　　　　85

　　　　她那甜蜜的擁抱可以完全消除

　　　　一切違誓之念，

　　　　使我謹守對露西弗發過的誓言。

魔　　　這樁事或浮士德祈願的任何事，

　　　　轉瞬間即可實現。　　　　　　　　　　90

　　　　（魔菲思拖弗利斯帶）海倫重上，在兩名邱比德[12]之間走

　　　　過。

浮士德　就是這張臉龐啓動千艘船艦

　　　　去焚燬高聳入雲的特洛伊城城樓[13]？

　　　　甜美的海倫，給我一吻成永恆。

　　　　（擁吻）

---

[12] 邱比德(Cupid)為羅馬神話中的小愛神，相當於希臘神話中的厄諾斯 (Eros)。邱比德的母親為愛神維納斯(Venus)，父親有信差神墨邱利 (Mercury)、戰神馬爾斯(Mars)以及天神朱彼德(Jupiter)等說法。邱比 德長相年輕英俊，四處飛翔，射出隱形的愛之箭。凡是被射中的，不 管是神是人，就會一見鍾情。後來在文藝作品中，邱比德被塑造成為 一個天真無邪而淘氣的小男孩兒，象徵理想的浪漫愛情。

[13] 特洛伊(Troy)係達旦諾斯(參見本書頁236，註④)之子伊利歐斯(Ilios) 所建，故稱伊利姆(Ilium)，係今土耳其境內西亞西北部特洛亞德(the Troad)的一城，其地高起，俯瞰司堪曼德(Scamander)與昔莫伊斯 (Simois)兩河的交界處以及赫勒斯龐海峽(the Hellespont, 即今達達尼 爾海峽(the Dardanelles))南面，以10年的特洛伊戰爭(Trojan War)聞 名。

她的香唇勾走了我的靈魂。瞧！靈魂出竅就在那！

來！海倫！來！再將靈魂還給我。　　　　　　　　　95

（再吻）

我要常駐在此，只因天堂就在兩片香唇間，

凡不屬於海倫的，皆是渣滓。

我願充當巴里斯，爲了愛你

橫遭擄掠的寧可不是特洛伊，而是威登堡，

我要和懦弱的曼尼拉斯⑭殊死戰，　　　　　　　　100

戴著你的旗幟在我的羽盔上。

欸！我將挫傷亞奇里士的腳後跟⑮

然後回到海倫的身邊換得一香吻。

啊！你的豔麗超越黑夜星空，

點綴著繁星千顆美無涯！　　　　　　　　　　　　105

你的光輝凌駕熊熊烈燄中的朱庇特，

當他現身面對不幸的西蜜莉⑯；

---

⑭　戲文中以「懦弱」（weak）稱曼尼勞斯（Menelaus），實則荷馬（Homer）
　　筆下的曼尼勞斯也是希臘英雄中的佼佼者，曾在一次對決中重創巴里
　　斯（Paris）。若非愛神及時救援，巴里斯恐怕早已死在曼尼勞斯手下；
　　事見《伊里亞德》（The *Iliad*）第3篇。

⑮　亞奇里士（Achilles）為特洛伊戰爭中最偉大的希臘英雄，後因右腳跟
　　被巴里斯射中一箭而死。按：亞奇里士係莫密頓（Myrmidon）國王皮
　　留斯（Peleus）與海中女神西緹絲（Thetis）之子。生後，其母將他泡在地
　　獄中的恨河（Styx）中，以是全身刀槍不入；但因母親捉著的右腳跟未
　　曾泡到河水，以致成為全身唯一致命之處。

⑯　西蜜莉（Semele）係提比斯（Thebes）開國始祖嘉德墨斯（Cadmus）與哈
　　墨妮雅（Harmonia）的女兒，為天神宙斯（Zeus）所迷戀。在天后席拉
　　（Hera）的慫恿之下，她要求天神以本相現身。由於天神先已指過恨河

你的可愛勝過照耀穹蒼的天帝公，

投身在熱情女神阿瑞蘇莎⑰湛藍的臂彎裡。

可當我情婦的只有你！　　　　　　　　　110

同下

（Styx）發誓，只好照辦。西蜜莉因遭天神的神光雷火燒死；而天神則在西蜜莉橫遭燒死之前，及時救出她腹中的胎兒戴奧尼希斯（Dionysus）。西蜜莉與阿克提恩（參見本書頁208，註③）都是由於想知道神的秘密（the hidden nature of a divine being）而喪命。按：朱庇特（Jupiter）為羅馬天神，亦即希臘天神宙斯。

⑰　阿瑞蘇莎（Arethusa）為希臘南部伯羅奔尼徹（Peloponnesus）半島上西北部城邦伊里斯（Elis）的一名山林女神，曾在阿爾菲斯河（Alpheus）中洗浴時，為河神窺見。河神因激起情慾而窮追不捨。阿瑞蘇莎無奈，由地底逃到西西里島（Sicily）仍無法脫身，女獵神戴安娜（Diana）因將她變成一道水泉。

【第二景】

雷聲響起。露西弗、卑爾茲巴柏與魔菲思拖弗利斯同
上①。

露西弗 吾等從地獄②上來

巡視王國的臣屬,

也就是罪孽註定成爲地獄子民的靈魂。

眾魂當中,以浮士德爲首,吾等就是前來找你,

隨身帶來永恆的詛咒   5

給你的靈魂。時刻一到

立即取走。

魔 在這陰霾的黑夜

可憐的浮士德將在書房裡。

卑 吾等將留在此處,   10

看他如何自舉措。

魔 除了瘋狂至極外,他還該怎樣?

---

① 本景一如第三景,眾魔係由活板門出現在戲台上看著浮士
德,而浮士德則渾然不知;不過,眾魔也可能出現在戲台「上」方。或因此故,
這些部分的戲文只見於B本。

② 原文 *Dis* 為羅馬神話中的冥王,相當於希臘神話中的普魯脫(Pluto)。
按:*Dis* 是財神、豐饒神,因其住處在地獄,故常用以指「地獄」。

愚昧凡夫，如今心血就因悲傷而乾涸；

他的良心扼殺了自己的靈魂，他那困苦的腦筋

泛生無數荒誕的念頭，   15

妄想騙過魔鬼，卻未能得逞。

享盡了歡樂，就得付出痛苦的代價。

浮士德和僕人華格納就要

給自己臨終立遺囑。

瞧！他們來啦！   20

浮士德與華格納同上

浮士德 呃！華格納！你仔細看過了我的遺囑；

覺得如何？

華格納 主人，好極了；

正如我奉獻生命恪盡職責

爲您的關愛效勞一樣。   25

眾碩士生上

浮士德 感激不盡，華格納。——歡迎，各位。

（華格納下）

碩生甲 呃！可敬的浮士德，我覺得您的臉色變了。

浮士德 唉！各位！

碩生乙 怎麼啦？浮士德！

浮士德 唉！我親愛的室友！要是我當初跟你們同住，就還會 30
活著，如今必須永遠死去。各位，請看！他不就來了嗎？
他不就來了嗎？

碩生甲 喲，我親愛的浮士德，這種恐懼是甚麼意思？

硕生乙　我們的歡樂都變成憂愁了嗎？

硕生丙　（對其他硕士生說）他太孤獨，心情不好。　　　　　　35

硕生乙　果真如此，我們去找大夫，浮士德會痊癒的。

硕生丙　（對浮士德說）只是吃太多，先生。別擔心。

浮士德　是罪太多，致使靈肉二者萬劫不復。

硕生乙　喔！浮士德，仰望上蒼。記住，慈悲是無限的。

浮士德　但浮士德罪無可赦。誘惑夏娃的蛇還可獲得救贖，但　40
　　　　浮士德不能。唉！各位，耐心聽我說，不要聽了我的話
　　　　顫抖。想起我在此地當學者的三十年時光，我的心就不
　　　　由得狂跳劇動。啊！但我寧可不曾見到威登堡，不曾唸
　　　　過書！而我所展現的奇跡異行，全日耳曼，對！全世界
　　　　有目共睹。但浮士德卻為此失去了日耳曼，失去了　　45
　　　　全世界。唉！失去了天國本身──天國、上帝的寶座、
　　　　蒙福者的座位、喜悅的國度──而必須永遠沉淪在地
　　　　獄。地獄！唉！地獄！永遠！親愛的朋友，浮士德永遠
　　　　在地獄的下場到底會如何？

硕生丙　喔！浮士德，祈求上帝吧。　　　　　　　　　　　　　50

浮士德　祈求浮士德誓絕過的上帝？祈求浮士德褻瀆過的上
　　　　帝？唉！我的上帝，我想哭，但魔鬼吸乾了我的淚水！
　　　　湧流而出的是血水，不是淚水；啊！是生命和靈魂！
　　　　啊！他箝住了我的舌頭！我想舉起雙手；可是，瞧！他
　　　　們抓住了我的手，抓住了我的手！　　　　　　　　　55

眾　　　是誰？浮士德？

浮士德　唉！露西弗和魔菲思拖弗利斯。唉！各位，我給了他們

靈魂去換取魔法。

眾　　啊！上帝不許！

浮士德　上帝的確不許，但浮士德已經做了。為了二十四年空　60
　　　　洞的歡樂，浮士德失去了永恆的喜樂和至福。我用鮮血
　　　　寫給他們一紙契約書。期限已滿，時刻將至，他要把我
　　　　抓走了。

碩生甲　浮士德，為何不早告訴我等這樁事，好讓神職人員為您
　　　　禱告？　　　　　　　　　　　　　　　　　　　　　65

浮士德　我也常想這麼做，但只要我提到上帝之名，魔鬼就以
　　　　碎屍萬段要脅；只要我聆聽神音，就要抓走我的軀體
　　　　和靈魂。如今，為時已晚。各位，走吧！免得與我同歸
　　　　於盡！

碩生乙　啊！我等有何辦法可救浮士德？　　　　　　　　　　70

浮士德　別管我，保命離開吧。

碩生丙　上帝會給我力量，我願意留下來陪浮士德。

碩生甲　（對碩士生丙說）不要試探上帝，親愛的朋友；我等且到
　　　　隔壁房間去為他禱告吧。

浮士德　對，為我禱告，為我禱告！無論聽到甚麼聲響，都別　75
　　　　來看我，因為甚麼都救不了我。

碩生乙　您也祈禱，我們將祈請上帝寬恕您。

浮士德　各位，再會了。如果直到早晨我還活著，
　　　　就會去看你們；否則浮士德就是下地獄去了。

眾　　浮士德，再會了。　　　　　　　　　　　　　　　　80

　　　　眾碩士生下

魔	哼！浮士德，如今你已無望上天國；
	所以絕望吧！一心想地獄，
	只因地獄才是你住處，要去住那裡。
浮士德	哼！你這蠱惑人心的妖魔，都是你的誘惑，
	才奪走我永恆的至福。 85
魔	浮士德，我承認，也欣喜。
	就是我，在你前往天國的途中，
	阻擋了你的通路。當你取書
	看經文，我就翻開書頁，
	引導你的目光。 90
	哼！你哭？太遲了。再會吧！絕望！
	在世間嘻笑的傻瓜，必定要在地獄哭喪。
	（魔菲思拖弗利斯）下。善天使與惡天使分由不同的門
	上。
善天使	唉！浮士德，你早聽我的話，
	就會有無盡的喜悅跟隨著你。
	可是，你的確愛過人世間。
惡天使	你聽了我的話， 95
	如今就得永遠嚐受地獄的痛苦。
善天使	唉！你的財富、歡樂、浮誇，
	如今對你有何用？
惡天使	只會讓你困擾更增加；
	在人間富裕的，在地獄匱乏。 100

　　　樂聲起，寶座隨著降下③。

善天使　唉！你失去了天國的至福、

　　　難以言喻的喜樂、永無止境的至福。

　　　當初獻身給神恩，

　　　地獄或魔鬼就奈你莫何。

　　　當初往那條路上前進，浮士德，看哪！　　　　105

　　　坐在彼處的座位上，榮耀會有多燦爛，

　　　就像那些光芒四射的聖者，

　　　戰勝了地獄，而你卻已失落了。

　　　如今，可悲的靈魂，善天使只好拋棄你。

　　　地獄正在敞開大口迎接你。　　　　　　　　110

　　　（寶座上升。善天使）下。地獄口露出④。

惡天使　浮士德，如今睜大恐懼的目光去凝視

　　　那廣大無涯而永遠給予折磨的地方。

　　　裡面有冤魂在熾燃的叉上翻動

　　　永受詛咒的靈魂；他們的肉身在鉛液中沸滾。

　　　肢解了的活體在煤炭上燒烤，　　　　　　　115

---

③　許多伊莉莎白時代的劇場在全劇即將結束之前，用繩索與滑車(pulleys)
　　將座位放下戲台。由下文可知，此處的座位(throne)顯然象徵浮士德
　　原可在天堂擁有的座位。隨後則以善天使退離，或以拉開簾幕來顯示
　　代表地獄的彩布；另一方式則是掀開戲台上的活板門，使煙氣冒出。
　　後一方式跟座位降下相形之下，對比意味較強。

④　此處A本有The throne ascends等戲臺說明。寶座升起或布簾拉開，就
　　露出地獄口。戲台上常以彩布、傀儡或其他影像來映襯天堂與地獄的
　　景象。

永不死去。這張永遠燃燒的座椅
要給飽受煎熬的靈魂休息之用。
這些餵著熊熊烈火的
都是饕餮，偏愛美食，
笑看窮人挨餓家門前。 120
但這些都沒甚麼，你將目睹
萬種酷刑更可怖。

浮士德　啊！看到的已經足夠煎熬我！

惡天使　不！你還得去感受，嚐嚐酷刑的精髓。
愛享樂的必為享樂而亡。 125
我就要離開你，浮士德；
屆時你將翻滾在狼狽中。
（惡天使）下⑤。時鐘⑥敲十一下。

浮士德　唉！浮士德，
生命僅存一小時，
然後勢必永沉淪！ 130

---

⑤　惡天使可由活板門退場，亦可由簾幕後面下場；簾幕用以遮隱惡天使
　　及掛在內台代表地獄的彩幕。

⑥　英譯本《浮士德傳》上原為沙漏(hour glass)，馬羅改用watch與clock，
　　以聲響製造戲劇效果。按：watch與clock皆指鐘面(dial or clock-face)，
　　而非指現代的時計(small pocket chronometer)。按：首座機械鐘於1335
　　年建在米蘭。英國最早的鐘於1386年建在莎莉斯堡(Salisburg)大教
　　堂，法國盧昂的鐘建在1389年。這些鐘全都屹立至今。莎莉斯堡的鐘
　　整點敲響，盧昂的鐘每刻鳴響一次。最早的室內鐘出現在14世紀末
　　期。錄在1500年間由紐倫堡鎮匠亨萊恩(Peter Henlein)發明。戲文中
　　的watch與clock應屬室內鐘，每逢半點與整點敲響。

別動，你們這些運轉不息的眾星體，

務使時間停止午夜永不臨！

燦爛的自然之眼⑦升起再升起，造就

永晝；否則就讓這一小時變成

一年、一月、一週、一個自然日，　　　　　　　135

好讓浮士德懺悔救靈魂！

「啊，慢慢跑，慢慢跑，黑夜之馬！」⑧

星辰運轉不息，光陰飛逝，時鐘將敲響；

魔鬼一到，浮士德勢必遭永劫。

啊！我要躍向上天！是誰把我拉下來？　　　　140

一滴血即可救我魂。啊！我的基督！

呼喚基督之名切勿撕裂我的心！

但我偏要呼求主耶穌。啊！饒我命吧！露西弗！

如今又在哪？消失了；

只見威嚇的臂膀，蹙眉橫目現怒容。　　　　　145

高山矮丘皆來覆壓我，

讓我躲離上天的盛怒氣⑨！

---

⑦　原文Nature's eye指「太陽」（= the sun）。

⑧　原文 *O lente, lente, currite noctis equi!*（= O run slowly, slowy, horses of the night!）引自羅馬詩人奧維德（Ovid）《情愛》（*Amores*）一詩中的一行（I.xiii.40），原文作：*lent currite, noctis equi*（= stay night, and run not thus），意謂：詩人希冀黑夜永不終結，好讓他長擁情人入懷。這是《浮士德博士》全劇最後、也最著名的諷刺。按：馬羅曾譯有奧維德《哀歌》（*Elegies*），譯文為："Then wouldst thou cry, stay night and runne not thus"（你會喊道：停下吧，黑夜！別這樣跑動），與此相近。

⑨　舊約何西阿書上說：「他們必對大山說：『遮蓋我們』；對小山說：

不？我將一頭栽進地底裡。

大地啊！裂開大口！啊！不！大地不願收容我。

群星在我生時主宰我命運，   150

註定死亡地獄發揮影響力[⑩]，

且將浮士德化成濛濛迷霧，

吸進彼處騷動的雲層裡，

等你吐到空氣中，

我的肢體就從煙霧迷漫口中冒出來，   155

好讓靈魂上升至天國[⑪]。

時鐘敲響。

啊！已過半小時！不久時間即將全流逝。

啊！如果我的靈魂必須因罪受折磨，

也得加上時限終結痛苦有止境。

就讓浮士德沉淪地獄一千年、   160

十萬年，最後終究獲救贖！

『倒在我們身上』」（第10章第8節）；新約路加福音上說：「那時，
人要向大山說：『倒在我們身上』；向小山說；『遮蓋我們』」（第
23章第30節）；啟示錄上說：地上的君王等人「向山和巖石說，倒在
我們身上罷，把我們藏起來，躲避坐寶座者的面目和羔羊的忿怒」（第
6章第16節）。以上各節似即戲文的依據，可參酌之。

[⑩] 原文influence指群星流出的乙太液（ethereal fluid），能影響人的個性與
命運。

[⑪] 舊約以賽亞書上說：「明亮之星，早晨之子啊，你何竟從天墜落？……
你心裡曾說：『我要升到天上，我要高舉我的寶座在上帝眾星之
上，……我要升到高雲之上，我要與至上者同等』」（第14章第12節-
第14節）。

墮落的靈魂無絕期。

爲何你非牲畜無靈魂？

爲何你有靈魂至永恆？

啊！畢達哥拉斯靈魂轉世說⑫若屬實，　　　　　165

這顆靈魂就該離我投生

當畜牲。

畜牲都幸運，只因死臨頭，

靈魂霎時溶解元素中；

偏偏我的靈魂必須永墮地獄受煎熬。　　　　　170

詛咒生身父母親！

不！浮士德，詛咒自己，詛咒露西弗，

是他剝奪你上天國去享喜樂。

時鐘敲十二下

敲了！敲了！如今但願軀體變化成空氣，

否則露西弗就要將你活活拖下地獄去！　　　　175

啊！靈魂，化成小水滴，

落入大洋消失無蹤跡⑬！

---

⑫　畢達哥拉斯(Pythagoras, fl. 569-470 B.C.)係薩莫斯(Samos)人，爲西元前6世紀的希臘哲學家；其「靈魂轉世說」(metempsychosis)認爲：靈魂可由一個體轉到另一個體或其他形式的生命(transmigration of souls)。這種靈魂可投胎轉世的學說對伊莉莎白時代影響甚鉅，經常可在戲本看到：例見莎翁《第十二夜》(*Twelfth Night*)、《如願》(*As You Like It*)等劇。

⑬　中世紀阿拉伯哲學家認爲，心靈宇宙一如大洋，每個人的靈魂只是暫離大洋的一滴水；死時則回到世界靈魂的大洋，無影無蹤。

雷電交加,眾魔同上。

啊!天啊!可憐可憐我,請別如此惡狠狠相瞪!

小毒蛇、大毒蛇,暫且容我喘息片刻間!

醜陋的地獄,別張口!不要過來,露西弗!　　　　　　180

我願燒燬書本⑭。啊!魔菲思拖弗利斯!

同下⑮

---

⑭　原文books指魔法書(books of magic);魔法師在放棄其魔法時,總要
　　誓言拋棄或燒毀其魔法書;參見莎翁《暴風雨》(*The Tempest*, c1611):
　　　　　　　　　　　I'll break my staff,
　　Bury it certain fadoms in the earth,
　　And deeper than did ever plummet sound
　　I'll drown my book. 　（V.i.54-57）
⑮　群魔或係將浮士德拉下「地獄」,然後將其肢體散置在戲台上。不過,
　　依英譯本《浮士德傳》上的載述,浮士德的屍體散遍室中,第3景拉
　　開內台戲幕露出其肢體,應為所據。

【第三景】

眾碩士生上①

碩生甲 來，各位，我們去看浮士德。

自從創世以來，

如此可怕的黑夜未曾見；

如此駭人的哀號慘叫未曾聞。

懇求上蒼且讓博士逃過此災難。　　　　　　5

碩生乙 啊！救救我們啊！上蒼！看，這兒有浮士德的肢體，全
遭死亡之手撕得支離破碎。

碩生丙 浮士德奉侍的群魔把他如此撕碎，

就在十二點到一點間，我覺得

我聽到他尖聲高喊求救命。　　　　　　　　10

在那同時，整棟屋子似乎熊熊燃火焰，

就在這些惡魔營造恐怖氣氛時。

碩生乙 唉！各位，雖然浮士德的下場

使得每顆基督徒的心想起就哀傷，

但他畢竟曾在日耳曼各校　　　　　　　　　15

以一名奇知異能的學者受景仰。

---

① A本並無此景。

　我們要給這些血肉模糊的肢體適當的埋葬；

全體學生身著喪服，

都去參加他這令人哀傷的葬禮。

　同下

【收場白】

舞歌員上

舞歌員　原可筆直長成的樹枝被砍折，　　　　　　　　　　20
　　　　阿波羅的月桂樹①枝枒遭焚燬，
　　　　儘管一度曾在這位飽學之士的心中成長。
　　　　已矣乎！浮士德的沉淪誠可悲
　　　　受盡惡魔左右的噩運足資智者勸，
　　　　不法之事僅可讓人望之生畏。　　　　　　　　　　　　25
　　　　才智之士反遭奧義誘惑而受害，
　　　　都因超越上蒼容許的範圍外。
　　　　（下）
　　　　時日終須盡，撰者結全劇②。

---

①　月桂樹代表象徵智慧與預言之神阿波羅（Apollo），其神廟在德爾菲
　　（參見本書頁127，註㉓）；月桂（laurel）象徵「獎賞」、「勝利」、「成
　　就」、「學識」等；古希臘及以桂冠贈給得勝的英雄或詩人，以示獎
　　賞或勝利。月桂樹因象徵詩才高超或聲望卓著。由於月桂樹不易燒
　　燬，因指浮士德若不沉淪，則應有不可磨滅的成就。劇中所用的意象
　　看似取自古典神話，實則是撰者自己的創發。

②　原文 *Terminat hora diem, terminat author opus*（The hour ends the day, the
　　author ends his work）一語，評論家咸認為這恐非原作如此，而是印製
　　A 本者所加；也有可能是馬羅有意顯示：劇本在午夜寫完，正是浮士
　　德死亡的時刻。

重要參考書目

　　浮士德傳說的資料難以聲計。寫成法文者不在少數，但以英德兩國文字撰著者最多。下面僅以馬羅《浮士德博士》爲核心，旁及英文方面的相關撰述。若擬針對浮士德傳說深入研究，亦不妨以此爲出發點，再參酌德法諸國的相關資料。

I. 基本資料

Bakeless, John.

　　1942　*The Tragicall History of Christopher Marlowe*. 2vols. （Cambridge, MA: Harvard UP）.

Barnet, Sylvan, ed.

　　1969　*Doctor Faustus* （New York: New American Library）.

Bevington, David, and Eric Rasmussen, eds.

　　1995　*Tamburlaine, Parts I & II Doctor Faustus, A- and B-Texts,*

The Jew of Malta, Edward II(Oxford: Oxford UP).

Boas, Frederick S., ed.

1932　*Doctor Faustus*(London: Methuen and Co.). Vol. 5 of *The Works and Life of Christopher Marlowe.* 6 vols（1930-1933）.

Bowers, Fredson, ed.

1981　*Doctor Faustus*, Vol 2 of *The Complete Works of Christopher Marlowe*(Cambridge: Cambridge UP).

Gill, Roma, ed.

1990　*Doctor Faustus*, Vol 2 of *The Complete Works of Christopher Marlowe*(Oxford: Oxford UP).

Greg, Walter W., ed.

1950　*The Tragical History of the Life and Death of Doctor Faustus, A Conjectural Reconstruction*(Oxford: Oxford UP).

Haile, H. G.

1965　*The History of Doctor Johann Faustus*(Illinois: Board of Trustees of the U of Illinois).

Hoffman, Calvin

1955　*The Murder of the Man Who Was Shakespeare*(New York: Grosset & Dunlap).

Hotson, J. Leslie

1925　*The Death of Christopher Marlowe*(London: The Nonsuch P).

Jump, John D. ed.

    1988   *Doctor Faustus*(London: Routledge).

Kirschbaum, Leo, ed.

    1962   *The Plays of Christopher Marlowe*(Cleveland and New York: World Publishing Company).

Knox, R. S., ed.

    1924   *The Tragical History of Doctor Faustus*(London: Methuen).

Nicholl, Charles.

    1993   *The Reckoning: The Murder of Christopher Marlowe* (London: Pan Books Limited).

Ormerod, David, and Christopher Wortham, eds.

    1985   *Christopher Marlowe: Dr. Faustus: The A-Text*(Nedlands: U of Western Australia P).

Rasmussen, Eric

    1993   *A Textual Companion to Doctor Faustus*. The Revels Plays Companion Library (New York: Manchester UP).

Ribner, Irving, ed.

    1963   *The Complete Works of Christopher Marlowe* (New York: The Odyssey P).

    1966   *Christopher Marlowe's Doctor Faustus: Text and Major Criticism*(New York: The Odyssey P, Inc).

Ridley, M. R., ed.

    1963   *Marlowe's Plays and Poems*(London: Dent).

II. 評論資料

Barber, C. L.

    1964   "The Form of Faustus' Fortunes Good or Bad," *Tulane Drama Review* viii (4): 92-119.

Barnes, Celia

    1981   "Matthew Parker's Pastoral Training and Marlowe's *Doctor Faustus*," *Comparative Drama* 15(3): 258-267.

Belsey, Catherine

    1985   *The Subject of Tragedy: Identity & Difference in Renaissance Drama* (New York: Routledge).

Bevington, David

    1962   *From Mankind to Marlowe: Growth of Structure in the Popular Drama of Tudor England* (Cambridge, MA: Harvard UP).

Bevington, D. and Rasmussen, E.

    1993   *Dr Faustus,* Revels Plays (Manchester: Manchester UP).

Birringer, Johannes H.

    1984   *Marlowe's "Dr. Faustus" and "Tamburlaine": Theological and Theatrical Perspectives* (Frankfurt am Main: Verlag Peter Lang).

Bloom, Harold, ed.

    1988   *Christopher Marlowe's Doctor Faustus* (New York:

Chelsea House Publishers).

Boas, Frederick S.

1932 *The Tragical History of Doctor Faustus*(London: Methuen).

1953 *Christopher Marlowe: A Bibliographical and Critical Study*(Oxford: Oxford UP).

Bowers, Fredson

1973 "Marlowe's *Dr. Faustus*: The 1602 Additions," *Studies in Bibliography* xxvi: 1-18.

Braden, Gordon

1985 *Renaissance Tragedy & the Senecan Tradition: Anger's Privilege*(New Haven: Yale UP).

Brandt, Bruce Edwin

1984 "Marlowe's Helen and the Soul-in-the-kiss Conceit," *Philological Quarterly* 64: 118-120.

1992 *Christopher Marlowe in the Eighties: an Annotated Bibliography of Marlowe Criticism from 1978 through 1989* (West Cornwall, CT: Locust Hill).

Brockbank, J. Philip

1962 *Marlowe: Dr. Faustus*(London: Edward Arnold).

Brooke, Nicholas

1952 "The Moral Tragedy of *Dr. Faustus*," *Cambridge Journal* 7: 662-687.

Brooke, Tucker C. F., ed.

1966 *The Life of Marlowe*, Works & Life of Christopher Marlowe Series: Vol. 1(New York: Gordian).

Burnett, Mark Thornton

1986 "Two Notes on Metre and Rhyme in *Doctor Faustus*," *Notes & Queries* 33(3):337f.

Butler, Eliza Marian

1952 *Faust Through the Ages*(Cambridge: Cambridge UP).

Butler, Christopher

1970 *Number Symbolism*(London: Routledge & Kegan Paul).

Campbell, Lily B.

1952 "*Doctor Faustus*: A Case of Conscience," *PMLA* 67: 219-239.

Cole, Douglas

1972 *Suffering and Evil in the Plays of Christopher Marlowe* (New York: Gordian P).

1995 *Christopher Marlowe and the Renaissance of Tragedy* (Westport, CT: Greenwood P).

Craik, T. W.

1969 "Faustus' Damnation Reconsidered," *Renaissance Drama*, NS2: 189-196.

Dabbs, Thomas

1991 *Reforming Marlowe: Canonization of a Renaissance Dramatist*(London: Associated UP).

Deats, Sara Munson

1981　"Ironic Biblical Allusion in Marlowe's *Doctor Faustus*."
　　　　Medievalia et Humanistica 10: 203-216.

Eliot, T. S.

1932　"Christopher Marlowe." *Selected Essays, 1917-1932.*
　　　　(New York: Harcourt, Brace and Co.)

1963　*Elizabethan Dramatists*(London: Faber and Faber).

Empson, William

1987　*Faustus and the Censor: The English Faust-book and
　　　　Marlowe's Doctor Faustus,* Ed. John Henry Jones(New
　　　　York: Basil Blackwell Inc.)

Eriksen, Roy T.

1981　"The Misplaced Clownage-scene in *The Tragedie of
　　　　Doctor Faustus*(1616) and its Implication for the Play's
　　　　Total Structure," *English Studies* 62(3): 249-258.

1987　*The Forme of Faustus Fortunes: A Study of the Tragedie of
　　　　Doctor Faustus, 1616* (Oslo: Solum Forlag; Atlantic
　　　　Highlands: Humanities).

Fanta, C.G.

1970　*Marlowe's 'Agonists': An Approach to the Ambiguity of
　　　　his Plays*(Cambridge, MA: Harvard UP).

Farnham, Willard, ed.

1969　*Twentieth Century Interpretations of Doctor Faustus*
　　　　(Englewood, Cliffs, N J: Prentice-Hall, Inc.)

Fox, John

1563　*Acts and Monuments* 5 vols.(rpt. New York: AMS P. Inc., 1965.)

Friedenreich, Kenneth

1979　*Christopher Marlowe*. An Annotated Bibliography of Criticism Since 1950(Metuchen, NJ: The Scarecrow P, Inc.)

Roma Gill, and Constance Brown Kuriyama, eds.

1988　*'A Poet and a Filthy Play-maker': Essays on Christopher Marlowe* (New York: AMS Press).

Gatti, Hilary

1989　*The Renaissance Drama of Knowledge*(New York: Routledge).

Godshalk, W. L.

1974　*The Marlovian World Picture*, Studies in English Literature. Vol. 93 (The Hague: Mouton).

Grantley, Darryll, and Peter Roberts, eds.

1996　*Christopher Marlowe and English Renaissance Culture* (Aldershot, Hants, England: Scolar).

Greg, Walter W.

1950　*Marlowe's 'Dr Faustus' 1604-1616; Parallel Texts* (Oxford: Oxford UP).

Heilman, Robert B.

1946　"The Tragedy of Knowledge: Marlowe's Treatment of Faustus," *Quarterly Review of Literature* 2: 316-332.

Henderson, Philip

1952 *Christopher Marlowe*(London, New York: Longmans, Green).

Henslowe, Philip

1961 *Henslowe's Diary*. Ed. R. A. Foakes and R. T. Richet (Cambridge: Cambridge UP).

Heywood, J. ed.

1854 *Cambridge University Transactions 16th and 17th Centuries*, 2vols.(London).

Hunter, G. K.

1964 "Five-Act Structure in *Doctor Faustus*," *Tulane Drama Review* 8: 77-91.

Ingram, J. H.

1972 *Marlowe and His Poetry*(New York: AMS Press).

Jones, John Henry, rev. & ed.

1987 *Faustus and the Censor: The English Faustus-book & Marlowe's Doctor Faustus*(Oxford: Basil Blackwell).

Jump, John D. ed.

1969 *Marlowe: Doctor Faustus*(London: Macmillan).

Kastan, David Scott and Peter Stallybrass, eds.

1991 *Staging the Renaissance Reinterpretations of Elizabethan and Jacobean Drama*(New York: Routledge).

Kaula, David

1960 "Time and the Timeless in *Everyman* and *Doctor Faustus*,"

College English 22: 9-14.

Keefer, Michael H.

1983 "Verbal Magic and the Problem of the A and B Texts of *Doctor Faustus*," *Journal of English and Germanic Philology*, 82(3): 324-46.

Kelsall, Malcolm

1981 *Christopher Marlowe*(Leiden: E. J. Brill).

Kernam, Alvin, ed.

1977 *Two Renaissance Mythmakers: Christopher Marlowe and Ben Johnson*, Selected Papers of the English Institute, 1975-1976(Baltimore and London: Johns Hopkins UP).

Kerrigan, John

1996 *Revenge Tragedy: Aeschylus to Armageddon*(Oxford: Clarendon P).

Kiessling, Nicolas

1975 "Doctor Faustus and the Sin of Demoniality," *Studies in English Literature* 15: 205-211.

Kirschbaum, Leo

1942 "Mephostophilis and the lost 'Dragon'," *Review of English Studies* 18: 312-315.

1943 "Marlowe's *Faustus*: A Reconsideration," *Review of English Studies* 19: 225-241.

Knoll, Robert E.

1969 *Christopher Marlowe*(New York: Twayne Publishers,

Inc.)

Kocher, Paul H.

1940 "The English Faust Book and the Date of Marlowe's Faustus," *Modern Language Notes* : 95-101.

1946 *Christopher Marlowe: A Study of His Thought, Learnings, and Character*(Chapel Hill: U of North Carolina P).

Kott, Jan

1987 *The Bottom Translation: Marlowe and Shakespeare and the Carnival Tradition*. Trans, Daniela Miedztrzecka and Lillian Vallee(Evanston: Northwestern UP).

Kuriyama, Constance Brown

1980 *Hammer or Anvil: Psychological Patterns in Christopher Marlowe's Plays*(New Jersey: Rutgers UP).

Lake, David J.

1983 "Three Seventeenth-Century Revisions: *Thomas of Woodstock, The Jew of Malta, and Faustus* B," *Notes and Queries*, 30(2) (April):133-143.

Lang, Verlag Peter

1984 *Marlowe's Doctor Faustus and Tamburlaine: Theological and Theatrical Perspective*(Frankfurt am Main: Lang).

Leech, Clifford, ed.

1964 *Marlowe: A Collection of Critical Essays*(Englewood Cliffs, NJ: Prentice-Hall).

1986 *Christopher Marlowe: Poet for the Stage*(New York:

AMS Press）.

Levin, Harry

1974   *The Overreacher: A Study of Christopher Marlowe*
（Gloucester, MA: Peter Smith）.

Maclure, Millar, ed.

1979   *Marlowe: The Critical Heritage*（London: Routledge）.

Mangan, Michael

1987   *'Doctor Faustus': A Critical Study*（Harmondsworth:
Penguin Books）.

Masinton, C. G.

1972   *Christopher Marlowe's Tragic Vision: A Study in
Damnation*（Athens, Ohio: Ohio UP）.

McAlindon, T.

1981   "The Ironic Vision: Diction and Theme in Marlowe's
Doctor Faustus," *Review of English Studies*, 33: 129-141.

Mebane, John S.

1989   *Renaissance Magic and the Return of the Golden Age: The
Occult Tradition and Marlowe, Jonson, and Shakespeare*
（Lincoln: U of Nebraska P）.

Meehan, Virginia Mary

1974   *Christopher Marlowe, Poet and Playwright: Studies in
Poetical Method*（The Hague: Houton）.

Mizener, Arthur

1943   "The Tragedy of Marlowe's *Doctor Faustus*," *College*

English 5: 70-75.

Murray, Christopher

　1981　*Doctor Faustus: Notes*. York Notes no. 127(Harlow: Longman).

Norman, Charles

　1971　*Christopher Marlowe: The Muses' Darling*(New York: Bobs-Merrill).

Okerlund, A. N.

　1977　"The Intellectual Folly of Dr Faustus," *Studies in Philology* 74(3): 258-278.

Ornstein, Robert

　1968　"Marlowe and God: The Tragic Theology of *Dr. Faustus*," *PMLA* 83: 1378-1385.

Palmer, D. J.

　1964　"Magic and Poetry in *Doctor Faustus*," *Critical Quarterly* 6: 56-67.

Palmer, Philip M. and Robert P. More

　1936　*The Sources of the Faust Tradition: From Simon Magnus to Lessing*(New York: Oxford UP).

Pettit, Thomas

　1980　"The Folk-Play in Marlowe's *Doctor Faustus*," *Folklore* 91:72-77.

Phillips, D. Z.

　1980　　"Knowledge, Patience, and Faust," *Yale Review* 69(3):

321-341.

Pinciss, Gerald

1975　*Christopher Marlowe*(New York: Ungar).

Pittock, M.

1984　"God's mercy is infinite: Faustus' last soliloquy," *English Studies* 65: 302-311.

Poirier, Michel

1968　*Christopher Marlowe*(Hamden, CT: Archon).

Proser, Matthew N.

1995　*The Gift of Fire: Aggression and the Plays of Christopher Marlowe*(New York: Peter Lang Publishing, Inc.)

Ricks, Christopher

1985　"*Doctor Faustus* and Hell on Earth," *Essays in Criticism* 35:101-20.

Rose, Mary B., ed.

1991　*Renaissance Drama: Disorder & Drama*(Northwestern UP).

Rose, William

1925　*History of the Damnable Life and Deserved Death of Doctor John Faustus*(London: G. Routledge & Sons).

Rowse, A. L.

1964　*Christopher Marlowe, His Life and Works*(New York: Harper & Row).

Sales, Roger

1991　*Christopher Marlowe*(New York: St. Martin's Press).

Sanders, Wilbur

1968　*The Dramatist and the Received Idea: Studies in the Plays of Marlowe & Shakespeare*(Cambridge: Cambridge UP).

Sewall, Richard B.

1959　*The Vision of Tragedy*(New Haven: Yale UP).

Sharma, Ghanshiam

1983　*Christopher Marlowe: A Study in the Structure of the Major Plays*(Amritsar: Guru Nanak Dev U).

Shepherd, Simon

1986　*Marlowe and the Politics of Elizabethan Theater*(New York: Martin).

Sims, J. H.

1966　*Dramatic Uses of Biblical Allusion in Marlowe and Shakespeare*(New York: Gainsville).

Smeed, J. W.

1975　*Faust in Literature*(Oxford: Oxford UP).

Smith, James

1930　"Marlowe' *Doctor Faustus*," *Scrutiny* 8: 36-55.

Smith, Robert

1985　"'Faustus' End' and *The Wounds of Civil War*," *Notes & Queries* 32(1):16f.

Smith, W. D.

1965　"The Nature of Evil in *Doctor Faustus*," *Modern*

Language Review 60: 171-175.

Steane, J. B.

1964　*Marlowe: A Critical Study*(Cambridge: Cambridge UP).

Tillyard, E. M. W.

1962　*The Elizabethan World Picture: A Study of the Idea of Order in the Age of Shakespeare, Donne and Milton*(New York: A Vintage Book).

Tomas, Vivien and William Tydeman, eds.

1994　*Christopher Marlowe: The Plays and Their Sources* (London, New York: Routledge).

Tydeman, William

1984　*Doctor Faustus: Text and Performance*(Basingstoke, Hampshire: Macmillan).

Warren, Michael J.

1981　"*Doctor Faustus*: The Old Man and the Text," *English Literary Renaissance* 11:111-147.

Waswo, Richard

1974　"Damnation, Protestant Style: Macbeth, Faustus, and Christian Tragedy," *Journal of Medieval and Renaissance Studies* 4: 63-99.

Well, Judith

1977　*Christopher Marlowe: Merlin's Prophet*(Cambridge: Cambridge UP).

White, Martin

1998   *Renaissance Drama in Action: An Introduction to Aspects of Theatre Practice and Performance*(New York: Routledge).

Wichelns, Lee

1987   *The Shadow of the Earth: A Historical Novel Based on the Life of Christopher Marlowe*(New York: Elysian).

Wion, Philip K.

1980   "Marlowe's *Doctor Faustus*, the Oedipus Complex, and the Denial of Death." *Colby Library Quarterly* 16(4): 190-204.

Wraight, A. D. and Virginia F. Stern

1965   *In Search of Christopher Marlowe: A Pictorial Biography.* (Chichester, Sussex: Adam Hart〔Publishers〕Ltd.)

聯經經典

浮士德博士

2001年10月初版　　　　　　　　　　　　定價：新臺幣300元
有著作權・翻印必究
Printed in Taiwan.

原　　著　馬　　　羅
譯　　注　張　靜　二
發 行 人　劉　國　瑞

出 版 者 聯 經 出 版 事 業 公 司
臺 北 市 忠 孝 東 路 四 段 5 5 5 號
台 北 發 行 所 地 址：台北縣汐止市大同路一段367號
　　　　　　電　話：（ 0 2 ）2 6 4 1 8 6 6 1
台 北 新 生 門 市 地 址：台北市新生南路三段94號
　　　　　　電　話：（ 0 2 ）2 3 6 2 0 3 0 8
台 北 基 隆 路 門 市 地 址：台北市基隆路一段180號
　　　　　　電　話：（ 0 2 ）2 7 6 2 7 4 2 9
台 中 門 市 地 址：台中市健行路321號B1
台 中 分 公 司 電 話：（ 0 4 ）2 2 3 1 2 0 2 3
高 雄 辦 事 處 地 址：高雄市成功一路363號B1
　　　　　　電　話：（ 0 7 ）2 4 1 2 8 0 2
郵 政 劃 撥 帳 戶 第 0 1 0 0 5 5 9 - 3 號
郵　　撥　　電　　話：2 6 4 1 8 6 6 2
印 刷 者 雷 射 彩 色 印 刷 公 司

責 任 編 輯 顏 艾 琳

行政院新聞局出版事業登記證局版臺業字第0130號

本書如有缺頁，破損，倒裝請寄回發行所更換。　　ISBN　957-08-2308-9（平裝）
聯經網址 http://www.udngroup.com.tw/linkingp
　　信箱 e-mail:linkingp@ms9.hinet.net

國家圖書館出版品預行編目資料

浮士德博士 / 馬羅原著 . 張靜二譯注 .
--初版 . --臺北市：聯經，2001 年
368 面；14.8×21 公分 . (聯經經典)

ISBN　957-08-2308-9(平裝)

譯自：The tragical history of Doctor Faustus

873.55　　　　　　　　　　　90017184

聯經經典

●本書目定價若有調整，以再版新書版權頁上之定價爲準●

伊利亞圍城記	曹鴻昭譯	250
堂吉訶德(上、下)	楊絳譯	精500
		平400
憂鬱的熱帶	王志明譯	平380
追思錄—蘇格拉底的言行	鄺健行譯	精180
伊尼亞斯逃亡記	曹鴻昭譯	精330
		平250
追憶似水年華(7冊)	李恆基等譯	精2,800
大衛・考勃菲爾(上、下不分售)	思果譯	精700
聖誕歌聲	鄭永孝譯	150
奧德修斯返國記	曹鴻昭譯	200
追憶似水年華筆記本	聯經編輯部	180
柏拉圖理想國	侯健譯	280
通靈者之夢	李明輝譯	精230
		平150
道德底形上學之基礎	李明輝譯	精230
		平150
魔戒（一套共6冊）	張儷等譯	一套
		1680
難解之緣	楊瑛美編譯	250
燈塔行	宋德明譯	250
哈姆雷特	孫大雨譯	380
奧賽羅	孫大雨譯	280
李爾王	孫大雨譯	380
馬克白	孫大雨譯	260
新伊索寓言	黃美惠譯	280
浪漫與沉思：俄國詩歌欣賞	歐茵西譯注	250
海鷗＆萬尼亞舅舅	陳兆麟譯注	200
哈姆雷	彭鏡禧譯注	280
浮士德博士	張靜二譯注	300

臺灣研究叢刊

●本書目定價若有調價，以再版新書版權頁上之定價爲準●